家裡蹲
吸血
的
鬱悶
2
Hikikomari
the Vampire Countess
no
Monmon
小林湖底
illust：りいちゅ
U0028786

早上了。從窗簾縫隙射進來的陽光在提醒我這點。

可是我早就起來了。已經起床了。

換作平常，這個時間帶的我會在被窩裡狂睡，還管什麼春眠不覺曉，連黃昏都要給他跳過去。可是今天的我連打瞌睡都沒有，而是盯著桌面看。

「完成了……總算完成了……！」

我心中歡喜無比。

這也難怪。

因為我完成了。完成新寫的小說。

心想我做得真棒。平日裡被迫從早上工作到傍晚，回來以後還要被變態女僕跟前跟後煩死人，到了星期六就很累，很想要偷懶放鬆——在這麼忙碌的日子裡，我還是擠出時間努力寫作，花了一個月終於完成一部作品，也許我有這方面的特殊才華也說不定。

再來要做的就是送去給出版社。

雖然只是送過去——還是要多加小心。

因為那個變態女僕的關係。如果被那傢伙發現有這份原稿存在，那就慘了。

這次的作品可是超越「草莓牛奶」的大傑作，若被人擅自公開，我一定會羞恥到恨不得去死。因此我要慎重再慎重，以免被那傢伙看見。

「早上好，可瑪莉大小姐。」

「哇啊啊啊啊啊啊啊啊啊！」

這害我拚命用身體蓋住原稿。

也不知道是什麼時候來的，穿著女僕裝的女孩子已經站在我背後了，就是自稱「可瑪莉大小姐專屬女僕」外加別名「變態女僕」的薇兒海絲。她還是和往常一樣，一臉淡然的樣子。但可不能被騙了，她腦子裡肯定在想些變態的事情。

「真稀奇。沒想到可瑪莉大小姐這麼早就起床了。」

「就、就是說啊。我想說偶爾早起也不賴。所以妳不用來叫我起床了，趕快出去啦。」

「要我出去也可以，請先讓我拜讀可瑪莉大小姐的大傑作。」

「穿幫的速度也太快了吧！」

©riichu

我將原稿抱在胸前，退到牆壁旁邊。這次妳休想看！

「不准再靠近！要是妳敢靠近我，我就把妳丟人現眼的祕密洩漏出去！」

「我身上沒有任何可恥的部分！我這就把衣服全部脫掉，請您仔細確認。」

「妳就是這點可恥啦！」

薇兒當下一陣錯愕。搞不好這傢伙真的是個女變態。

可是她卻突然笑了一下，嘴裡說了句「開玩笑的」。

「隨便亂脫衣服很沒水準。最近我有發現這件事。」

「最近？會不會太慢了？」

「還有，沒到萬不得已的地步，我不會擅自去看可瑪莉大小姐的力作。因為妳是我的恩人——哪有可能做出讓恩人討厭的事情。」

「唔……」

聽到薇兒這麼說，我想起一個月前發生的事情。

米莉桑德無預警歸來，讓我的日常生活完全變調。

雖然那起事件實在太過悲慘、過度刺激，但也成了讓我從「完全版家裡蹲」升格為「半家裡蹲」的轉捩點。

對——在那件事情發生後，我試著去見米莉桑德，試了好幾次。因為我覺得有必要再跟她好好談一次。

可是目前依然沒機會見到。根據政府對外公開的資訊來看，米莉桑德似乎被關在帝都的監牢中，我實際上跑去那邊看過，但那裡完全沒有她的蹤影。去問守衛，他們永遠只會回「無可奉告」。然後我跑去問皇帝，她也只顧著說「別管那個了，要不要去約會？」。米莉桑德到底跑哪去了。

……算了，暫時先不管這個，一個月前發生的事件跟米莉桑德有關，薇兒似乎因此覺得我有恩於她。只是為了這點小事就感謝我，我是覺得完全沒必要啦。

「都跟您說了，警戒心不用這麼強，我不會做讓可瑪莉大小姐討厭的事情。」

「那是不是能夠對我好一點？」

「是，會對您好一點的。今天您也要努力工作喔。」

「接這句臺詞未免太奇怪了吧？」

「一點都不奇怪。今天是星期一喔，當然要工作。」

「不是要對我好一點嗎？」

「對，因此今天的戰鬥對象是最容易駕馭的猴子。今天要跟拉貝利克王國作戰。敵人那邊的哈迪斯・蒙爾基奇中將這次也很有幹勁。」

這時薇兒將一封信交給我。

收件人的署名是我。寄件人那邊寫著「拉貝利克王國 四聖獸 哈迪斯・蒙爾基奇」。

我打開來看。

『宰了妳。』

「寄這種信來有意義嗎!?」

「目的應該是要恐嚇您吧。因為在自然界一旦被人小看就完蛋了。」

「不要把大自然的法則拿到人間界來套用啦!」

「不過這樣的信件還真是一點意義都沒有。天下無敵的七紅天黛拉可瑪莉・崗德森布萊德大將軍怎麼可能因為區區野獸亂吠就感到害怕。」

「哪可能不害怕!怕死了!」

「請您放心。有我在。」

「就算是那樣,我還是討厭這種事!我已經決定了,今天一定要裝病!我接下來會陷入徘徊在生死邊緣的高燒,進被窩狂睡!」

「可是聽說在這次的戰爭中戰勝,可以得到一個禮拜的休假喔。」

「……咦?」

「假如今天戰勝就剛好十連勝。可瑪莉大小姐屢戰屢勝似乎讓皇帝陛下龍心大悅,陛下曾說您若是在這場戰爭中獲勝了,要賜您假期當獎賞。」

「…………」

有休假。一個禮拜的休假。

如果有一個禮拜的時間，可以來做什麼呢？可以看我想看的書，一整天都睡大頭覺，還可以寫新的故事——

「這些姑且不談，來換衣服吧。來，我要替您脫衣服了，請您別動。」

我的心在搖擺。把休假和小命放在天秤上衡量，這種事情根本連想都不用想，是個蠢問題。

可是有一個禮拜喔，一個禮拜。怎麼能放過這個好機會。

「哎呀，您身上都是汗水呢。讓我替您擦一擦——滋嚕。」

不行不行，那可是戰爭啊、戰爭。我是熱愛孤獨與和平的稀世賢者。為了能夠過上安穩的日子而投身戰場，這樣不是本末倒置了嗎？一不小心還會死翹翹啊。

「啊啊！可瑪莉大小姐的肌膚果然好白皙又好光滑，看起來好美味，讓人想到處舔來舔去。」

不不不先等一下。跟大猩猩那邊的人馬對戰過三次左右了，不管哪一次都是我獲得壓倒性勝利不是嗎？只要那幫部下願意賣命，也許這次也能獲勝——

「——嗯？」

這時我不經意向下觀望自己的身體。

奇怪的是已經換上軍服了。

「咦？這是什麼時候換的……？」

「剛才可瑪莉大小姐在想事情的時候，我已經脫完享用一番再替您換穿了。」

「啊啊啊啊啊!?」

「來吧，快到上班時間了！就讓我們來場華麗的大虐殺！」

「等、等一下——我還沒做好心理準備！是說妳剛才都享用什麼了!?」

完全無法反抗的我就這樣被人拉走。

☆

不瞞各位說，其實我很弱。

因為從小就沒辦法喝血的緣故，不但長不高，就連魔力都沒有長進，再加上運動神經又不行，變成劣等吸血鬼。因為這三重苦楚，學生時代還遭到霸凌，被這霸凌害得三年來都躲在自己的房間裡，過著鬱悶的日子。

經歷一個月前的那場騷動後，我覺得自己好像變得比較像樣些了，但我骨子裡還是喜歡待在室內，比較擅長用腦，這依然是不變的真理。

所以做現在這種工作，肯定不適合我。

我可是愛好和平的正義吸血鬼。

姆爾納特帝國的每人平均殺人數是一點九個人（這在六國之中肯定算多的），可是我從來沒有殺過任何一個人，今後也不打算殺任何人。印象中好像殺死過部下幾次，但那是意外事件屬於不可抗力，不算數。

所以說，我得再次斷言，這樣的工作根本不適合我。

……可是那些頭腦簡單的部下好像把我過度美化了。

「──我們把哈迪斯・蒙爾基奇中將幹掉啦！姆爾納特帝國勝利！」

眼下有人突然喊出這句話，現場馬上揚起震耳欲聾的「唔喔喔喔喔喔喔喔喔喔喔──────」歡呼聲。有夠吵的，拜託不要在這麼近的距離下鬼吼鬼叫。

《核領域》。六個魔核影響範圍重疊的血腥戰場。

被薇兒強行帶走的我連抱怨都來不及，被迫站在五百名部下面前，逼不得已發表驚心動魄的演說，然後被帶到大本營裡的軟綿綿椅子上坐好。這樣的事情已經發生過好幾次了，但宣示開戰的銅鑼每次都在我還沒做好心理準備前敲響。

不管怎麼說，我們最後還是得以獲勝。

還是老樣子，面對全軍勇猛突擊的拉貝利克軍團，卡歐斯戴勒發動空間魔法【異次元之穴】，將那幫人全都葬送在四次元空間中。但那傢伙不愧是將軍級的，只有哈迪斯·蒙爾基奇中將咬破四次元之牆，回到現實世界，直接幹掉我底下的部下將近百人，邊殺邊全力前進。約翰這時跳到我前方說「沒辦法，我來保護妳好啦。」結果對方那毛茸茸的拳頭直接朝約翰臉部招呼，當那顆長滿金髮的頭顱破裂，貝里烏斯的斧頭正好也將大猩猩砍頭。

我還以為自己會沒命。

最近以為自己會死翹翹的頻率好像多到不太尋常。

「太厲害了閣下！這次的戰役也是我們全面獲勝。」

為了安撫劇烈跳動的心臟，我用手撫摸胸口，而其中一名部下正恭恭敬敬地對我說話。一身如枯木般的身軀是他的特徵，這個男人就是卡歐斯戴勒·康特。

「這下那幫獸人總算徹底明白了吧。知道黛拉可瑪莉·崗德森布萊德大將軍是多麼楚楚動人、多麼強大又充滿殺意！」

「就、就是說啊！這世上再也找不到像我這樣楚楚動人又強大又充滿殺意的吸血鬼！不管碰到什麼樣的對手，都只要一根小拇指就可以扭斷他！」

「「「唔喔喔喔喔喔喔喔喔喔喔喔喔——!!」」」

部下們在這時紛紛發出雄壯威武的吼叫聲。拜託你們不要一天到晚鬼吼鬼叫，很恐怖耶。

只見卡歐斯戴勒臉上浮現像是誘拐犯會有的笑容，嘴裡這麼說。

「閣下，想來您也開始對殺獸人這檔事感到厭煩了吧。要不要對更強大的對手宣戰？」

「強大的對手……？」

「之前閣下除掉的將軍，那幾個嚴格說來都是中下貨色。堪稱是各國王牌的人如今依然在一旁觀望，並沒有對我們宣戰。由我們主動宣戰也不失為一種樂趣。」

「是、是這樣嗎？」

「嗯，這個點子不錯。」

有人對卡歐斯戴勒的意見表示認同，他是有著狗頭的獸人——貝里烏斯・以諾・凱爾貝洛。

「憑閣下的實力，要幹掉其他國家的王牌也不難吧。目標就找——對了，可以找蓋拉・阿爾卡共和國的納莉亞・克寧格姆，還有夭仙鄉的艾蘭・林斯，天照樂土的天津・迦流羅，大概就這些。」

「不，我……」

這個時候突然有人大叫一聲「耶——！」，是那個痞子饒舌歌手。第七部隊最危險又最莫名其妙的炸彈狂魔梅拉康契。

「可瑪莉閣下衝衝擋不住。要不要讓我炸死敵人？其他國家的雜碎們。看起來好像很強，但是外強中乾打了不過癮，貝里烏斯外強中乾中看不中用。汪！」

結果他被人瞄準鼻子痛毆，揍到飛出去。

那個奇人沒事說些多餘的話幹麼。

不對，那些都不重要。

竟然要我對國外高手主動選戰？這玩笑也開太大了吧。有誰會願意讓自己身陷性命危機呀！——我是很想這樣吐槽，可是說了可能會有人懷疑我的實力，搞不好會被幹掉。這種時候還是要放聰明點。

「我說薇兒，那些可愛的部下們提議對強敵主動宣戰，妳覺得呢？」

我拿這話問在旁邊待機的薇兒。

這傢伙跟我是同一陣線的。好比是這次的戰爭，她似乎還替我挑選較有贏面的對手，而且今天早上還說要對我好一點。搞不好她願意出面替我規勸部下——原本是這樣想的……

「我覺得那樣也好。等到我們回帝都，我會立刻著手準備宣戰公告。」

啊？

「話說回來，可瑪莉大小姐想要跟哪個國家作戰？」

「那個。薇兒？妳不是說要對我好一點嗎……」

薇兒聽了輕輕地笑了一下。

這傢伙——在拿我取樂啊！

「妳開什麼玩笑……」——抱怨的話都還沒說完，我就發現有人在看這邊。是部下他們都在看我，而且眼神還充滿期待。那害我的生存本能警鈴大作。

結果我就說些蠢話了。

「……那、那個啊……我想到了。想到了。應、應該是、夭仙鄉。我想跟夭仙鄉作戰！」

「夭仙鄉是嗎？說起那的將軍，有個很有名的《三龍星》艾蘭・林斯。聽說會使用靠念力就能炸掉敵人心臟的魔法。」

「是、是喔！這樣才夠格當我的對手！因為我也會使用類似的魔法！不過是一兩顆心臟，都隨我炸！」

「喔喔！」「真不愧是閣下！」「閣下果然是舉世無雙的吸血鬼。」「歷年來最強的七紅天，這個稱號越來越有真實感了！」「閣下未來是不是有機會當上皇帝……!?」

拜託你們快住口。真的別再講了。喂你們幾個，也不要在那邊拍手喝采啦。做這種事情也太顯眼了吧。如果搞得人盡皆知，到時候事情會很麻煩耶。我看到時候可能還得加碼吹噓。這樣不行，我要冷靜。如果在這種時候得意忘形說了什麼奇怪的話，那可就沒有轉圜餘地了。妳要多動腦，黛拉可瑪莉・崗德森布萊德——

「——崗德森布萊德大人！聽說您要跟夭仙鄉宣戰，這是真的嗎!?」

「咦！」

有個女孩子就站在我眼前，也不曉得是什麼時候來的。這個人我看過。怎麼可能忘記。就是她害的，害我要把全世界做成蛋包飯。

她是拿著記事本和筆的蒼玉種。一身白的假新聞記者，梅露可・堤亞。

那張臉突然間靠近。太近了！妳真的靠太近了！

「好久不見，崗德森布萊德大人！」

「梅、梅露可，好久不見。」

「哇啊！您還記得我的名字啊！真是榮幸！」

「我對記憶力很有自信……那——妳有什麼事？」

「我是來採訪的！這次也有很多問題想問！應該可以吧!?」

我眼角餘光看見卡歐斯戴勒在點頭。是要我接受的意思吧。好啦沒辦法！

「知道了。記得簡短點。」

「謝謝您！」那個新聞記者的雙眼都在發光，同時說著「剛才您跟薇兒海絲大人在談的事情都是真的嗎!?挑中艾蘭・林斯這位高手的理由是!?果然是因為對方很強嗎!?還有崗德森布萊德大人心目中覺得最強的人是誰!?對了，請您提出自己以外的人！請崗德森布萊德大人告知特別注目的對象！是其他的七紅天嗎？還是六國的將軍？莫非是令堂!?」

——這、這個人真的好煩啊啊啊啊啊啊啊啊啊！

「好了啦別靠這麼近！」

「呀！」

我下意識將記者推開，心中燃起怒火，順便警告她。

「之前就說過了吧！我做的事情，單純就是為了成為霸主！也就是要征服世界！因此去想要跟哪個國家宣戰或是不宣戰，這些根本沒意義！因為這些國家最終都是要被我蹂躪的！聽懂了吧！還有我覺得最強的是……雖然不是很確定，但皇帝應該是最強的吧！好了就這些！」

把這些話說完的同時，我在心裡大大地嘆了一口氣。

……又亂說話了。

像這樣隨便亂講話等同在勒自己的脖子，其實我早就知道了，但不亂講話又會導致腦袋跟身體分家，實在太扯了。只是我即興扮演強者意外扮得很成功，算是不幸中的大幸——大概吧。我也不是很確定。

總而言之總之，現在每天都在胃痛。

啊啊……真不想繼續工作。好想當家裡蹲。

有沒有人跟我抱持一樣的煩惱啊？

如果有的話，我跟那個人可能會變成好朋友……

被那群活像野獸又叫又跳外加手舞足蹈的部下包圍，我深深地嘆了一口氣。

※

等到御前會議結束，太陽也已經下山了。

長時間坐在椅子上害他渾身僵硬，那人邊緩解身體的僵硬邊在傍晚的姆爾納特宮殿中走動。周遭連個人影都沒有。在這個時間點上，一直都是這樣。

「……那些帝國元老真讓人頭疼。」

阿爾曼・崗德森布萊德的呢喃聲混雜些許疲憊色彩。這也難怪。那幫元老似乎對單憑武力上位的當今聖上很有意見，對於她提出的創新看法都會逐一挑毛病，導致會議延長再延長。

還有今天的主要議題是「如何殲滅恐怖分子」。

恐怖組織「逆月」的成員潛入姆爾納特帝國中樞還大肆作亂，這起事件依然讓人記憶猶新。怎麼能放任那幫人繼續糟蹋這個國家！

激進派分子對此高聲疾呼，還強勢主張要滅掉「逆月」，相對的以元老為主的保守派——也是皇帝口中的「老害」——那幫人說了很投機的話，好比是「要對付恐怖分子，交給其他國家就行了吧。」

阿爾曼認為這樣是行不通的。

恐怖分子帶來的威脅難以估計。那群人正在研究跟《烈核解放》這種既存魔法體系相左的密技，還拿來實際運用。若是我方沒有提出任何因應對策，未來那幫人很有可能對姆爾納特帝國——對魔核下手。

必須不擇手段滅掉那個恐怖組織。

因為這個國家還有可瑪莉在。打造出讓可瑪莉和家人可以安心生活的地方，成了阿爾曼最大的目標。其他的事情都不重要。

「要不要跟陛下私下討論一下……」

阿爾曼和當今聖上在學生時代就認識了。以前就覺得她是個怪女人，自從登基成為皇帝後，她變得更加特立獨行。沒跟宰相阿爾曼知會就直接對國家重大決策先斬後奏，這已成了家常便飯，就連今天開會也不例外。她看上去似乎在打什麼可疑的主意，如果沒有預先確認她的想法，之後可能會被嚇到連眼珠子都掉出來——

「嗯？」

好像有人。

在那幽深的黑暗中，有人站著。

對方身高不是很高。傍晚夜色讓人看不清對方的長相。服裝看起來——像是姆爾納特帝國的軍服。原本以為是負責站崗的士兵，但感覺又不像。只不過阿爾曼並沒有抱持太多的戒心。因為對方手上沒有武器，也沒有要使用魔法的跡象。

他臉上掛著平常會有的職業笑容，接著開口。

「不知是哪位？方便告知姓名——」

那道人影突然間消失。覺得事情不對勁的阿爾曼轉頭朝四周張望。該不會是幽靈那類的——他開始身體發寒、冷汗直流，就在那瞬間——

腹部傳來一陣悶痛感。

「唔！」

一絲鮮血從他的嘴角滑落。

阿爾曼向下看。

發現他的腹部被不明人士用手刺穿。

「你、是——」

來人穿著剛才那套軍服。沒有武器，也沒有用魔法，甚至沒有顯露一絲一毫的殺意，彷彿這麼做是很稀鬆平常的一件事情，就此貫穿阿爾曼的腹部。

那個人的右眼正發出紅光。

紅光。是烈核解放——

「難道說——」

阿爾曼沒辦法繼續思考。因為他身上的力氣完全抽空，一回過神就發現自己已經跪倒了。眼前變得一片模糊，呼吸也混亂起來，他朦朦朧朧地想著「要快點跟皇帝稟報才行」，同時心跳跟著停擺。

☆

殺人令人心煩。

殺人的手段越是慘無人道，犧牲者留下的怨念就越容易在心中扎根。

因此盡量保持安靜、隱藏氣息，趁對方還沒發現就先殺了他才是上策。

只要這麼做，就不會一不小心讀取到多餘的記憶。

──躺在腳邊的是一具男性屍體。

阿爾曼・崗德森布萊德。他是帝國的重要人物。要在不讓他察覺的情況下殺掉他根本不可能辦到，於是他那擋也擋不住的意念就如洪水般湧入體內。

「……嗚嘔。」

喉嚨噎住，差點吐出來。雖然能操控他人的精神，卻沒辦法操控自己的。這好像叫做「可產生烈核現象的密技」，但果然不是萬能的。

要看的就只有跟魔核有關的記憶，其他的還是極力避免觀看吧。

「好了。」

記憶都已經清查完畢。

既然結束了，那就要早點離去。如果被人看見會很麻煩，要連那個人一起收拾掉——打定主意後，才剛轉身，當下便發現鮮血把自己的軍服噴得亂七八糟。

每次看到這些黏稠的血紅色，那宛如惡夢般的記憶就會復甦。

鮮血。腐臭味。每天用來吃飯的房間都染成怵目驚心的紅。家人死在各個角落，不是頭不見了，就是手腳異處，內臟都撒在地毯上，每個人的死狀都不一樣。

「…………」

想要嘔吐的感覺再次湧現，那個人拚命忍住。

他無法抹滅自己心中的陰影。

這樣的力量未免太不完美了。

突然間，那人感受到一股魔力反應。是別人給的通訊用魔礦石，有人透過這個聯繫。當我方也將魔力注入後，礦石那邊就傳出低啞的男性嗓音。

『成果如何？』

頓了一陣子後，那人才回答。

「毫無進展。阿爾曼・崗德森布萊德什麼都不知道。」

『連帝國的宰相都不知道啊，還真謹慎。』

「怎麼了？要停止嗎？」

『無妨，就照預定計畫進行。』

對方的聲音很有壓迫感。

那人努力壓下害怕的心情，用淡然的語氣回應。

「遵命。接下來會把七紅天全殺了。」

「想來皇帝陛下也會覺得自豪吧！自己推薦的七紅天立下這麼大的功績。下一任皇帝的寶座肯定是屬於閣下的。」

卡歐斯戴勒走在我旁邊，用引以為傲的語氣如此說道。

跟大猩猩對戰完的隔天。我來到姆爾納特宮殿，走在通往謁見用大廳的走廊上。地板打掃到晶亮刺眼的地步，走著走著，我帶著煩悶的心情回應「大概吧」。

緊接著，跟在我旁邊的薇兒瞄了我的臉一眼——

「您怎麼了，可瑪莉大小姐。感覺沒什麼精神。」

「那當然是——不，說、說什麼啊！我可是隨時隨地都霸氣四溢！」

我趕緊訂正。在這種時候說出真心話可能有點不妙。不知道會被誰聽到，再說還有卡歐斯戴勒在旁邊。

話說我為何會來到宮殿，都是因為被皇帝叫過來的關係。

戰勝拉貝利克王國的我，順利獲得一個禮拜的休假。於是我就趕緊鑽進被窩，想要直接賴床賴到晚上，然而被窩無預警遭到變態女僕入侵，她還這麼說——「皇帝陛下要您過去一趟。若是您不過去，陛下似乎會親自過來找可瑪莉大小姐，還會親您。所以請您過去吧。動作快！」

當時的薇兒莫名著急，這點令人印象深刻，但那些姑且不管，人家都這樣威脅我了，我除了去也沒有別的選擇。因此我今天的心情才會有點不好。難得我睡得正爽快。假如到時候沒辦法補休，我可是會又哭又叫。

「……哼，皇帝那傢伙也是個麻煩人物。沒頭沒腦就把人叫過去，未免太沒禮貌了吧。真想把我指甲裡的汙垢挖出來煎一煎逼她吃下去。」

「噢噢！竟然敢對那個『雷帝』大放厥辭……！不愧是閣下。」

「那、那還用說……對了，卡歐斯戴勒。你怎麼會跑來這邊？」

「因為碰巧看到閣下您，才想來打聲招呼。」

「這樣啊。你早啊。」

「是，閣下早安。此外還有一樣東西想交給您。」

卡歐斯戴勒說完將手伸進提在手裡的手提袋中。我繃緊神經，想說他可能要給我看猥褻的東西，結果好像不是那樣。

他拿出的東西是……折好的衣服？

「之前有提過，說要製作閣下的周邊商品。我試作了『閣下T恤』當首波商品，但想到還沒獻給您本人看，才會——」

「啊？」

他把衣服遞給我。

我攤開來看。

上面大大地印著我的臉（要笑不笑）。

「……啊？」

「很棒對吧？銷量可以說是一飛沖天呢，我目前正在嘗試，看要不要製作其他的版本。像是害羞的表情或鬧彆扭的表情。」

「啊————————!?」

等等，你這人——搞什麼!?這是什麼鬼東西!?你居然擅自做這種東西出來!?而且還擅自拿去販售!?這已經不是丟臉兩個字能形容的啦！誰要穿這種怪東西！

「也請閣下務必試穿看看。」

「我穿上去會很奇怪吧！會有兩張一模一樣的臉啊！」

「這樣惹人憐愛的程度也會增加兩倍。」

「白痴啊你！就算掉到河裡溼答答，除了這件沒其他衣服可穿，我也打死不穿！我說薇兒，妳也說句話啊！」

「我也買了一百件。」

「拜託不要浪費薪水啦！」

「聽說約翰每天都把這個穿在軍服底下。」

「那傢伙搞什麼鬼!?」

我抬手抱住腦袋。這世界上什麼樣的怪人都有。穿這種莫名其妙的衣服有什麼樂趣啊？在嘲笑我嗎？可惡，約翰那傢伙氣死我了！是說沒先問我就擅自把衣服做出來的卡歐斯戴勒才是最讓人火大的一個！

「……喂，這個不行。」

「不行……您是說？」

「太、太丟臉了。全部回收。」

「您說這是什麼話，閣下！」卡歐斯戴勒放聲大叫的樣子活脫脫像個老練的職業騙子。「唯獨這點，不論閣下下了多麼嚴厲的命令，我都很難遵從。看看這商品有多棒？賣得也很好，是最適合拿來提升可瑪莉小隊知名度的一流商品。假若閣下不惜如此也要制止我——那恕小人卡歐斯戴勒・康特冒犯，就算得和閣下決鬥，我也要貫徹自己的意見。」

「…………………………………………………………………………………………」

這幫人意外地不愛聽從我的命令呢。

噢對了。因為他們是哭泣的孩子看了也不敢再哭的狂人集團——可惡啊！

「…………這樣啊。懂了懂了。不過真要決鬥起來，我花一秒鐘就可以把你扼殺掉，這是連水蚤都懂的自然定律，既然你都那麼說了，我也不好勉強你。」

「感激不盡！」

「不過，下次如果還有要做什麼，要先拿來給我確認一下。」

「遵命。我會積極努力，期許下一件商品能夠符合您的期待。」

我沒在期待什麼啦。

「那麼康特中尉，我這邊有祕藏的照片，請你務必……」

「妳給我閉嘴！」

看來看去都是一些亂七八糟的傢伙。而且這幫人還——薇兒就算了，卡歐斯戴勒跟他底下那些無法無天的傢伙，當真具備用一根小拇指就能殺害我的力量，害我不能隨便斥責他們。實在太不公平了。就沒有人願意對我好一點嗎？

我把T恤塞給薇兒，心裡頭很鬱悶，腳下再度邁開步伐。

啊——好想回去。啊——好想當家裡蹲。

想著想著，我走了一會兒後，突然看到前方有一群穿軍裝的人迎面走過來。走在最前面的是一位威風凜凜的女人。跟在她後面的男人們表情都很恐怖，就算他們說「接下來要去殺人」也不奇怪。

我反射性退到走廊的邊角上。如果不小心撞到那幫人的肩膀，他們肯定會過來找碴。

「閣下，您為什麼要讓道？那些人才應該要靠邊站，這樣的道理不言自明。要讓那幫人見識閣下的偉大。」

你別再說了。真的別再說了。我們怎麼能主動找碴啊。

我把卡歐斯戴勒當空氣，繼續向前走。順便偷看前方那幫人——尤其是那個看起來像頭頭的女人。那頭秀髮如木耳般充滿光澤，再加上威風凜凜的眼神。年紀大概二十歲左右吧。走起路來的方式既雄壯又華麗，不管怎麼看都像是貴族——嗯？話說回來，好像有在報紙上還是哪看過這個人。

「——哎呀，看看是誰來了！這位不就是黛拉可瑪莉・崗德森布萊德大將軍嗎？妳也要去謁見陛下？」

當我跟對方輕輕點個頭，正要從她身旁經過，那個女人竟主動和我說話。糟了。不知為何，她還知道我叫什麼名字。是不是有在哪邊見過？

「對、對啊。正要過去。」

「呵呵呵，是不是要去稟報昨天戰勝拉貝利克王國一事？聽說這次是連續第十次勝利了，第七部隊還真是銳不可當呢。」

「就是啊！我打算就這樣拿下全世界！」

不對，在說什麼啊我。一不小心就語不驚人死不休怎麼行——我馬上為自己的發言感到後悔，結果那個女人突然間「噗嗤」一聲笑了出來。

「……有什麼好笑的？」

「失禮了。崗德森布萊德小姐還真會說笑呢。」

「什麼？」

「畢竟，不過是打倒那隻在當猴子山大王的猩猩，卻說要『征服全世界』，這不是在說笑是什麼？」

跟在那女人身邊的跟班也不禁笑了出來。

我發現一件事——八九不離十，她是看我表現得太好（充滿謊言）會很不爽的那種人。而且她會這麼討厭才是對的。正確到我都想盡全力全面肯定的地步。所以我並沒有覺得心情不好，但我還是要顧及外在形象，必須做出某種程度的反駁。

「說出自己的夢想有什麼不好？人就是要有遠大目標才會努力。」

「但這目標未免也太大了吧？妳有辦法實現嗎？——我看妳其實很弱吧？」

「咦？」

我背後流下冷汗。

喂等等。這傢伙知道多少……？

「相中的敵人都是些雜碎。而且作戰的時候都只會坐在安全的地方，隨便下些

指令。妳本人有實際出面作戰過？」

「沒、沒那麼多次。」

「並非『那麼多次』，而是『完全沒有』吧？」

只見那女人「呵呵」笑著，感覺很瞧不起人。但這下我就放心了。她並非知道我實際上是怎樣的人，單純只是基於敵對心理，過來挑釁說「妳根本就很弱吧，耶——」……是說第一次跟人見面就能拿出這麼不屑的態度，感覺也挺厲害的。貴族這種生物果然都不怎麼像樣。

「對了我想起來了，聽說妳一個月前逮捕了恐怖分子。但那有證據證明嗎？該不會是叫部下去辦，功勞自己獨占吧？」

我身旁兩側傳來令人發毛的理智「噗滋」斷線聲——喂別那樣，絕對不能跟對方吵架，一旦真的吵起來，事情百分之百會變得很麻煩啊。

這種時候應該要睿智一點，用和平的方式解決才對。對了我在書上看過，像這種時候只要誇獎對方就行了。說些像是「說得真對！跟妳的活躍表現比起來，我這樣根本不算什麼！」之類的，那樣她就不會那麼不爽了吧——不過，在這之前。

「對了薇兒，這個人叫什麼名字啊？我好像在哪邊看過，可是都想不起來……」

「誰知道？不如直接問她本人吧。」

「也對，那樣最快。」

我轉頭面向那個女人，接著開口。

「抱歉這麼晚才問，但妳是誰呀？」

啊。在問的時候語氣是不是應該要柔和些會更好，想是這樣想，但那完全是馬後炮了。

另外那三個人分別有不同的反應。

薇兒暗自竊笑。卡歐斯戴勒一臉得意地撫摸下巴。還有——眼前這名女子變得滿臉通紅，口中那顫抖的聲音像是硬擠出來的。

「妳問是『誰』……？竟然敢問我是『誰』……？」

「抱歉，妳是哪位？」

「問題不是出在說法上！」緊接著「咚！」的一聲，對方用力踩踏地面，嘴裡還說「沒禮貌……實在太沒禮貌了……！知道我是英明神武的七紅天『黑色閃光』芙萊特・瑪斯卡雷爾，還敢這麼囂張!?」

「就是不知道才問……妳說七紅天？原來妳是七紅天!?」

「妳、這個——可惡的小ㄚ頭……！」

「真不愧是可瑪莉大人！面對帝國境內最有名的七紅天芙萊特・瑪斯卡雷爾，出生於帝都二十歲六月七日生興趣是數鈔票，擅長使用黑暗魔法因而得名『黑色閃光』，依然不害怕而是積極挑釁！這樣的人我不討厭！」

「既然妳都知道就該跟我說啊!?」

為什麼剛才要說謊!?都是妳的緣故，現在事情變棘手了啦！那個叫做芙萊特的人，臉色已經變得像熟透的番茄一樣了！

「呵呵、呵呵呵呵……我被人小看了呢……沒想到會被這樣的小女孩擺弄。」

「我、我並沒有那個意思——」

「就是說啊，瑪斯卡雷爾大人。閣下並不是那個意思。因為像妳這樣的螻蟻，閣下根本沒看在眼裡！」

不要火上加油啦————————！

我要先說清楚，我一點都不想跟這個人敵對！所謂的七紅天，那等於是管束軍中狂戰士的超級狂戰士啊？如果不跟他們搞好關係，之後也許會被殺掉耶！

「喂薇兒，現在該怎麼辦？這樣下去關係會搞爛的！」

「這種事情就交給我處理吧。」

「我要先問一下，妳打算做什麼。」

「如果冒犯到對方，就要拿出相應的誠意彌補，這樣才對。我想這種時候就要真心誠意準備一個禮物給對方。」

「是、是這樣啊？這方面的事情我不是很懂，就交給妳了。」

「遵命。」

接著薇兒就一臉嚴肅地站到芙萊特前方。

「瑪斯卡雷爾大人，剛才多有冒犯。黛拉可瑪莉大人就任七紅天資歷尚淺，她還不懂人情世故，我想之後會有所改善的，這次事件還望您大人不記小人過。」

「咦？喔……」

「這些是要跟您賠罪的，是帝都的名產『血跡斑斑饅頭』。以前在雜誌專訪上看過，瑪斯卡雷爾大人曾提及喜歡這樣東西。」

薇兒話一說完就拿出一盒點心（也不知道是從哪邊變出來的）呈給芙萊特。我覺得好佩服。原本以為她會亂講話把場面搞得雞飛狗跳，但這樣的對應方式不錯吧。變態女僕果然不單只是個變態而已。

芙萊特好像沒那麼生氣了，她眨眨眼睛接受饋贈的禮物。

「是、是這樣啊，女僕倒是很懂事呢。」

「能得到您誇讚是我的榮幸——只不過，請容我訂正一下，瑪斯卡雷爾大人在某些地方也有所誤會。」

……嗯？

「可瑪莉大小姐是最強的，而且還是這個世界上最惹人憐愛的一位。剛才瑪斯卡雷爾大人出言挑釁，說可瑪莉大小姐專挑大猩猩這種低等對手，那表示您對這方面的事實似乎完全沒有體認到。」

快住口。已經夠了，閉嘴、給我閉嘴……！

「這可不得了。沒能讓其他人正確體認可瑪莉大小姐的魅力，對這個世界來說可以說是種損失。為了讓您知道可瑪莉大小姐有多棒，順便連這樣東西也送給妳。還請您笑納。」

薇兒把她帶在身上的T恤交給芙萊特。

……妳這個大白痴！拿那種東西送人是在做什麼啊！

「這是、什麼東西。」

T恤被人攤開。

我的臉（要笑不笑）隨即被秀了出來。

然後芙萊特的額頭上就浮現青筋。

「……這下我都明白了，崗德森布萊德小姐……看樣子我跟妳是不可能相處融洽了。」

「沒、沒那回事。能有這樣的同僚難能可貴，只要我們接下來試著友好相處……」

「妳若是一直拿出那種令人不快的態度，就沒什麼好說的——受不了，因為被卡蕾大人看上就自以為是，小心踢到鐵板！」

「……卡蕾大人？這又是哪號人物。」

「拜託妳別裝傻好不好！妳跟皇帝陛下關係親密，就連今天早上的新聞都提到了！」

皇帝？原來那個人的名字這麼可愛呀？——這件事情讓我有點驚訝，這時芙萊特疑似透過空間魔法拿出報紙，在我面前攤開。

我有非常不好的預感。有股強烈的既視感。

『可瑪莉閣下 向人熱烈示愛!?

姆爾納特帝國七紅天黛拉可瑪莉・崗德森布萊德大將軍（十五歲）在四號當天對姆爾納特帝國皇帝卡蕾・艾威西爾斯陛下（三十八歲）熱情示愛。大將軍說「我認為最強的是皇帝陛下。」苦惱地吐露心中隱藏的思慕之情。姆爾納特帝國這邊都是以「強度」來當作受不受歡迎的判斷基準，這麼做等同是愛的告白。艾威西爾斯陛下的回應是「如果可瑪莉有那個意思，朕也不會吝於回應。」看樣子兩人並非完全不可能。而且她們私底下還會用「可瑪莉」和「皇帝」這樣的暱稱互相稱呼。莫非再過不久就會誕生一對年齡差距達二十三歲的情侶？』

……這是什麼。

「啊啊讓人不禁哀嘆！卡蕾大人也真是的，到底是怎麼了。竟然會去寵幸妳這種只剩下家世可取的吸血鬼！對我卻連看都不看一眼！」

「關我什麼事！是說那根本就是捏造的吧，那可是六國新聞耶、六國新聞！大家都知道版面上的新聞有八成都是來自捏造、妄想跟誇飾啊!?」——在我心裡是這樣的啦！

「就算新聞都是捏造的好了，還是可以確定卡蕾大人真的很中意妳！——啊啊卡蕾大人，您怎麼會對這種初來乍到的鄉巴佬小姑娘……！佐久奈‧梅墨瓦的事也一樣，您未免太會戲弄人了！」

只見芙萊特咬牙切齒又懊惱地瞪著我。這檔事對我來說除了困擾還是困擾。竟然害我陷入這種莫名其妙的三角關係中，開什麼玩笑。

「總而言之！我是不會認可妳的。如果妳有意見——對了，這裡可是最看重實力的姆爾納特帝國。妳要展現出配得上七紅天的武力！」

「會、會有機會展示的。但不是今天。」

「哼。用這種方式一拖再拖，只是在浪費人生而已！」

這句話狠狠刺中我的心，雖然我聽了只覺得莫名其妙。

芙萊特身邊那群跟屁蟲還在她耳邊偷偷說著「時間差不多了」。這位英明神武的七紅天點了個頭，先是看了我一眼，之後就邁開步伐走人。

「妳可要多保重，崗德森布萊德小姐。下次我們再相見，一定要讓我拜見拜見妳的實力！」

☆

等到目送芙萊特軍團消失在走廊底端後，卡歐斯戴勒也跟著說了一句「接下來我還有工作要處理」，人就這麼走了。我原本還想問他所謂的工作都包含哪些內容。雖然很麻煩，但關於商品的製作，我必須確實監督才行——不對現在那個不重要，要先想想該怎麼跟芙萊特重新打好關係——不對不對弄錯了，我應該要先去見那個變態皇帝——不是先等等，要拿去郵局寄的原稿，我忘了帶出來啦！啊啊，要做的事也太多了吧！

事情就是這樣，當我還在東想西想，人就已經來到謁見用的大廳了。才剛到那邊，原本高高在上靠著王座吃冰棒的金髮巨乳美少女就大聲發出像怪鳥般的「喔喔！」一聲，還靠過來我這邊。

「可瑪莉妳總算來了！外面很熱吧？這樣的季節對沒用的可瑪莉來說應該很難忍受。快來吃這個冰棒涼快一下。」

「唔咕！」

皇帝吃到一半的冰棒塞進我嘴裡。好冰涼。好甜。是橘子口味的。好好吃……

不對啦，拜託不要沒頭沒腦把東西塞進別人嘴裡！這樣很危險耶。

從皇帝手中接過冰棒後，我努力擺出充滿譴責意味的表情，不悅地看著她。

「皇帝，有事情要說就趕快說一說。」

「哇、哈、哈！妳好急躁啊。話說強制間接接吻的滋味如何？」

「那麼噁心的事情別說出來啦！吃起來除了橘子味就沒其他的啦！」

我將冰棒粗魯地還給皇帝。

她每次都能用天馬行空的方式性騷擾別人，過程中一點都不猶豫，這也算是某種才能吧。雖然我一點都不羨慕就是了——話說回來，我有話想對這個人說。

「那些先別管了！剛才那個新聞是怎樣！」

「那個新聞？……喔喔，在說熱烈示愛的新聞啊。」

嘴裡含著冰棒的皇帝邊吃邊說。

「弄出那樣的新聞簡直不像樣。還把人家的戀愛史報得那麼聳動，根本是壞蛋才會做的事情。」

「可是上面還記載了皇帝妳的回應耶？」

「那是對方問朕『假如崗德森布萊德大將軍對您宣戰，您會有什麼反應？』朕當下給出的答案。想必妳也很清楚那幫人的手法吧？六國新聞嘴巴上說他們完全中立，卻是會對各大勢力行激怒之實的垃圾。他們偶爾還是會出些像樣的新聞稿，朕才會讓他們採訪……這次著實讓人火大。」

我好意外。原來這個皇帝心中還留有良知這種東西。原本以為她會拿那個亂七八糟的新聞當既成事實，用來脅迫我……我對妳有點刮目相看囉。

「換作是平常，朕會下令回收並且命令他們刊載道歉文，但這次太過忙碌，就留著以後再處理吧。」

「啊……？」

「對了可瑪莉，朕想來跟妳談正事。」

「等一下。妳不回收那些報紙嗎？這樣大家會一直誤解下去……」

「就說朕很忙了。因為昨晚妳父親被不明人士虐殺。」

「現在問題不是妳忙不忙……什麼——————!?」

「屍體就躺在那邊。」

「怎麼會這樣!?」

我嚇到眼珠子都快掉出來了。被人隨隨便便放在牆壁旁邊的，正是我的父親。他應該不是在睡覺，是真的死了吧——大吃一驚的我慌慌張張跑到爸爸身邊。他死狀悽慘。

「爸爸、爸爸！你快醒醒啊，爸爸！」

「別擔心。靠魔核的力量，今天應該就會復活了。」

雖然皇帝那麼說，我的心情依然無法平復。我的家人可是死掉了耶。雖然之後還會復活，但不是說句「太好了」就能安心了事吧。是說為什麼把他隨便扔在這種地方!?

「他是腹部受傷。」

蹲坐在我旁邊的薇兒眺望著父親的屍體，說了這麼一句話。這一看才發現腹部那裡的衣服的確破掉了，皮膚也露出來。

「傷口正在修復中，沒辦法準確判斷，但對方恐怕沒有使用武器跟魔法，直接赤手空拳把肚子捅破。下手的人力量似乎大到很不尋常。」

「豈止是力量大……」

我渾身發抖。這麼說來，昨天晚上爸爸都沒回家。我妹蘿蘿可還鬼扯些話像是「可能在外面有女人了吧！啊哈哈哈哈哈！」但那怎麼可能。那時我的心情莫名忐忑，覺得有可能發生更糟的事。

卻萬萬沒想到他會被人殺掉。

「陛下，崗德森布萊德卿遇到什麼事了？」

「如妳們所見，他被人殺了。昨天開完御前會議後，回家的路上疑似遭人襲擊。而且不只是阿爾曼而已——這一個禮拜以來包括政府高官和元老，還有七紅天，加起來總共有五個人被殺掉。已經算是恐怖攻擊了。犯人就是恐怖分子。」

那讓我驚訝到說不出話來。她是說真的？

「找到嫌疑犯了嗎？」

這話讓皇帝困惑地撫摸自己的臉頰。

「說來見笑，目前還毫無頭緒。因為被殺掉的人都沒意識到自己被人殺死。當然也不記得犯人長什麼樣子。」

「會不會是用了能夠改寫記憶的魔法？」

「是有這個可能。可是能夠干涉精神的魔法說是大魔法也算夠大的了，如果在宮殿內發動，朕不可能沒有察覺。對方也有可能是透過上級魔法【漆羽衣】來掩蓋魔力——不過依朕來看，這應該不是魔法，而是烈核解放。」

「烈核解放……這下麻煩了。」

就在這時，薇兒好像突然想到什麼事，她眨了眨眼睛。

「請等一下，陛下。宮殿周圍應該都已經架設了禁止外部人士入侵的結界。是不是像米莉桑德那個時候那樣，被人開了可以用來【轉移】的門？」

「倒是沒有看到門，也沒聽說結界上出現破洞。如此一來得出的答案就只有一個——那就是恐怖分子已經混進帝國中樞。」

「是……」

「元老們嚇到人都縮成一團了，真有趣，今天一大早馬上就嚴令『去把凶手抓起來！』但也因為這樣，每次朕想說說自己的看法，他們就一定會挑毛病。這個國家有一陣子都處於衰敗狀態，朕似乎明白其中的緣由了。」

「先別管那個了，不好好想想對策的話，事情會變得很棘手。」

「已經在想了。所以朕才會把可瑪莉叫過來——可瑪莉，朕知道妳很擔心，但就算盯著屍體看也不會讓恢復速度加快。」

「我、我知道啦！……可是，你們怎麼讓他躺在這種地方？應該要照程序搬到醫院才對。」

「這是為了讓可瑪莉見他，才會特地從醫院搬過來。」

「不用做這種多餘的事情啦！那樣太可憐了！」

「妳這話的意思是鞭屍很沒天良嗎？可是以前朕被流彈打中死掉，那傢伙可是把朕的身體扔進堆肥裡留下前科喔。被人用這點程度的手段對待也沒資格抱怨。」

爸爸你都幹了什麼好事!?

「再說妳實際上目睹過屍體，才能理解事情有多嚴重吧？如今我國正遭到無法無天的恐怖分子蹂躪。而且從古至今，解決這類事件一直都是七紅天的職責。」

一股壞得要命的預感在心中湧現，於是我決定先發制人。

「交給芙萊特就好啦，那個人看起來好像很厲害。」

「她這幾天已經安排好要跟人開戰。」

「那妳自己上好了？」

「都跟妳說朕很忙了。」

「我也很忙，差不多該回去囉。」

「可瑪莉啊。」

「什麼事？」

「擊退恐怖分子的工作就交給妳——」

「我不要————！」我高聲尖叫。「不要不要不要！鬼才要接！我接下來可是準備躲回房間當家裡蹲，沉溺在宛如深淵的思緒之海中！而且皇帝妳不是說我在戰爭中戰勝了，就給我一個禮拜的休假嗎？人家都說學會說謊，下次就準備當小偷耶！」

「朕不記得有說過那種話。」

「那是為了把可瑪莉大小姐從房間騙出來才撒的謊。欸嘿。」

「原來妳才準備要當小偷喔————!?」

在「欸嘿」什麼啦！一點都不可愛！也不想想我有多麼期待休假……都是為了拿到休假，我才會拚死拚活派部下出去作戰……可是妳卻……裝出一臉無辜的樣子……踐踏我的心情……！

「嗚嗚、嗚嗚嗚嗚嗚嗚嗚…………！」

這個打擊實在太大了，我連眼淚都飆出來。膝蓋一軟跪倒在紅色的絨毯上。但我還是拚命壓抑那股激情，全身都在用力，邊顫抖邊咬緊牙關，然後恨恨地盯著薇兒看。

「……薇兒海絲，欺負可瑪莉別欺負過頭了。」

「可是我不說謊的話，可瑪莉大小姐連一步都不願意踏出去——所以說可瑪莉大小姐，請您冷靜一點。」

「吵死了吵死了！在妳道歉之前，我絕對不原諒妳！」

「對不起。」

「…………」

別道歉得這麼輕巧好嗎？而且她還深深鞠躬，表情看起來是真的很歉疚。這樣不原諒她怎麼行。

「今後我會盡量不透過言詞，而是靠蠻力把可瑪莉大小姐帶出去，這次還請您原諒我。」

「兩種方式都很爛啦！」

這讓我氣到傻眼。不過這傢伙看起來好像真的有在反省，我就別抱怨了。原來打從一開始就沒有休假存在——事情就是這樣，在擦拭眼淚的我，不忘感嘆這世間還真是無情，結果——

「算了，就讓妳放假吧。」

結果皇帝居然開口了。

「這、這是什麼意思？」

「意思就是妳願意接受朕的安排，朕就賜妳休假。因為這樣下去妳顯得有些可憐——若是能夠抓到恐怖分子，朕一定會給妳一個禮拜的休假。」

到頭來還是避不掉。

「……可是，要我去抓恐怖分子，我也很頭大。我一點都不強欸？」

「這跟一個人強不強是沒關係的。除了薇兒海絲，妳不是還有其他優秀的部下嗎？——而且這次又不是只派妳一個人出任務。」

咦？——我正想出聲，背後就突然傳來些許聲響。

我轉過頭看。發現在謁見用大廳的入口處，在那堪稱會毒害眼睛的金光閃閃大柱子後，好像有人在觀望這邊的情況。

「佐久奈・梅墨瓦！妳用不著害羞！」

皇帝這聲高喊如雷貫耳。

對方被那大嗓門嚇到肩膀抖了一下，一時間顯得不知所措又扭扭捏捏，但最後可能是終於下定決心了吧，這才慢慢從柱子後方現身。

那是個面容白皙的女孩。

可能是混到蒼玉種血脈的混血兒。一頭及肩的銀色髮絲，看上去好像雪一樣。整個人怯生生的，感覺不是很可靠，導致那背在背上的哥德式魔法杖顯得更加突兀。

她站到我面前。

皮膚好白。真的好白。那容貌彷彿經人手精心打造而成，看似柔軟的臉頰染上了紅暈，在昭告對方是活生生的人。話說她當然是活的。

我們的眼睛不小心對上。那對青色雙眸躊躇地望著我。

話說回來，總覺得這女孩真的很——

「好漂亮……」

說這話的人不是我，是那個皮膚很白的女孩。她根本是在替我道出心聲，不過她那句「好漂亮」分明就是對著我說的。

「啊，對、對不起……不小心就——」

「沒關係，沒什麼好道歉的……畢竟我是一億年難得一見的美少女……」

那女孩紅著臉低下頭。這氣氛是怎樣。

皇帝這時「咳哼！」地咳了一聲。

「說起這次的恐怖分子，就連最強大的武官七紅天都能夠殺害。朕哪可能狠心到只派可瑪莉妳一人去面對那樣的對手。因此妳們兩位要同心協力完成任務。」

© riichu

同心協力？跟這女孩一起……？

感到詫異的我看了看她，對方則將目光別開。這好像還是我第一次見到比自己更容易害羞的人。

「……皇帝，也許我不該說這種話，但要我跟這女孩一起出任務未免也太——」

「用不著擔心。實力面沒什麼好操心的，更重要的是那女孩鬥志旺盛。她擁有堅定的意念，鐵了心要找恐怖分子報一箭之仇。」

「要報仇……？」

「沒錯就是報仇——來吧佐久奈，跟可瑪莉做一下自我介紹吧。」

我的腦子裡滿是問號。那個銀白色的吸血鬼並沒有察覺我的心思，而是畏畏縮縮地低頭。

「我是佐久奈・梅墨瓦。是七紅天……明明是七紅天，卻只有我被恐怖分子殺掉……所以我必須想辦法洗刷汙名。」

七紅天——!?我差點把這句話喊出來。因為她的言行舉止根本就不像「帝國最強七人幫」該有的。不對，我跟她半斤八兩。

我目不轉睛地盯著佐久奈的臉龐看。原來這樣的人也可以當上七紅天啊——話說她的臉好紅喔。妳還好嗎？

「那、那個——」

「嗯？」

「我其實、不太擅長、跟人說話……有寫信帶過來。」

那女孩從軍裝的口袋中拿出一封信，把信交給我。最近的薇兒也好，今天早上的大猩猩也罷，最近是不是很流行用信件表達自己的心情啊。

「這、這樣很害羞，請妳晚點再看。我先失陪了……！」

「咦，喂……佐久奈小姐？」

我都還來不及制止對方。她早已化身為遇見天敵的兔子，就此逃離現場。被丟在原地的我戰戰兢兢地向下看，望著那封交到我手上的信件。

信件上用星星形狀的貼紙貼著封口。還好不是愛心形狀的，否則照剛才佐久奈的態度來看，很難不讓人聯想到情書那類的。如果有人從半路上才開始當觀眾，那十之八九會想歪吧。

我總覺得……這下可能會掀起一陣波瀾。

☆

給黛拉可瑪莉・崗德森布萊德大人：

很抱歉突然拿這樣的一封信給妳。但是用講的，我怕我連話都說不好，只能像這樣寫成文字了。

我的名字叫做佐久奈・梅墨瓦。若是妳願意用非正式的方式叫我「佐久奈」，我會很開心的。大約在一個星期前，我成了新任的七紅天。這麼說妳可能會覺得生氣，但我並沒有那麼強。根本不適合當七紅天。只是碰巧出了一點意外把前任七紅天殺掉，就被人當成是挑戰上級，直接承接前任的頭銜……

但就算我不想當七紅天，也沒辦法拒絕。想必黛拉可瑪莉小姐也很清楚，要成為七紅天的時候會跟人簽訂契約，若是想擅自辭職就會被炸死，聽說是這樣。也許那對帝國軍人來說是家常便飯，但是我很怕痛，不想死，那就只能努力了。要成為最強的將軍……我完全不覺得自己能夠勝任，但也只能拚命努力看看。

只是不久之前，我被恐怖分子殺掉。死亡當下的事情一點印象都沒有，也沒看見犯人長什麼樣子。不過我還是記得當時很害怕，覺得死亡真的好恐怖，不想再經歷第二次……

而且我離被炸死的那一天也不遠了。視為榮耀象徵的七紅天居然被恐怖分子殺掉，那等同傷害了帝國的名聲。我必須洗刷罪名，否則就會因為契約的關係被炸死，遭到罷免。雖然我很希望被罷免（我說這種話或許很不識相），但我說什麼都不想死，因此必須逮捕恐怖分子才行。

以上就是我所有的經歷。這些話或許不應該拿來跟黛拉可瑪莉小姐這種又強又厲害的人說，可是冥冥之中，我卻覺得必須跟黛拉可瑪莉小姐告知……再說面對要一起工作的人，我自認不應該有所隱瞞，才會藉機說些沒用的話。

我是個不中用的人，還望妳多多關照。我們一起逮捕恐怖分子吧（但我可能幫不上什麼忙……）。我會好好努力的。

最後這邊還有多餘的空間，拿來做一下自我介紹。

我的名字是佐久奈・梅墨瓦。出生於帝都。外婆來自白極聯邦，我混了四分之一的血統。雖然不擅長戰鬥，但是在作戰的時候會使用魔法。是大家口中的魔法師（帶著巨大的魔杖）。興趣是看書，喜歡的作品是《安德羅諾斯戰記》。喜歡的食物是蛋包飯，喜歡的動物是水豚，喜歡的季節是夏天，喜歡的星座是海豚座。小時候很喜歡跟家人一起去觀星。請多多指教。

佐久奈・梅墨瓦

※

「這是、什麼……！」

晉見完皇帝後，過了一個小時。那個變態女僕還是一樣不肯讓我休息，居然還把我拉到訓練場，我繃緊神經，怕她接下來逼我去跟人廝殺，結果她對我說「請您接下來監督部下做訓練」。

反正也不是要我去作戰，都好啦——懷著如此樂觀的想法，我坐在樹下的長椅上喝西瓜汁（一群部下就在我眼前發出各種怪聲殺來殺去），接著我突然想起佐久奈有給我一封信，就拿來讀讀看。

我看完大吃一驚。

因為她的遭遇幾乎跟我一模一樣。

「……我說薇兒，佐久奈是不是很有名？」

「好像非常有名。像她這樣真的把上級長官幹掉才被任命為七紅天的吸血鬼，已經很久沒出現了。根據打聽到的消息指出，她好像當著大眾的面將前任七紅天炸死。」

「那是假的吧。信上面寫說她是一時失手才會殺掉對方耶。」

「幹掉上級長官這種事，沒在管是意外還是蓄意為之——只是一介小兵將帝國最強的七紅天打倒實在太有傳奇色彩。怪不得民眾會被她吸引。」

「嗯——原來是這樣……再說她又長那樣，會受到歡迎是很正常的。」

「……可瑪莉大小姐喜歡那樣的女孩子嗎？」

「我喜不喜歡？嗯，算喜歡吧。」

「!?!?!?!?!?!?!?!?」

跟那些野蠻人比起來，我對她的好感多太多了。

……嗯？薇兒，妳怎麼啦？那表情就好像拿來當寶的奶油蛋糕突然被人橫刀奪愛挖走草莓一樣。是不是肚子在痛？

算了還是別管了吧。這傢伙也不是從今天才開始翻臉跟翻書一樣。

總而言之言而總之，我會想跟佐久奈建立良好的關係。原本以為只有我當七紅天當得心不甘情不願，沒想到跟我有著相同煩惱的人遠在天邊近在眼前。還有照這信件內容來看，我們的興趣似乎也很相近……呵呵呵。好久沒有這麼興奮了。也許我能夠交到有生以來第一個朋友。

話說回來，信件上都沒有交代一些具體事項，例如時間地點、曾經做過什麼。大概是全副精神都用在自我介紹上，用過頭了導致忘記寫上最重要的部分。這種少根筋的表現也讓我覺得很有親切感。

「好！等一下來去找佐久奈吧。我完全不想接手擊退恐怖分子的差事，不過可以找她聊聊天。」

「不行。請您監督大家做訓練。」

「為什麼，去跟佐久奈打好關係比較重要吧？」

「隊員們都是因為可瑪莉大小姐在看才會那麼努力。您請看，看看梅拉康契大衛臉上的神情。他是那樣的如魚得水，在炸對手的時候還顯得朝氣蓬勃呢。」

「那傢伙平常就是那副德行吧！我現在更想去見佐久奈。去找她聊《安德羅諾斯戰記》！」

「見到她還是聊工作上的事吧——不，重點不是那個，總之不能過去。那個女孩散發一股危險氣息。她肯定夜裡都在宮殿徘徊，四處殺人。」

「會做那種事情的人只有那個恐怖分子啦！就是為了要逮捕這個恐怖分子，我才得去見佐久奈！讓我好好工作啦——！」

「居、居然……！能夠從可瑪莉大小姐口中聽到這樣的話，我好感動……！我明白了。剛好哈迪斯・蒙爾基奇中將要求跟您再戰，我這就來調整行程。」

「我說的不是那方面的工作啦——!!」

她為什麼這麼強硬啊。難道是在生氣？今天早上薇兒做了沙拉，我沒有吃青椒是不是還讓她耿耿於懷？

「……對不起啦。下次我會乖乖把青椒吃完的。」

「不曉得可瑪莉大小姐說的是哪件事情，但我明白了，知道大小姐您以後都會把青椒吃完。」

「原來不是為了這個!?那不算！剛才那個不算數！」

可惡，我說了不該說的。這下得努力吃掉了……

青椒的事情晚點再想好了。總之我想再去跟佐久奈見一次面。具體而言是想跟她聊興趣方面的事情。可以的話希望跟她做朋友，一起分享我們的煩惱。再來還有個迫切的問題，就是我想遠離那些危險到不行的部下，一不小心就有可能被流彈打到丟了小命。剛才還有斧頭飛過來，刺在我身邊的樹上。

我用熱切的目光望著薇兒的臉，最後那個變態女僕似乎拿我沒轍，嘴裡嘆了口氣，發出一聲「唉」。

「我明白了。不會再繼續挽留您——只是您既然要去見梅墨瓦大人，就要確實與她開會討論，看要如何逮捕恐怖分子。」

「唔。我、我知道啦……可是仔細想想，也沒什麼我能做的吧？對方可是殺了好幾個人的凶殘分子啊？」

「那您就要好好利用部下。可瑪莉大小姐身旁不是還有五百個凶殘的部下跟著嗎？」

我偷偷看向訓練場那邊。那些傢伙眼神都很瘋狂，眼裡還殺氣騰騰，在那跟人殺來殺去。周圍不是鮮血就是屍體，是如假包換的屍橫遍野。這裡面還有人流著血淚抓頭。他身上到底發生什麼事了啊。

「來吧，請您下令。」

「妳要我下令……可是他們看起來好像很忙。」

「沒問題的，請您試著跟他們說說話吧。」

感覺在我跟他們說話的瞬間，他們可能就會殺紅眼順便把我殺了——但到時候薇兒會保護我吧。應該會保護我吧？我可是很相信妳喔！

我先從長椅上慢吞吞地站起來，做了一個深呼吸後才抬高音量開口。

「——各位，可否借用點時間！」

大家突然定住。

那幫人的動作完全靜止了。這景象就彷彿時間停止流動，看起來實在太詭異了，害我也跟著定住。

這時薇兒突然大聲咳嗽。

「請大家看這邊。接下來黛拉可瑪莉大人要對各位下指令。」

「指令。」——這話不曉得是誰說的。那聲呢喃如漣漪般擴散開來。「是來自閣下的指令。」「閣下要下指令了！」「你們這些混帳都把耳朵挖乾淨聽好了！」「連一句話都別漏聽！」「閣下，請您儘管下令吧！」「是要我們去殺誰嗎？」「是不是皇帝陛下!?」「還是那個大猩猩!?」

那些部下氣勢上猶如發現獵物的食人魚，紛紛朝我逼近。他們的想法和用詞依然很聳動，我怕死了——喂，還有人連半張臉都沒了，你還好嗎!?不對不對那些都不重要，我該如何下令才好——

「閣下！該不會是為了之前發生的那些連續殺人事件吧？」

卡歐斯戴勒突然從旁打岔，把我嚇了一跳。原來你在這喔。

「嗯、嗯嗯。其實剛才皇帝對我下令了，她好像希望我去逮捕犯人。」

只見吸血鬼們喜悅地「喔喔！」叫。聽到這種話會覺得開心，這樣的神經構造讓人無法理解，總之我為了回應他們的期待，才會繼續說接下來這些話。

「所以說，我希望你們務必要擔任先鋒，去搜索那個凶手。你們那麼忙，我還提這種要求很抱歉，但可以的話，希望你們可以去逮捕那個恐怖分子。」

「您說這是什麼話閣下！」「有了閣下的命令，其他待辦事項都可以扔進水溝啦！」「您用不著跟我們拜託！」「你們幾個，趕快去搜捕恐怖分子！」

「唔喔喔喔喔喔喔喔喔喔喔喔——」他們又像之前那樣鬼吼鬼叫了。

別叫啦，會給鄰居添麻煩的。女僕們都從七紅府的窗戶向下看，在納悶我們這邊出什麼事耶。這樣很丟臉，拜託你們節制一下——但我這些心聲完全沒機會傳達給他們。

……好吧，看樣子部下都鼓足幹勁了，萬歲萬歲萬萬歲。不管怎麼說，這幫人都滿強的。這樣應該就沒有我跟佐久奈出場的餘地了吧。就算真的要我們出面，我們也不知道該怎麼辦。

「不好意思，閣下，在下有一個提議。」

「要提什麼？卡歐斯戴勒。」

我心中全是不祥的預感。

他那表情就像是想到逃獄方法的死刑犯，嘴裡還這麼說。

「若是有人抓到恐怖分子，要不要給些獎勵。在他們眼前吊個胡蘿蔔，他們的士氣也會高漲百倍。」

「都這樣了還有必要提升士氣？」

「為了盡快解決該案件，我認為是必須的。」

「嗯——……」

如果能夠快速逮捕犯人，那是最好的。而且論功行賞也算是上司的職責。這樣想來，他口中的「胡蘿蔔」似乎不能少。

我轉頭看薇兒。她似乎沒什麼話想說，臉上面無表情。意思是要我自行拿捏？……說到這個獎賞。老實說我只剩下不好的回憶。像這個枯樹混帳就害我被迫換裝上演一場時裝秀——不對等等，若我先決定該給什麼獎賞，那就不會有任何問題啦。只要別說「你們的要求有求必應」就行了。很好，可行可行。

「那好吧——諸位！你們聽好了！」

我開啟將軍大人模式，對大家喊話。

「這次的任務非常棘手，我們必須搜捕背景資訊都不透明的恐怖分子。也因為這樣，若是你們有人順利逮捕恐怖分子，我將會論功行賞。」

有人在吞口水。

部下全都一臉緊張地等待，等著看我接下來要說什麼。很好很好。感覺不錯——我覺得自己已經達到想要的效果了，同時我還拋出震撼彈，說了一句很關鍵的話。

「聽了別嚇到——抓到恐怖分子的人，會給予他三天的特別休假！」

現場頓時沉寂下來，變得鴉雀無聲。

…………………………

……奇怪？

還以為大家會很興奮……怪了？

「閣下。」

卡歐斯戴勒趕緊過來貼在我耳邊說了些話。

「不好意思，那可能不算是獎賞。」

「咦？為什麼？」我說完這話不解地歪著頭，這次換薇兒出面幫腔。

「那幫人的興趣是殺人。給他們休假別說是開心不起來，還會害他們不能上戰場活動筋骨，反而會更加不滿吧——您請看，他們的表情越來越失望……」

還、還有這樣的!?如果是我的話，我敢肯定一定會欣喜若狂到手舞足蹈！我們的價值觀落差太大，害我猜不透啊——不對，那個先別管了，不快點想想辦法的話，他們的怒火就要爆發了。會開始以下犯上。我會被殺掉……！

「那、那可不是普通的休假！其實是……那個……對了！除了給你們放假，還會奉送動物園的門票！」

我為了替自己解圍，硬是找些話來塞。

那個門票是這陣子妹妹蘿蘿給的。總共有兩張。當時蘿蘿那傢伙還說「我要跟男朋友一起去」，在那邊自以為是地炫耀，但好像準備要去之前就被甩掉了。那時我正在猶豫，不曉得該說哪些話來安慰她，結果妹妹她流著眼淚挑釁說「可瑪姊姊妳去好了！反正我看妳也找不到人陪妳一起去！」同時將那些門票塞給我。

把那些東西塞給我，我也不知道該怎麼處理。因為去外面很麻煩，而且就像她說的，找不到人陪我一起去。基於上述原因，我原本打算將門票送給別人，這次不失為一個好機會吧。

此時其中一名部下戰戰兢兢地舉手。

「請問，那該不會是……能跟閣下一起去？」

「嗯？是可以，如果你們想要的話……」

是說先等等。那些笨蛋的興趣就是殺人，就算給他們動物園的門票，他們也不可能覺得開心。我在幹麼啊——沒想到……

「這……這是約會……」

「放假兼約會。」「是幽會。」「是偷情啊……！」

咦？現場氣氛好像變了？

我說薇兒，這幫人怎麼了？

「……可瑪莉大小姐。這麼做未免太過火了。」

「什麼意思啊……？」

我正打算進一步追問，下一刻卻有事情發生。

有東西炸開了。各方面來說都是。

「唔喔喔喔喔喔喔喔喔喔喔喔喔喔喔喔喔喔喔喔！」「啊啊啊啊啊啊啊啊啊啊啊啊啊啊啊啊啊啊啊啊啊啊！」「呼喔喔喔喔喔喔喔喔喔喔喔喔喔喔！」「約會！約會！約會！」「這樣的機會去哪找啊。」「這就是天命。」「嗶——嗶——嗶——接收到來自宇宙的訊號。殺了恐怖分子殺了恐怖分子。」「給我等著，你這個恐怖分子——————！」「能夠跟閣下偷情的人是我喔喔喔喔喔喔喔！」「你這傢伙別想超車！」「那是我要說的，你這蠢貨閃邊去！」「恐怖分子專門殺政府單位的重要官員吧？那我先把那些重要官員殺掉就好啦！」「原來如此，這戰術就是『想要藏起一棵樹不如燒掉整座森林』！」「嗶啊啊啊啊啊啊啊啊啊啊啊啊啊啊啊啊啊啊啊啊！」

…………

……

「……這幫人不管怎麼看都像恐怖分子吧!?」

「已經不是我們能夠駕馭的了。您打算怎麼辦，可瑪莉大小姐。」

「這些人原本有這麼喜歡動物嗎……？」

「可瑪莉大小姐也讓人不知該怎麼辦才好。」

「對啊，沒辦法駕馭啦！該怎麼辦才好！」

目送那些像怪物般發出怪叫並一轟而散的部下，我知道眼下自己的腦袋逐漸變得一片空白。

這下糟了，放出一群野獸……

「——閣下，我會盡可能監督那幫人的行動。否則這樣下去很有可能會引發暴動。」

有著狗頭的貝里烏斯・以諾・凱爾貝洛在這時現身，那讓我更加焦躁。旁邊還有部下在，我卻說了一堆不中用的話……不過只說這些應該沒關係吧（自暴自棄）。貝里烏斯和卡歐斯戴勒似乎沒有起疑心。

「可瑪莉大小姐，關於接下來的預定行程。」

「我想去見佐久奈。」

「不用管部下沒關係嗎？」

「…………貝里烏斯、卡歐斯戴勒，可以交給你們嗎？」

「「遵命。」」

那兩個人化作一陣風跑開。確定他們已經跑得不見人影後，我才「呼——」地鬆了一口氣，伸伸懶腰舒緩僵硬的身體，慢慢抬頭仰望天空，看那些雲在天空飄，接著自言自語。

「嗯，船到橋頭自然直吧。」

☆

遠方好像傳來不明人士的慘叫聲和爆炸聲響，但我不能去在意那些。晚點我可能要出面收拾殘局，但起碼不是現在。現在先想些快樂的事情吧。不知道今天晚餐會吃什麼，想吃好久沒吃的特濃醬燒漢堡排。

「——可瑪莉大小姐，我們到了。」

薇兒的耳語硬生生將我拉回現實世界。

靠著魔力作動的升降機門扉打開了。這裡是七紅府的六樓。我每天來上班的這棟建築物總共有七層樓，一樓給第一部隊，二樓是第二部隊，照這個樣子依序發給各個部隊使用。

六樓自然是分配給第六部隊——換句話說，這個樓層有佐久奈的辦公室在。

在走廊上直走一陣之後，她那間辦公室的門便出現在眼前。門上有塊牌子寫著「使用中」，看樣子她果然回到自己的辦公室了。

話說回來……我、我不能緊張。仔細想想，這也許是我第一次自動自發來見某個人。可能是佐久奈展現出來的態度給了我這份動力吧——總之我要小心，以免讓她留下壞印象。

「……嗯？」

這時我突然發現一件事情。

就是門後面傳出說話的聲響。一個是佐久奈的聲音，另外一個是——男人的聲音嗎？啊，剛才好像聽到他們提起「黛拉可瑪莉」這個字眼。到底在談什麼呢？雖然知道偷聽不是很好，但我實在很好奇。

「是不是有人來了？」

「要不要來確認一下？」

「怎麼確認？」

「像這樣。」

伴隨「啪鏗！」一聲，薇兒直接把門打開。

室內的情況一下子就呈現在眼前，只見佐久奈一臉驚訝地望著這邊。她正面還站著身穿神聖教神職人員服飾的大叔，這個人也一臉詫異地看著我。那是當然的吧，畢竟我們的登場方式就像強盜一樣——薇兒妳在搞什麼啊!?

這樣未免太失禮了吧，至少要敲門啊，會給人家留下超爛的印象耶!!

「……黛拉可瑪莉、小姐？」

佐久奈的聲音聽起來很困惑。這不能怪她，我硬逼自己在說話時擠出笑容。

「妳、妳好啊，佐久奈。抱歉突然跑過來。我來這邊是想跟妳討論打擊恐怖分子的事情……妳是不是在忙？」

我偷偷看那個穿神職人員服飾的大叔。從剛才的氣氛上看來，他們好像在談什麼重要的事情，我可能打擾到他們了。可是他卻誇張地搖頭，嘴裡說著「沒有沒有！」。

「不、不不不！沒問題，完全沒問題，崗德森布萊德小姐！剛才我們在談的事情也沒什麼大不了！我也差不多該告辭了！——那麼梅墨瓦小姐，再拜託妳了！」

「……好的。」

說完這些話，那個大叔朝著我這邊——也就是朝著門這邊走過來。就好像在行軍一樣，一舉手一投足都俐落有力。我趕緊讓路，他卻突然停下來，還衝著我微笑。笑起來好像鳥類。

「能夠與妳見面是我的榮幸，崗德森布萊德小姐！之前就聽說過妳的傳聞了。大顯身手的模樣就好像有三頭六臂似的！想必靠妳的力量，要征服六國也易如反掌吧！」

「就、就是說啊。要是讓我出面，連征服世界都小事一樁。」

「哈、哈、哈，自信心十足呢！話說妳相信有神嗎？」

「……咦？」

這個人剛才說什麼來著？

「妳相信有神嗎？」

「不、這個……大概就像一般人那樣……」

「喔喔！喔喔喔喔喔！妳對神的信仰竟然如此虔誠！原來崗德森布萊德小姐是神明虔誠的信徒啊！原來如此原來如此，妳的好表現會好到如此異常的地步，都是因為有神在保佑，這樣我就懂了。想必妳已經知道了，神無所不知，若是有人行善就會給予獎勵，為惡則是會遭到報應。這套賞罰分明的理論與天地間所有現象相比，依然是最迅速確實的——」

那個大叔開始神情恍惚地熱議。有點恐怖。

這下我敢肯定，這傢伙一定也是在世間蠢動的奇人之一。

我偷偷看佐久奈那邊，她看上去很慌亂，臉頰還紅紅的。不曉得跟這個變態神父是什麼樣的關係。

「——哎呀失禮了。若是要跟妳大肆暢談，時間好像不夠。啊啊，這是多麼殘酷的一件事啊！不管怎麼說，能夠得知崗德森布萊德小姐也是篤信神明的同志，不曉得有多幸運。今後若是有機會，想跟妳針對天地創造和神蹟來場論戰！」

「好、好像不錯，天地創造感覺很厲害。」

「沒錯，是很厲害！」

對方硬是握住我的手，上上下下大力揮動。變態神父開心地咧嘴微笑並高喊「那麼這次真的要失陪了！阿門！」接著就走了。

他應該是那種人吧，就是最好不要扯上關係的類型。

話說回來，為什麼那個怪人會待在這個房間裡。

「……佐久奈，妳跟那個人認識？」

對方那小小的肩膀抖了一下。幹麼這麼驚訝。我要先聲明，我是愛好孤獨和和平的安全吸血鬼，絕對不會像其他七紅天那樣，是不受控制的殺人魔——我很想跟她說這些，但又覺得現在說出真心話還太早。

只見佐久奈開始結結巴巴地說了些話。

「……那個人……他是海德沃斯・赫本。推薦我成為七紅天的七紅天。」

「他那樣的人也是七紅天？」

七紅天裡面的怪人會不會太多啦？

「是的……可是他真正的工作是在當神父，在帝都外環經營教會和孤兒院。其實我也是從那個孤兒院出來的。」

「原、原來是這樣。」

詳情我不是很明白，但背後的原因似乎很複雜。過度探究未免太不識相，這種時候還是做些無傷大雅的選擇，從工作開始聊起好了。雖然我一點都不想工作。

才剛想到這邊，四面八方突然出現巨大的「咚、咚」聲。那是來自帝都鐘塔的聲音魔法，同時也是宣告時間已經來到正午的鐘聲。這時我才發現自己肚子餓了。

「可瑪莉大小姐，您的午餐要如何安排？」

「嗯……」

對喔，剛好有這個機會。這種時候說「那我要先去吃飯了」接著走人好像怪怪的……因此接下來這麼做應該算是非常自然的舉動。

「佐久奈，如果妳不嫌棄，要、要不要……一起去吃午餐？」

說了。我真的說了。我從來不曾主動對誰發出邀約，說這是空前絕後的快舉也不為過——可是我突然發現一件事情。這樣臨時發出邀約妥當嗎？一般而言應該都要提前聯繫吧？

我為此感到不安，不料佐久奈卻用小到快要消失掉的聲音囁嚅道。

「……好的，一定會去。只要黛拉可瑪莉小姐、不嫌棄就好。」

☆

這裡是姆爾納特宮殿附設的餐廳「沃野之果」。是在宮殿進出的貴族都會來逗留一番的高級餐廳，平常的我絕對不會靠近這種地方，但既然有這個機會，我就決定來消費一下。

……但那可能是失敗的決定。

一進到餐廳裡頭，各個角落都有人在交頭接耳，說些話像是「是崗德森布萊德閣下。」「真的耶。」「她看起來果然冷酷又伶俐。」「全身都散發肅殺氣息。」這些稱讚聽起來一點都不開心，為此變得畏畏縮縮的佐久奈縮起身子躲在我背後。

「還是去別的地方好了？」我試著如此提議，可是佐久奈搖搖頭拒絕了。我也不是很懂，但她好像是不想給我添麻煩才會那樣。其實這麼做並不會給我添麻煩……但這次還是尊重她的意見吧。

於是我們來到座位上坐好，佐久奈就坐在我對面。薇兒待在我背後……待在背後也太奇怪了吧。

「妳在做什麼啊。快坐下啊？」

「我配不上這樣的高級餐廳。而且還是要跟主人同桌，我身為女僕的矜持不容許這種事情發生。」

「沒經過人家同意就鑽進我被窩的人還敢說這種話？」

這時我聽見一聲「呼嗚」聲，很像是過度換氣的聲音。不經意向前方一看，這才看見佐久奈雙頰泛紅，嘴巴還一張一闔的……嗯？她怎麼了？

「我想起來了。我跟可瑪莉大小姐曾經一起出生入死好幾次，是獨一無二的搭檔。」

「我覺得那些死亡關頭有八成都是妳自發性挖坑的。」

「是您多心了。總而言之事情就是那樣，我跟可瑪莉大小姐會同睡一張床，坐位子的時候都坐在她隔壁，這都是很稀鬆平常的事情。我一不小心就忘了。」

如同薇兒說的那樣，她坐到我旁邊的椅子上。然後奇怪的是，她還對著佐久奈露出像是陰謀詭計得逞的笑容。我有看沒有懂。就別去管了吧。

總之在我們點完餐後，我下定決心開口。

「那麼，讓我鄭重做個自我介紹。我是黛拉可瑪莉・崗德森布萊德。十五歲。接下來要麻煩妳多多關照，就這樣、還有……請多多指教。」

「我、我才要請妳多多指教。我是佐久奈・梅墨瓦……請問……那封信、妳看過了嗎……？」

「嗯，我都看完了。我也很喜歡看書。跟佐久奈可能很合得來。」

「是……」這下她都臉紅紅到耳根子去了，頭還低了下去。接著又用細若蚊蚋的聲音說著。「謝謝妳。我……很開心。可是，比起那個……比起我的興趣……關於我為什麼會當上七紅天，妳有什麼看法？會不會看不起我……？」

喔喔，在說引發意外一不小心當上七紅天的那件事啊？

我怎麼可能看不起她，因為她的遭遇幾乎跟我是一樣的。

「問這個只是當作參考，妳是怎樣殺掉上司的？」

「我把他炸死了。」

原來把對方炸死是真的喔。

「……我原本就很弱，想說必須變強……才在那邊練習魔法，卻不小心打中碰巧經過的七紅天。然後他就死了……」

「這、這樣啊。那聽起來……算是運氣不好呢。」

「是的……我想在一般情況下，光只是這樣應該不至於當上七紅天，可是剛才那位海德沃斯先生卻出面推了一把。他直接去跟皇帝陛下進言，向陛下說『您一定要讓佐久奈成為七紅天！』之類的，陛下還真的答應了，這我實在想不通。」

「因為只要是可愛的女孩子，那個變態皇帝就來者不拒。」

「妳、妳是說……可愛嗎？」

佐久奈好像嚇了一跳，眼睛眨來眨去。在我旁邊的薇兒莫名用一種像是魚類會有的死魚臉望著這邊。這兩個人是怎樣。

「總而言之！佐久奈妳遇過什麼事情，我大致上已經有概念了——不過最辛苦的還是必須對部下隱藏實力吧。如果被他們發現上級長官很弱，那幫人絕對會以下犯上。」

「嗯？我想應該不至於會那樣。」

「咦？」

「部下他們都知道我不是很強。可是他們還是願意協助這樣的我，讓我也能做好七紅天的工作。還會鼓勵我，跟我說不要緊的，不用太擔心。大家都是好人……因此，想要放棄的心情自然是會有的，但一方面也覺得自己必須好好努力。」

「…………」

這是怎樣。害我超羨慕的……

如果我也跟底下那幫人坦白，他們會願意接納嗎？

不，應該行不通吧。我會死掉。一定會死。

「這、這樣啊。能夠待在這麼棒的環境裡，真是太好了。只是不管怎麼說，這樣的發展還是讓人覺得很不公平。照理說每個人應該都要有自由選擇職業的權利才對。」

「跟我這種人比起來，黛拉可瑪莉小姐強太多了。不，拿妳來作比較也很失禮……妳那麼厲害，身為七紅天有那麼多精采的表現……簡直就像為這份工作而生。」

才不是那樣——我差點要把這句話說出口，但在千鈞一髮之際憋住了。周圍某幾桌的貴族們都開始豎起耳朵聽我們說話。選擇這個餐廳果然是下下策。

正在煩惱該如何回答，薇兒就用眼神催促我。

「可瑪莉大小姐。閒聊到這也差不多了，是不是該來討論工作上的事情。」

這傢伙心情好像不是很好？

「對、對不起。應該要聊擊退恐怖分子的事情、對吧。」

佐久奈手忙腳亂地坐正。根本就不用對這個變態客氣。

不過一方面也是為了讓薇兒心情好一點，這就來談工作上的事吧。講是這樣講，說真的我認為沒必要談太多。因為剛才都已經把部下放出去了。他們異常有幹勁，想來要逮捕恐怖分子也是遲早的事吧。

「也對。我們就來討論一下吧——佐久奈妳曾經被恐怖分子殺掉對不對？還記得對方長什麼樣子嗎？」

「對不起。那天晚上，我想說差不多該回家了，就離開七紅府，到這都還記得……但是當我再次回過神，人就已經死在外面了。」

薇兒說了句「原來如此」並點點頭，接著說道「根據皇帝陛下所說，犯人疑似擁有可以操控記憶的烈核解放。梅墨瓦大人，您知道有烈核解放這樣東西嗎？」

有那麼一瞬間——真的只有一瞬間——佐久奈的目光好像在游移。

「……知道。不，其實我只聽說過傳聞。」

「烈核解放跟魔法不一樣，是非常強大的異能。如果恐怖分子真的擁有烈核解放，您最好多加小心。」

「那個，我真的很弱，會不會有事啊？」

「可瑪莉大小姐會掩護您，不會有事的。」

薇兒還對我眨眼。

佐久奈則是用亮晶晶的眼神看我。

害我的嘴巴下意識動起來。

「沒什麼好擔心的。我會保護佐久奈！」

「真的很抱歉，我的力氣小到只夠單手捏爛蘋果……」

「…………」

給我等等。

原來佐久奈不是我這一國的？

「……對、對不起，至少要能把西瓜弄破吧。」

「哇、哈、哈、哈！妳用不著氣餒。如今的我可以輕鬆搞定鳳梨，但小時候頂多只到蘋果而已。若是妳願意努力，就連西瓜都不是問題。」

「是。我會努力的。」

「但妳不可以浪費食物喔。」

「好的，我會全部吃完。」

「很好。」

……這段對話是怎樣。

「可瑪莉大小姐，這已經離題了。」此時薇兒出面督促我。其實我也那麼覺得。

「總而言之目前還不清楚恐怖分子的底細，必須做好萬全準備。」

「嗯──其實我有點好奇，不知道犯人的目的是什麼？對方的目的應該不是殺人吧？又不是我的部下。」

「相關情報太少了，無法斷定。」

除了這些，薇兒就沒有再多說什麼了。

在這談天論地確實也沒什麼意義。因為現在部下們應該都在替我賣命了，我想最近就會抓到恐怖分子。我跟佐久奈只要悠哉聊書和星座的事情就可以了──不對，這樣當人家的上司好像有點失職，應該要支援部下才對。像是送點點心什麼的。

當我正在胡亂想些有的沒的，薇兒卻突然說了一句「那麼」。

「我們該採取的行動就只有一個。恐怖分子都只有在夜間出沒，出沒的地點也只限姆爾納特宮殿。換句話說——只要晚上在宮殿加強巡邏就好。」

「……啊？」

我不由得換上死人臉。

夜間巡邏？……什麼？

「也就是說不用做早上的工作？可以睡到中午？」

「您在說什麼。早上是早上，晚上是晚上。從早上九點開始……我想想，大概要工作到晚上八點左右吧。」

「什麼————!?」

我整個人站了起來，當下簡直是怒髮衝冠。要從早上九點工作到晚上八點……？工作那麼長的時間會腦袋爆炸死翹翹的！

「開什麼玩笑！我才不要那樣工作！」

「可瑪莉大小姐。」

「大家都在看您。」

「什麼啦！」

「…………」

佐久奈一臉呆愣外加說不出話來。還有那幫貴族都在看這邊，竊竊私語交頭

接耳。「閣下她明明是七紅天。」「原來她很討厭工作嗎？」「假如那是真心話，根本沒資格當七紅天吧。」「稍安勿躁。有可能只是一時口誤。」「一時口誤說出那種話，不就表示她不配當七紅天嗎？」「的確是。」——

嗯，這下糟了。

我先想辦法讓自己的情緒平穩下來，接著再度轉頭看薇兒。

「——開什麼玩笑！才工作那麼短的時間，我絕對不要！」

這話讓那些貴族開始議論紛紛、一片譁然。我在心裡默默流淚，嘴裡繼續說著。

「才到八點，連小孩子都還沒上床睡覺！如果不巡邏到更晚，要怎麼抓到那個狡猾的恐怖分子！沒錯，那些事件都是發生在我們無法監督到的地方。那麼我就要一併監督那些原本監管不到的地點，這正是七紅天的職責所在！」

我還狠狠用食指指向薇兒，擺出帥氣的姿勢。一不小心就擺出來了。

現場有不知名人士開始拍手。在這段拍手的帶動下，其他人也跟著拍手，最後整個餐廳都被盛大的喝彩聲包圍。

深深的絕望感找上我，而當我深感絕望時，那個變態女僕總是會發動追加攻擊。

「太感動了……！沒想到可瑪莉大小姐這麼關心帝國的事務！那我明白了。從今天開始我會跟您一起巡邏，直到每天晚上十點。梅墨瓦大人那邊也沒問題吧？」

「沒問題的。我也要跟黛拉可瑪莉小姐多多學習，多加努力。」

快住手。別用尊敬的目光看我。如果把我當榜樣，妳會變成家裡蹲廢柴吸血鬼喔——我是很想這樣跟她說，但就跟平常一樣還是說不出口。

發出一聲深深的嘆息後，我坐回椅子上。

竟然要我工作到晚上十點？怎麼能夠容許這種事情發生。佐久奈，妳也討厭這樣對吧。討厭的話大可直接發牢騷啊……啊啊，看來她完全沒意見。怎麼會有這麼大的幹勁啊。話說當七紅天，這份差事妳不是不想幹嗎？

「……總而言之，這樣該討論的都討論完了。」

「是的。我們今晚先巡邏，看看情況再說。」

我好像突然間沒力了。明明接下來要處理麻煩事——不對，如果順利的話，搞不好那幫部下今天就會把犯人繩之以法。這樣一來我也不用工作到晚上，這次就拿那些傢伙的瘋狂度來碰碰運氣，用不著客氣了。唯獨殺人這檔事，希望他們別幹。

「……話說我點的蛋包飯還沒來呀？」

「可能人太多了。或許還要花點時間。」

「嗯——」

我肚子餓到快受不了了。整個上午不是去見皇帝就是在監督部下，工作滿檔——我邊想邊握住湯匙和叉子在那裡等待，這時突然聽到外面傳來某種東西爆炸的聲響。

而且還不是只有爆炸而已——那爆炸大到連這間餐廳都在搖動。貴族們發出慘叫聲。我也差點跟著慘叫。

「怎、怎麼了!?難道是恐怖分子!?」

「很可能是。來吧可瑪莉大小姐，我們走！」

「等、等等，我不想去那麼危險的地方啦——————！而且我的蛋包飯還沒吃到欸——————！」

薇兒抓著我的手將我強行帶走。

……真希望我有更大的力氣。

想要能抵抗那身怪力的力氣。

☆

我們跑到宮殿的庭園之中，呈現在我們眼前的景象，看了都讓人懷疑自己是不是在作夢。

我看到屍體。屍體堆積如山，到處都有屍體倒臥。

而且那些人的長相都很熟悉。其實就是我的部下，第七部隊的隊員全遭人無情殺害。我不懂。是不是為了搶奪獵物才自相殘殺？那樣倒是可以理解——不對，應該不是那樣。

「貝里烏斯！卡歐斯戴勒！怎麼連你們都躺在那邊!?」

就連第七部隊的幹部貝里烏斯和卡歐斯戴勒都躺在草地上。連這兩個人都被幹掉，那就很難解釋成單純的內訌了。

「對不起……閣下……」

這時貝里烏斯奄奄一息地開口。看樣子他還沒完全死透。

「你怎麼了，發生什麼事了。」

「是那個人……『黑色閃光』……」

接著貝里烏斯咳出一口血，然後就沒有任何動靜了。我想自己的臉色應該很蒼白。雖然死了還能復活，但親眼目睹他人死去對心臟還是很不好。

「不、不會有事的。他還沒有死，請交給我吧。」

佐久奈在這時上前一步。我好奇她想做什麼，接著看見她用雙手握住之前就帶在身上的巨大魔杖，對準貝里烏斯詠唱咒語。

「《魔核啊魔核，讓靜止的萬物復活吧。》——中級回復魔法【供給活性化】。」

魔杖前端開始發出淡淡的光芒，將那個狗頭男的身體包住。我在旁邊看了一陣子，結果貝里烏斯開始「咳咳咳」地咳嗽起來。他復活了——應該是回復才對。

「就像這個樣子，在還沒完全死掉的狀態下，我可以讓回復速度加快些。」

「妳好厲害喔，佐久奈！」

「沒、沒那回事……蒼玉種、原本就很擅長用、這類型的回復魔法……」

「那還是很厲害啊。我都做不到。」

「會嗎……欸嘿嘿……」

原來她會使用這麼厲害的魔法，我都沒聽說。

剛才聽她說蘋果的事情，我就隱約感覺到了，這個女孩子比我更有才華，好太多太多了。雖然那樣才正常。總之先不談這些了——

「貝里烏斯。你還好嗎？」

「……是，勉強算得上。」這個時候貝里烏斯像是突然想起什麼，他抬頭仰望天空並開口說道「閣下，很抱歉！凶手是芙萊特・瑪斯卡雷爾。我們都敗在她手下。」

「你說芙萊特……？」

就在這個時候，現場正好被震耳欲聾的爆炸聲籠罩。嚇了一跳的我抬頭一看，發現正面的建築物上有人正在戰鬥。

其中一方是拿著劍的女性。油亮的髮絲隨著風飄動，舞劍時就像在跳舞一樣，連續用劍刺了敵人好幾次。她就是英明神武的七紅天——「黑色閃光」芙萊特・瑪斯卡雷爾。

另一位是看起來很輕浮的男子。用流暢動作閃避芙萊特刺過來的劍，抓準時機打出他擅長的爆裂魔法。這個人是第七部隊的幹部梅拉康契。每當這傢伙攻擊，建築物的裝飾品都會被破壞，這責任該算在誰的頭上。

「嘖，真夠投機的——試試我這招！」

芙萊特在劍上蓄積魔力。當她拿劍一揮，漆黑的魔力奔流便在此時猛力射出——那八成是上級黑暗魔法。然而梅拉康契靠著可怕的腳力來個大跳躍，沒了目標的黑暗魔法將屹立在他背後的尖塔粉碎掉，消失在雲的彼端。這次的責任要算在芙萊特頭上。

緊接著「咚！」的一聲，梅拉康契降落在我附近。

這跳躍力未免也太誇張了——不不，重點不是那個啦！

「梅、梅拉康契你這傢伙！在做什麼啊！」

「耶——！芙萊特生氣大暴走，氣到發抖皺紋增加，這樣還算黑色閃光真愛說笑，我要玩真的把妳送進地獄。」

「用正常的方式說！」

「因為那傢伙過來攻擊我，我就跟她作戰。」

「原來你會用普通的方式說話喔!?」

「——說這種話未免言過其實。我只是在履行自己的職責罷了。」

這時芙萊特輕盈地降落在地面上。就跟早上遇到她的時候沒兩樣，態度還是那麼傲慢，一雙眼瞪視著我。我有點害怕，可是她殺了我這邊的部下數名，我還悶不吭聲未免說不過去。於是我鼓起勇氣上前一步。

「芙、芙萊特！妳場面搞得挺大的嘛。這到底是怎麼一回事？要是妳的回答不像樣，我會生氣喔！一個禮拜都不理妳——」

說時遲那時快——

芙萊特的身影瞬間消失。

「咦？」

緊接著一道像是黑色閃電的東西出現在眼前。還沒反應過來的我愣在原地，當下一陣尖銳的聲響無預警出現，敲擊著我的耳膜。

這陣突如其來的風颳得好猛烈，我睜大眼睛看著眼前這片景象。

眼前看見的是佐久奈的背影。她打橫舉起巨大的魔杖，擋住芙萊特的劍。這情況我是真的有看沒有懂。

「……哎呀，竟然是梅墨瓦小姐先反應了？」

「那、那個……突然砍人、這樣的行為令人不解……」

「哼，只是手滑了一下。」

不屑地笑了一下，芙萊特將劍收起來。之後我才進入狀況。原來芙萊特那傢伙突然出手攻擊我。我當然來不及反應，原本會直接被人殺掉，不過佐久奈擋在我前面，幫忙抵擋那傢伙的攻擊。

也就是說我得救了。

「妳還好嗎？黛拉可瑪莉小姐。」

「咦，啊，我、我沒事……」

「……對、對不起！如果是黛拉可瑪莉小姐，這點程度的攻擊也能輕鬆抵擋吧。是我做得太過火了，真的很抱歉……」

「不、不會不會不會！那點程度的攻擊，我確實是能靠小拇指粉碎，這麼理所當然的事情就好比是太陽從東邊升起、西邊落下，可是佐久奈妳確實救到我了！謝謝！」

「欸嘿嘿嘿……被誇獎了。」

這女孩是怎樣。好可愛。而且又很可靠……咦？好像天使？

話說我旁邊的薇兒正手拿暗器，一身肅殺氣息，她這是在幹麼。

「我……原本打算救可瑪莉大小姐的……」

妳的表情有點可怕喔。算了——我也沒把這檔事放在心上，接著突然想起前方還有一個表情更恐怖的人在，趕緊要自己收斂一點。

就跟會突然過來砍人的道路隨機殺人魔沒兩樣，這位七紅天——芙萊特・瑪斯卡雷爾看上去是真的很不爽，她「嘖」了一聲並說：

「妳還真會指使那些走狗，自己倒是什麼都沒做。」

「什麼都沒做又沒差！我有的時候就想這樣！——是說妳都對第七部隊成員幹了什麼好事。殺人可是有罪的！」

「很簡單。妳那些惱人的部下擾亂宮殿風紀，我才會出面教訓他們。」

「擾亂風紀？難道他們抽菸了？」

「事情可沒這麼簡單！」芙萊特說完用宛如惡鬼般的目光睥睨著我。「妳都是怎麼教育部下的？他們不僅毀損物品還殺人未遂——照這樣看來，第七部隊還比較像恐怖分子吧！」

「先暫停一下，這是什麼意思……？」

「就是妳那些死在這的部下！他們之前跑去姆爾納特宮殿，如入無人之境到處作亂，我才會出面阻止他們!!」

「…………」

我轉頭看貝里烏斯。

他耳朵都垂下來了，嘴裡這麼說。

「很抱歉，我沒能阻止他們作亂。」

……咦？那就是說，其實是我們不好？

就算被殺掉也不能有怨言？

「——我說崗德森布萊德小姐，妳有在聽嗎？都怪妳監督不周，宮殿這邊才會蒙受重大損失啊？妳打算怎麼負責？」

「如果妳以為用錢就可以解決任何問題，那就大錯特錯了！」

「我、我會賠錢的……」

「我什麼都願意做……」

「話可不能說得這麼輕鬆！」

那妳要我怎麼辦嘛。大家一起當社工嗎？還是要關起來面壁思過？這樣我是很歡迎啦，但我不覺得這麼做就能得到芙萊特的諒解——

事情就是這樣，我正愁想不出法子，黑色閃光卻撇嘴笑了一下。

「透過這次事件，我認定崗德森布萊德小姐不適合擔任七紅天。不僅實力不夠鮮明，就連妥善管理自己的分隊都辦不到。之前都不曾有過這樣的七紅天。」

您說得對。

說得都對，所以說貝里烏斯，拜託你別用看殺父仇人的眼神瞪芙萊特。還有梅拉康契，準備詠唱魔法是不對的。薇兒妳也把暗器收起來吧。

「崗德森布萊德小姐，妳可有要辯駁的？」

「並沒有。」

「是這樣啊！」

只見芙萊特露出愉快到不能再愉快的表情，做出以下這番結論。

「那麼我要對黛拉可瑪莉・崗德森布萊德提出質疑，並請求表決。稍後會透過『七紅天會議』來審議——我看妳可能沒概念，所謂的七紅天會議，顧名思義就是全體七紅天都必須出席的特別會議。當然妳也要出席。呵呵呵呵——不曉得會做出怎樣的判決，我會從現在開始期待的。」

☆

「——我說薇兒，若是被人透過七紅天會議罷免，會有什麼下場？」

「契約魔法沒辦法取消，您還是會被炸死吧。」

「果然還是會死嗎！」

從我口中發出的靈魂嘶吼沒入夜色中消失。

入夜了。這裡是姆爾納特的宮殿。

我們正在做白天說過的夜間巡邏。在傍晚六點左右，等到平常要處理的工作都結束了，我們先去附設的餐廳吃頓飯，之後去跟佐久奈會合並展開探索。然後我們四處晃蕩一小時左右，感覺恐怖分子完全沒有出現的跡象。

話說我現在才想到，犯人的目標都是政府單位要員，像這樣漫無目的晃蕩不是一點意義都沒有嗎……不過眼下那檔事都不重要了。

如今在侵蝕我這顆心靈的，並不是加班帶來的煩悶。

想必也不用我解釋了，我更怕的是死掉。雖然會復活，但是我超怕痛的。

「啊——好煩，都已經要奉命抓捕恐怖分子了……麻煩事還一直來……！」

「這也是沒辦法的事情，我早就知道遲早會變成這樣。」

「原來妳早就知道了喔。」

「任誰都能猜想得到。因為可瑪莉大小姐在戰爭中總是跟放在展示臺上的人偶沒兩樣。抱有疑慮的愚蠢之人自然會過來找麻煩，這點應該很容易就能想像得到吧。」

的確是。就連約翰之前都要找我決鬥呢。

「……那七紅天會議大概是怎樣的？」

「這很難推測。不過按照芙萊特・瑪斯卡雷爾的話來看，大概是讓七紅天聚集在一起討論，一同決定可瑪莉大小姐的生死吧。有可能會採行多數決投票。」

「怎麼能靠那種東西決定！不管怎麼看，我都會死掉吧！感覺沒人會站在我這邊——」

「沒、沒問題的！」

此時走在我身旁的佐久奈用力握緊魔杖，接著開口。

「如果他們要表決，我會站在黛拉可瑪莉小姐這邊。因為沒人比黛拉可瑪莉小姐更適合當七紅天……」

「佐、佐久奈……！」

我好感動。姑且不論「適合當七紅天」這話是對是錯，去哪找這麼真誠、願意支持我的吸血鬼。真的沒有（斷言）。因為我實在太高興了，便在無意識間摸摸那顆白色的頭顱，而且她身高還比我高。

「佐久奈果然是好孩子。我們下次一起去看妳喜歡的星座吧。」

「好、好的，謝謝『泥』……那個、這個、頭……」

「啊，抱歉，下意識就……妳是不是討厭這樣？」

「我不討厭。其實很開心……好像多了一個姊姊。」

「姊姊？」

「嗚！對、對不起！不小心就……」

佐久奈臉上的表情像是在說「我闖禍了」，神情頓時變得僵硬起來。

有什麼好慌張的，需要慌成那樣？

「真的很對不起。我這樣跟妳裝熟，妳會很困擾吧……」

「不會啦。佐久奈妳如果要來當我的妹妹，我很歡迎喔。」

「是、是這樣嗎……？欸嘿……可瑪莉姊姊。」

「嗯……這樣的叫法還不錯呢。再多叫幾遍看看。」

「可瑪莉姊姊！」

「…………」

一被我溫柔摸頭，佐久奈就瞇起眼睛，看起來很開心的樣子。如果她背後有長尾巴，照她現在的開心程度來看，可能會瘋狂亂甩。

這是什麼？好可愛喔。希望我那個真正的爛妹妹可以多少向她學習一下。

……對了，話說回來，這女孩好像是十六歲吧。那不就比我還大了。年紀比我還大怎麼能當妹妹？算了別計較，反正只是鬧著玩的。

「可瑪莉大小姐，現在不是跟人你儂我儂的時候。」

此時有個冷酷的聲音從我頭上當頭澆下，讓我回過頭。

只見一臉冷酷的薇兒正在看這邊。

「即便有梅墨瓦大人的支持，可瑪莉大小姐獲救的可能性依然很低。因為另外還有五名七紅天。恐怕大多數人都對可瑪莉大小姐很反感吧。」

「對、對喔……！那該怎麼辦？要給他們錢嗎？」

「賄賂是不行的。」

「這種時候還談什麼正直！我可是面臨生死關頭啊！」

「所以才說沒必要賄賂。只要把事情交給我去辦，那就萬事順利了——可瑪莉大小姐，您有看到我的眼睛嗎？」

「眼睛……？喂，妳怎麼了？眼睛都充血變紅了耶……」

在夜色的襯托下，薇兒那雙眼正發出淒厲的紅光。感覺上已經不是充血可以形容的了——沒把我的擔憂當一回事，她再度開口時輕輕地笑了一下。

「這是烈核解放【潘朵拉之毒】。看來您總算喝下去了。」

「妳在說什麼。」

「之前都沒跟您詳細解釋過——我的烈核解放是一種能夠看見未來的特殊能力。只要讓某人喝下自己的血液，我就能夠看見那個人不久後將面臨的未來。只是這次讓您喝下的血液新鮮度不夠高，所以只能看到一點點。」

那讓佐久奈看似吃驚地後退，跟薇兒拉開一步的距離。

就算她跟我說可以看見未來，我也沒什麼概念——不過聽起來好像很厲害。

薇兒開始用那對紅色的眼睛對著空中左顧右盼，嘴裡唸唸有詞。

「——七紅天會議——芙萊特・瑪斯卡雷爾——海德沃斯・赫本——奧迪隆・莫德里——原來是這麼一回事。」接著她轉頭看我這邊，還補上一句「我都明白了。全都明白了。」

「明白什麼？」

「所謂的會議只是空有其名的質詢大會。那就是三天後即將召開的七紅天會議實際面貌。芙萊特．瑪斯卡雷爾會拿出一套很有道理的言論來壓迫可瑪莉大小姐，持續緊咬不放，最後疑似想讓大家表決，來決定可瑪莉大小姐是否適合擔任七紅天。」

「……那結果怎麼樣了？」

「可瑪莉大小姐在會議廳爆炸。」

「騙人的吧？」

「是真的。」

「是騙人的對吧？」

「都是真的。」

「拜託妳說那都是假的啦啊啊啊啊啊啊啊啊啊啊啊！」

「是假的。」

「原來是騙人的!?」

「就當是假的好了。人的行動能夠無限度改變未來。只要把事情交給我去辦，可瑪莉大小姐就不會被炸死了——對，一定不會。」

薇兒在說這番話時，自信心十足。

這才讓我想到一件事。

對喔，之前不也是這樣嗎？只要把事情交給這傢伙去辦，一切都會好轉。要我說服自己搭上這艘大船就能高枕無憂是不可能的，但還是先試著相信她好了──我感覺心中正萌生淡淡的希望，然而薇兒卻突然將她的頭頂放到我面前……這是在幹麼？

「我會為了可瑪莉大小姐真心誠意地賣命。」

「是、是喔，謝謝。」

「還有我也是好孩子。」

「…………」

她的表情很認真。總之我就先摸摸薇兒的頭髮好了，有股像是薰衣草味的好聞香氣。

這時我才發現佐久奈正用錯愕的目光看著這邊。

「請問……黛拉可瑪莉小姐是不是、不怎麼喜歡作戰？」

「咦？妳、妳妳妳妳怎麼會這麼問？」

「因為……一般如果是七紅天的話，應該會想用更暴力的手段解決。碰到像芙萊特小姐這種愛跟自己作對的人，應該會當場跟她硬碰硬，讓她閉嘴才對……」

糟了，這女孩好敏銳。

「——當、當然那麼做是最有效的！但我這個人不愛毫無益處的爭鬥！可以的話希望能夠靠談判解決。」

「喔……」

果然是那樣啊——佐久奈說完這句話就放心地笑了。

雖然覺得這種反應有點奇怪，但應該也不用太在意吧。

事情就是這樣，跟下地獄沒兩樣的七紅天會議即將逼近。

對了，這天我們並沒有碰到恐怖分子。

1.5 百人的可瑪莉

「——不要輸給那些數落妳的人。要讓自己的心變堅強。」

姊姊三不五時就會這麼說。

她並沒有被人欺負。可是在吸血鬼居住的國度裡，流有蒼玉種之血的佐久奈在外觀上實在太特別，因此常會有人在背地裡說些狠毒的壞話。

對於這樣的佐久奈，姊姊都會用溫柔的笑容迎接她。

「怎麼了？是不是又遇到討厭的事情？」

佐久奈把自己的遭遇都告訴她。像是在學校上課的時候，他們要分成幾個小組，就只有自己遭到排擠。班上同學看到落單的佐久奈，都會在旁邊偷笑。

「是這樣啊。他們還真是過分了，我要把他們都殺光。」

「別這樣，真的不用了。」

佐久奈趕緊拉住姊姊的手阻止她。姊姊她很容易跟人起衝突，這是美中不足之處。

之後佐久奈一臉困惑的樣子，抬頭仰望姊姊的臉。

「為什麼、事情會變成這樣呢？」

「或許這也是無可奈何的事情。現在每個國家都很封閉。雖說因為有魔核存在，才會自然而然導致這樣的結果——可是大家都只關心自己母國的種族，像我們這種稍微特殊一點的人就容易遭到排擠。過分、太過分了。」

「那我該怎麼做才好……？」

「嗯——佐久奈比較內向。可以試著稍微鼓起勇氣展開行動。對方可能會反擊，但總比什麼都不做好。如果出事了，姊姊會想辦法收拾的。把那些欺負妳的人全都殺了。」

「其實也不至於要殺他們……」

「要殺了那些人，最好時常懷著這樣的念頭。心靈強韌的人會擁有特別的力量。佐久奈妳具備足夠的資質——這我看得出來。」

佐久奈覺得自己心中似乎逐漸湧現出勇氣，可是姊姊的話有點不夠具體。

「……那個、我——該怎麼做才好。告訴我吧。」

「如果妳下一次又哭了，那就是一個警訊。當下妳一定會覺得很痛苦，但絕對不能氣餒。必須仔細想想，看看讓自己變得這麼不幸的原因是什麼，然後按照自己的意念行動就可以了。只要那麼做，佐久奈就會變得幸福。」

佐久奈和姊姊之間的年齡差距並不大。可是這位少女在說話時總是很抽象、玄妙。這身與世隔絕的氣質，佐久奈很喜歡。

最重要的是，姊姊她看上去就像某個漂亮的星座——

「……那些我不是很懂，但我會聽話的。」

姊姊她說的話依然讓人聽不太明白，可是對於值得尊敬的姊姊，佐久奈依然由衷地向她道謝。

「真的很謝謝妳……可瑪莉姊姊。」

那是好幾年前的事情了。

那個溫柔的姊姊，早就已經不在了。

☆

夜間巡邏最後並沒有任何收穫。

跟可瑪莉閣下和女僕薇兒海絲告別後，佐久奈踩著輕快的步伐，走在被黑暗籠罩的回家路上。

當心情變好，身體也跟著變得有精神了。

從早上九點工作到晚上十點，說辛苦是真的很辛苦。可是佐久奈・梅墨瓦在精神上卻一點都不疲憊，甚至還很高昂。她的心臟撲通直跳。就像一名少女如願見到她憧憬的偶像那樣，整個人變得興奮不已。

——因為、因為因為，她見到黛拉可瑪莉・崗德森布萊德大將軍了。

而且對方還摸她的頭。既溫柔，又有禮。在摸她的頭呢！如果心頭不會因此小鹿亂撞，那個人根本沒資格當姆爾納特的吸血鬼！——以上是佐久奈的心聲。

「咕呵。咕呵呵呵呵呵呵呵呵……」

不知不覺間，她整張臉都笑開了。明知被其他人撞見會很不妙，卻沒辦法管控自己的臉頰，以免它產生笑容。身穿軍服的醉漢從她身邊經過，但是佐久奈一點都不在意。

對於佐久奈來說，黛拉可瑪莉・崗德森布萊德是她憧憬的對象。

理由很簡單，她擁有很多佐久奈沒有的東西。

首先是可愛，漂亮，再來是強大，同時也很有領導者的魅力。今天實際上見過她才知道原來她意外好親近。遇上像她這種沒用的新人，依然會和顏悅色地對待。明明是最強大的吸血鬼，卻不靠暴力，而是想要透過言語溝通的方式解決問題，擁有一顆愛好和平的心。

可以跟這麼棒的人一起工作，簡直就像作夢一樣。

原本還想說就算當上七紅天，遇到的事情依然全都令人厭惡，真沒想到自己還會這麼好運——感慨萬千的同時，佐久奈將鑰匙插進她住家的門中。

名義上是她的住家沒錯，但那其實是帝國軍的女子宿舍。從姆爾納特宮殿的中心看出去，隔著一條河，那破落的屋子就建在對面。當上七紅天會分配到更高級的宿舍，但是佐久奈很中意這個又小又老舊的單人房，因此並不打算搬離。原因是住在這邊讓人心靈平靜。

「我回來了——」

「嘰——」的一聲，她推開門扉。想也知道裡面是暗的。佐久奈凝聚些許魔力，將那些魔力注入天花板上裝設的魔法燈具中，四周頓時變得明亮起來。

可瑪莉就站在她眼前。

這還不是普通的可瑪莉。

而是佐久奈親手製作的。她透過中級造型魔法【瘋狂創造】製作出這個等身大的可瑪莉人偶。仔細看就會發現是經人手做出來的東西，但做工好到猛一看還會以假亂真，以為她本人就在那邊。這個狹窄的房子裡，四處都有那些東西佇立。總共有十五個。

「我回來了，可瑪莉姊姊。」

笑容滿面的佐久奈開始跟這些可瑪莉人偶打招呼。可是只跟一個打招呼的話，

© riichu

其他的可瑪莉姊姊可能會鬧彆扭。所以她要跟所有人都打招呼。「我回來了，可瑪莉姊姊。」「我回來了，可瑪莉姊姊。」「我回來了，可瑪莉姊姊。」——等到確實跟十五個可瑪莉都說完「我回來了」，佐久奈才滿足地點點頭，也沒脫下軍服就直接倒在床鋪上。抱著印有可瑪莉閣下全身圖的抱枕，一想到今天發生的事情就讓她渾身難耐。

啊啊。啊啊——終於跟她崇拜的黛拉可瑪莉小姐說上話了！

無與倫比的歡喜占據了佐久奈的心。這份喜悅大概還會持續一段時間吧。光想到這點，胸口深處就會跟著揪緊，讓她自然而然笑了起來。

這時佐久奈不經意抬頭看天花板。那邊貼滿了從黑市買來的可瑪莉偷拍照。一覺醒來，眼前看去都是憧憬之人的臉龐，她就會覺得「今天一整天也有力氣努力」。

「咕呵呵。呵呵呵呵。」

即便將目光從天花板上挪開，她也會看到其他的可瑪莉。等身大的可瑪莉人偶就不用提了。衣櫃裡面還放了閣下T恤，加上記載了可瑪莉閣下活躍表現的報紙剪貼，還有自己畫的可瑪莉閣下擬真圖——看來看去都是可瑪莉。可瑪莉可瑪

莉可瑪莉。

可瑪莉周邊商品加起來有百件。

不瞞各位說，佐久奈超喜歡可瑪莉閣下。

若是她本人撞見這景象將會驚聲慘叫外加昏倒，可是佐久奈並不打算讓她看見，所以沒問題。就算被看見了，她也做好切腹謝罪的心理準備。

「哈啊……可瑪莉姊姊。」

她討厭工作，不管殺人還是被殺都討厭。

可是……因為來做這個工作，才能認識那個人。

「明天……也可以見到妳吧……」

想跟她多說一些話。希望能和她進一步發展情誼。想要知道更多關於那個人的事情。從頭頂到每根指頭都要了解透徹，等到準備好了，再引誘到暗處將心臟——

有個東西碰巧在那時發光。

是放在枕邊的通訊用魔礦石，它正發出淡淡的光芒。

佐久奈的臉色瞬間刷白。

剛才那種高昂的心情一下子就煙消雲散了。

又來了。那些討厭的記憶將被喚醒。可是她又不能忽略不回。如果忽略不給予回應，之後不曉得會有什麼下場。

礦石一直在發光，就好像在責備佐久奈一樣。

她做了一個深呼吸，用顫抖的手注入魔力。

『——妳在做什麼，佐久奈‧梅墨瓦！』

佐久奈的身體瑟縮了一下。

粗暴的謾罵聲在耳邊迴盪。

『妳怎麼這麼蠢，愚鈍、軟腳蝦！都已經過三天了，卻連一個七紅天都沒殺掉。繼續拖拖拉拉小心被皇帝察覺！』

「對、對不起……但我不確定能不能戰勝他們……而且那些七紅天又……很少落單。」

『那透過決鬥或其他的手段不就得了。那幫人跟文官不同，在公開場合殺掉也沒問題。妳那顆腦袋就連這點程度的計策都想不到啊!?』

「可、可是還有帝國軍法在！裡面有提到……第十一條第三項，『七紅天禁止在任何場合私鬥』。」

這下換那個男人詞窮，然後佐久奈才發現自己不該擅自回嘴。

對方那有如狂風暴雨的怒吼聲立刻衝著她來。

『──既然這樣，想辦法解決這個問題不就是妳該做的！』

「對不起。對不起對不起……」

『聽了就煩，別說那種軟弱的話！──夠了，我知道了，已經知道妳有多愚鈍，我這邊會幫忙打點。』

「打點……？」

『對。剛好那個芙萊特・瑪斯卡雷爾疑似在籌備有趣的活動，我們要藉機行事。先警告妳，絕對不許失敗。如果失敗了──要是害我們逆月顏面掃地──到時候，我看有必要給予懲罰。妳之前說有幾個家人？』

佐久奈感覺對方好像不懷好意地笑了。一股強烈的寒意在她身上流竄，讓她開始發抖。

『我問妳有幾個家人！』

「有、有三個！爸爸、媽媽和姊姊……」

『那我就把他們全殺了。假如妳失手，我就用神具把他們全殺了。不想失去家人，妳就得把七紅天殺光，佐久奈・梅墨瓦。』

通訊到這被人「噗嘶」一聲切斷。

有一陣子，佐久奈連動都沒辦法動。腦袋變得一片空白，當場呆愣地僵住，等到掛在牆壁上的時鐘指針指向夜晚十一點，她才終於恢復感知。

身體接著重重地倒在床鋪上。

她不想殺人，也不想被人殺掉。可是不殺人，家人就會被人殺死。

世上怎麼會有這麼不公不義的事情。

「可瑪莉、姊姊……」

佐久奈小聲呼喚那個女孩的名字，用力抱緊抱枕。在不知不覺間落下的淚水將被單染溼。如果自己也跟那個人一樣強大，美麗又英勇，是否就能粉碎這種不合理的境遇。不——

——讓自己變得如此不幸的原因是什麼，要針對這點仔細思考，再照自己的意念行動。

對了。那個人不是說過這樣的話嗎？

有些事情，或許還是她能做的。

佐久奈從抽屜拿出發光的石頭。

「……五十一。五十二。到今天就五十三了。全部就這些。」

那些是魔法石，裡面封了沒什麼稀罕的【轉移】魔法。

也不知道這麼做能起到多大作用——但她怎能放任自己任人宰割。這是小小的反擊。給那些可恨的恐怖分子一點顏色瞧瞧。

做完深呼吸後，佐久奈灌注魔力發動【轉移】。

少女的身影就此從滿是可瑪莉的房間消失。

2 強人雲集的圓桌會議

Hikikomari the Vampire Countess no Monmon

從那天開始，我們每天晚上都會巡邏，但最後還是沒找到恐怖分子。也沒聽說有新的受害人出現，可能是我們加班帶來的效果。抑或是恐怖分子已經殺人殺膩了？也許是他的目的達成才會停止犯案，不否認有這個可能性——但說真的那些都不重要了。

因為這一天終於來了。

用不著多說也知道是那個。就是七紅天會議。

「啊啊啊啊啊啊啊啊啊啊啊啊啊啊偶不想去偶不想去偶不想去————！」

我在那裡大叫，不顧形象地尖叫。

早晨到來。這裡是我的臥室。我人在床鋪上，想說今天一定要裝病就把自己裹在毛毯裡，結果變態女僕突然出現，還笑咪咪地告知「上班時間到囉」。簡直就像死神在宣判死期。

「可瑪莉大小姐，我會協助您，您用不著操心。只要沒出太大的紕漏，您是不會死的。」

「那如果真的出了該怎麼辦！」

只見薇兒看似拿我沒轍地聳聳肩膀。

「您究竟是怎麼了？前陣子才說『我相信薇兒，不會有事的！』說完還過來抱住我呢。」

我不記得自己有做過這種事情，也不記得自己有說過那種話。

「……我是很信賴妳啦。可是仔細想想，這次對手可是帝國最強大的七個人。不像約翰那麼好應付！」

「原來如此。您想到這些，心中的不安就擴大了吧——但請您放心，可瑪莉大小姐爆炸的可能性已經消除了。」

「這也是透過烈核解放看見的？」

「不。烈核解放的效果已經沒了，沒辦法看。」

「喔是嗎？」

這次我轉頭不再看她，將臉埋進海豚抱枕中。

我看今天就別外出了，那樣或許更好。嗯，我要睡覺，要在夢中前往點心王國。誰都別來搭理我。

「可瑪莉大小姐，您真的不打算去嗎？」

「不要。」

「那我又要把小說唸出來喔。」

「……在說草莓牛奶嗎？隨便都好啦。」

「不是。是您的新作品。」

「怎、怎麼這樣!?之前不是說不會硬看嗎！而且我都把桌子的抽屜上鎖了耶!?妳是怎麼看到的!?」

「『非到緊要關頭不會看』，我好像只說過這樣的話。這次就是所謂的緊要關頭，於是我就破壞桌子的鎖頭，拿來當成威脅您的籌碼了。」

「啊啊啊啊啊啊啊啊啊啊啊啊啊啊啊啊啊啊啊啊啊啊啊啊啊啊啊啊啊啊！」

我抱住頭在床鋪上哀號。

啊啊原來是那樣可惡！我早就知道了，最後還是會被看到！畢竟她可是薇兒，喜歡我寫的小說喜歡得不得了的變態女僕！如果她執意要那麼做就算了。我知道了啦。看我豁出去！

「哼！反正那總有一天都要對外發表！妳想唸就盡情唸吧！」

「是這樣啊。那麼佐久奈・梅墨瓦大人，有勞您了。」

「咦？好、好的——《橘子季之戀》。」

「暫停────────────！」

我整個人從床鋪上彈起來。在彈起來的瞬間，我看見一位滿頭銀髮的女孩子。

她就是佐久奈・梅墨瓦。身上散發一股獨特的朦朧感，肯定沒錯。

薇兒這時用眼神示意。「如果您不出去就讓佐久奈唸出來」。

「啊，黛拉可瑪莉小姐，早上好。七紅天會議，我們一起努力吧。」

「嗯、嗯嗯！會努力的！是會努力沒錯……不過，佐久奈妳怎麼在這？」

「想說既然都要去了，乾脆一起去好了……」

佐久奈是住宿舍吧？那樣不是要繞很遠的路嗎？──想到這邊才記起她是魔法師。從一個空間轉移到另一個空間的魔法，她用起來應該跟呼吸一樣簡單吧。

「不、不方便嗎？」

「沒有沒有！那樣我更歡迎！」這個時候我的目光落到她手上，接著說道，「話說那份原稿……。」

「這個嗎？請問這是什麼呢？」

佐久奈這是在問薇兒，結果薇兒一臉得意地回應。

「是未來的偉大作家所執筆的作品。聽說梅墨瓦大人好像很喜歡看書，才想拿來給您讀讀看。想說您可能會喜歡。」

妳這個王八蛋，竟然隨口編造那種謊言！

「原來是這樣啊。那黛拉可瑪莉小姐已經看了嗎？」

「咦!?……這、這個嘛，我看過了。」因為那個就是我寫的。

「有趣嗎？」

「要說有不有趣……算、算是很有趣吧！」

「唔哇，聽完覺得好期待喔……對了，這個……是誰寫的呢？」

我心頭一驚。這個作品遲早是要對外公開的，話是這麼說沒錯——但是目前還不想讓佐久奈知道我在寫小說。因為太丟臉了。

於是我決定隱瞞。感覺以後可能會牽扯出一堆麻煩事，但現在就先不管了。

「這個啊……這是我的親戚寫的。他說他對這份作品很有自信，要我看一看……等佐久奈妳看完了，也跟我說說感想吧。我再來轉達。」

「好的，那我一定要讀讀看。」

只見佐久奈開開心心地點頭。

……咦？這樣的處理方式該不會是最棒的吧？只要作者名稱沒有公諸於世，那不管被人口頭唸出來還是拿去詳閱，對我來說都不痛不癢。因此這就無法構成威脅，我也不用外出。

而且還不只這樣，不只喔。雖然有點像在欺騙佐久奈，但有人可以看我寫的原稿，那不是很棒嗎？或許還能聽人肆無忌憚發表意見和感想。唔哇，越想越興奮。

「其實那是可瑪莉大小姐寫的。」

「妳沒事掀別人的底幹麼!?」

「咦？……這真的是黛拉可瑪莉小姐寫的？」

「不、不是啦，佐久奈！這個變態女僕一天不說五、六次謊話就不痛快，是超愛撒謊的人！那本書真的是我親戚寫的！」

「這樣啊……好可惜。」

佐久奈看她手中那份原稿的樣子像是真的感到很惋惜。

好險好險。若是沒去管這個變態女僕，她就會搞些有的沒的。

沒想到這時變態女僕一把抓住我的手，還面露微笑。

「那麼，如果您真的不想遭人爆料，就跟我一起到外面去吧。」

「別、別碰我，變態！我今天預計要一覺不醒！要永遠沉睡下去！」

「那樣等於是死了。」

「我是拿永遠沉睡來宣示自己要睡覺的決心啦！總而言之我是不會外出的！」

「您真愛說笑。梅墨瓦大人還在這喔。」

「…………」

我都忘了。佐久奈帶著困惑的表情看著我。完蛋了。

剛才拿小說威脅人不過是牛刀小試。這傢伙會放（不知為何）令她厭惡的佐久奈進我房間，原來是為了這個。

「黛拉可瑪莉小姐，我知道妳工作到很疲憊，外加睡眠不足……但我覺得我們不去不行。我會幫忙的。我們……一起加油吧。」

看樣子我無路可逃了。

而且我好歹算是前輩，要在學妹面前裝出帥氣的樣子，這是所謂的人之常情。

於是我就在床鋪上呈現大字型站立，嘴裡如此宣示。

「那好吧！就來去拜會那些七紅天！沒什麼好操心的。放眼全天下，我才是最有資格加入『帝國最強七人眾』的吸血鬼！」

在這之後，我將會嘗到無與倫比的懊悔滋味。

☆

這裡是姆爾納特宮殿的「血染之廳」，是從前我用來跟部下們首次會面的房間。擠滿成群軍裝吸血鬼的光景依然歷歷在目，但今天在那個遼闊的空間中，就只剩下中央擺放的一張巨大圓桌。

然後有幾個人就圍著那張圓桌坐著。

恐怖。太恐怖了。每個人看上去都是狂人。這可不是誇大其詞，那些危險的傢伙殺人都是以千人為單位，他們就是姆爾納特帝國的大將軍——七紅天。

「哎呀原來是崗德森布萊德小姐！還有佐久奈・梅墨瓦小姐！妳們兩人還真是姍姍來遲呢。大家都等不及囉？」

我們一進到房間裡，「黑色閃光」芙萊特・瑪斯卡雷爾就用好戰的眼神看我。那頭依然光滑如木耳的秀髮還是一樣引人注目。我則是帶著必死的決心回看那個女人——

「哼、哼哼！又沒超過約定時間，妳憑什麼挑毛病！我才想對妳說，以後做事情的腳步還是放慢點吧？」

「……唔，這話輪不到妳說。」

糟糕。我冷汗直流啊，怎麼會說出這種話。

但這是作戰計畫的一環。既然是作戰計畫，那我也是逼不得已的……！

來這之前，薇兒只跟我叮嚀一件事。

「您要盡量表現得跩一點，那樣對方也會感到害怕。」

「跩一點是什麼意思？」

「就是要裝出目中無人的樣子，請您努力扮演很跩的可瑪莉。」

簡單講就是像平常那樣。

說真的，用這種老套的戰術，我不覺得能騙過號稱全帝國最強的將軍們。

可是假裝很跩總比跩不起來好，於是我決定裝到底……但我很快就有失敗的預感。看啊，芙萊特的手都已經伸向腰間那把劍了。我看她八成氣炸了。

「可瑪莉大小姐，您快點就座吧。」

「嗯、嗯嗯。」

在我背後的薇兒出聲催促我，我努力挪動顫抖的雙腿，朝著圓桌接近。接著才發現一件事情。本來應該是第一部隊隊長要坐的椅子上（在我隔壁），坐著那位眼熟的變態金捲髮巨乳美少女皇帝陛下，模樣還很悠哉。

「……皇帝？妳來做什麼。」

「來觀戰的。很好奇可瑪莉妳會有什麼下場。」

她怎麼一臉樂在其中的樣子？這場會議可是關乎一個人的生死啊？——當我用譴責的目光看她，她便豪爽地「啊、哈、哈、哈！」笑。

「用那種欲求不滿的表情看朕也沒用。想用這種方式求朕，只能私底下來。」

「妳在亂講什麼啦!?」

「妳們在說什麼啊!?」

聲音重疊了。

只見芙萊特看似不悅地挑起眉毛，一雙眼狠狠地瞪著我。

「夠了，快點坐下！還有佐久奈・梅墨瓦小姐，妳也是！」

「好、好的！」

佐久奈手忙腳亂地坐到位子上。我心裡也是處於手忙腳亂的狀態，同時坐到她旁邊的位子上。

糟糕，完了完了完了，七紅天全都在看這邊，光他們的視線就快把我殺死了。可是這種時候顯露出害怕的樣子，我就輸了，可能會讓他們覺得「啊，這傢伙原來是膽小鬼」，被烙上沒資格成為七紅天的烙印也說不定。因此我選擇裝出跩到不行的樣子，一副「哼——原來你們就這點能耐」的嘴臉，順著圓桌看一輪。

先看我隔壁，坐的是皇帝陛下。她正一臉事不關己地以口就杯喝茶。那張椅子原本應該是第一部隊隊長要坐的，這樣堂而皇之占據行嗎？但跟那些第一次照面的狂戰士相比，就算是變態好了，我也寧願旁邊坐的是熟悉的人。

再過去。這位是第二部隊隊長海德沃斯・赫本。除了在當七紅天，還是經營孤兒院的神父，是個無法以常理來解釋的奇人。只有這傢伙沒穿軍服，而是穿著宗教人員才會穿的服裝。他一看到我就高速畫個十字外加雙手合十。別這樣。我還不想蒙主寵召。

再看他隔壁。坐著第三部隊隊長芙萊特・瑪斯卡雷爾。我想在這些人裡頭對我懷抱最大敵意的就是她。回顧以往的歷史，瑪斯卡雷爾家似乎一直以來都是跟崗德森布萊德家對立的名門。芙萊特會這麼仇視我，也許是受兩家的對立關係影響。

在她隔壁。坐的是第四部隊隊長德普涅。他是戴著異國風面具的女性……不對，制服看起來是男性在穿的，應該是男人吧？他雙手盤於胸前，整個人靠在椅背上，散發一股神祕的威嚴感。不過要靠面具隱瞞真實長相的人，大多都不是很正派。

接著看他隔壁。那是第五部隊隊長奧迪隆・莫德里。光看就覺得這位大叔身經百戰。年齡大概四十歲左右吧。全身都是肌肉，眉心緊皺，外加壯觀的鬍鬚，還有一樣一定要提，就是他的目光銳利到足以用眼神殺死對手——說真的這個人最恐怖。

在他旁邊的是第六部隊隊長佐久奈・梅墨瓦。是我在這唯一的救贖。我之所以還能保持平常心都是因為這女孩坐在我旁邊，這樣講一點都不誇張。當我們兩個視線交會，她就一臉緊張的樣子，外加雙拳緊握。我懂。妳的心情我都懂。

然後她隔壁是第七部隊隊長黛拉可瑪莉・崗德森布萊德，也就是我。那些七紅天將凶惡的目光都投注在我身上，但我依然裝出從容不迫的樣子——簡單講就是肚子那邊拚命用力就對了。我不行了。快死掉了。我還看了看在背後待命的薇兒。她也一副從容樣。不知道她在想什麼，但我都靠妳了……！妳就是我最後的一線生機……！

「——那麼，除了正在遠征中的第一部隊隊長貝特蘿絲・凱拉馬利亞大人，其

© riichu

他人都到了。召開會議的條件是『七紅天出席數達六人以上』。誠如各位所見，已經達到開會標準了，接下來將要召開七紅天會議。大家都沒意見吧？」

聽完芙萊特的話，大夥兒點點頭。看來她要擔任司儀。

我將那些七紅天看了一遍，發現他們意外地色彩繽紛。原本以為叫做七「紅」天表示大家都穿紅色的制服，其實每個部隊的顏色都不一樣。還有七紅天並非代表「赤色將軍」，而是「將天際染紅的將軍」。好凶殘。

——當我還在想些有的沒的，芙萊特就鄭重其事地開口。

「今天的議題只有一個。就是『黛拉可瑪莉・崗德森布萊德是否配當七紅天』。自她今年五月就任七紅天以來，屢戰屢勝，前些日子跟拉貝利克王國作戰後，終於達成十連勝。以新任七紅天的活躍程度來說，算是前所未見，令人耳目一新。」

「說得對極了！想必是她對神的祈禱奏效！」

「說這種話令人摸不著頭緒，赫本大人您就別插嘴了——總而言之，黛拉可瑪莉・崗德森布萊德的活躍表現令人驚豔。不論在國內還是國外都給出高規格的評價，有鑒於她做出這樣的成績，那都算是實至名歸——對，這是指單看戰績而言！」

芙萊特話說到這邊還用銳利的目光瞪我一下，接著又道：

「不曉得各位有沒有看過她實際作戰的模樣？不，應該都沒有。黛拉可瑪莉・

崗德森布萊德即便身在戰場上，依然只坐在大本營的椅子上指揮。都是讓部下去作戰，未曾聽說她本人親手殺掉敵人那邊的將領。」

「確實是沒聽說過！」這時有人出聲了，那嗓音宛如地鳴，他就是第五部隊隊長奧迪隆．莫德里（一個可怕的大叔）。「七紅天同時也是武力的象徵！鍛鍊自己的肉體來消滅敵人，這就是我們的宿命！關於這點，不曉得崗德森布萊德小姐是否有所體認？」

「我、我當然明白——」

「沒錯她都理解！」

有人代替我發出高喊，那個人就是海德沃斯．赫本（奇怪的大叔）。不，你跟著叫幹麼。

「不理解的人是莫德里閣下你。真正的強者不會找弱者當對手！崗德森布萊德小姐就是深深體認到這點，才沒有親自出面作戰！」

「那她大可挑戰更強的人！看看崗德森布萊德小姐的戰績，在十戰之中，有四戰都是跟野蠻王國的大猩猩對決不是嗎！她堅持不跟弱者對戰，這是說得過去，但專挑弱者來宣戰是什麼意思！」

「你真是不明事理！無神論野蠻人真讓人難以忍受！」

奧迪隆的額頭上發出不祥的「噗滋」聲。他的理智神經大概斷線了。各方面來說都是。

可是海德沃斯卻毫不介意地加碼。

「崗德森布萊德小姐就好比那偉大的神明，擁有寬大的肚量。並來者不拒——這代表她都有把神的教諭放在心上。」

「講這種話誰聽得懂！給我說人話！」

「那我就用你這種粗人也能聽懂的方式說明吧。當敵國對崗德森布萊德小姐宣戰，她便用廣闊如大海的胸懷盡其所能接納，也就是說並不會挑撿對手。所以才會那麼湊巧！都是機緣巧合！是運氣不好！剛好都遇到太弱的對手！」

「但對上大猩猩的次數未免也太多了吧！」

「因為他是畜生，才會不經大腦宣戰那麼多次吧。如果是你，應該能理解他的心情不是嗎？莫德里先生可是跟大猩猩不相上下的野蠻人！」

「咚！」的一聲，一顆拳頭用力敲在桌子上。佐久奈跟著慘叫，嘴裡「咿！」了一聲。我則是快要尿褲子了。這時奧迪隆大叫。

「海德沃斯你有種再說一遍！小心我把你那骯髒的神父裝剝下來切碎，拿去炭烤做成豬的晚餐配菜！」

「啊啊竟有如此愚蠢的人！果然這世上還有許多人無法領略神威——我明白了。教化野蠻人也是傳道者的職責所在，我也會對滿臉鬍子的蠻族伸出援手的！」

「你這個臭神父————————！」

「——兩位都住手！」

奧迪隆已經拔出他的劍，海德沃斯也站起來了，我還以為他們會直接殺起來，結果芙萊特放出的黑暗魔法硬生生從他們兩人間劃過。而且那股暗黑波動（？）還從我臉頰旁掠過，速度快到像颱風過境，接著用力撞在我背後的牆壁上，將堅固的磚頭「喀吭」地撞掉一塊，這才消失不見。

再下來，芙萊特換上冷酷的語氣開口。

「這裡不是給你們動武的地方。再說七紅天之間嚴禁私鬥，而且還是當著卡蕾大人——皇帝陛下的面呢？」

「……嘖，這倒是。雖然不爽，但是七紅天之間嚴禁私鬥。」

奧迪隆嘴裡「嘖」了一聲並將劍收起。海德沃斯也笑著點點頭，坐回位子上。

一連串事情來得太突然了，害我光顧著呆呆地張嘴。

「可瑪莉大小姐，您的表情跟死人沒兩樣。」

此時薇兒從我背後捏捏我的臉。

這下我才成功找回那傲視群雄的笑容。

「薇兒，我是不是會死。」

「不會死的。」

不對，我會死翹翹吧。不管怎麼想都覺得會。

「我們回歸正題——綜上所述，黛拉可瑪莉・崗德森布萊德有謊報實力的嫌疑。崗德森布萊德小姐，針對這點妳有什麼要辯駁的嗎？」

「嗯、嗯嗯，我是最強的。」

「那不算辯駁。」

芙萊特毫不留情地否決。

「話說回來，聽說妳似乎在一個月前殺掉逆月的刺客米莉桑德・布魯奈特，妳是怎麼辦到的？」

我回答不出來。這問題，我才想問呢。

「哎呀，明明是自己做的，卻回答不出來？還是說妳忘了？」

這時佐久奈站了起來，還弄出一聲「咚！」。

「請、請等一下！這種事情、其實沒必要問！只要能夠證明黛拉可瑪莉小姐實際上很強就可以了……是不是？像是直接在這邊展示上級魔法。」

佐久奈。妳提起勇氣替我說話，我真的很開心，但別說上級魔法了，我連下級魔法都不會用，妳這麼說就像是在勒我的脖子……！

「反正她也不會用。是不是啊，崗德森布萊德小姐。」

「我、我我、我當然會用啦！」

「那妳用用看。」

「……現在還不是時候。」

「看吧，明明就不會用。」

芙萊特口中發出失望的嘆息。佐久奈從旁邊看著我，那視線感覺好刺人。

「怎麼了？」「為什麼會這樣？」「妳真的不會用嗎？」——那目光彷彿隱含這類不安情緒。對不起，佐久奈……我在心裡道歉，緊接著在一聲「砰！」之後，這次換海德沃斯站起來。

「瑪斯卡雷爾小姐！篤信神明的崗德森布萊德小姐怎麼可能說謊！」

「如果她沒有說謊，大可當場挑個華麗的魔法發動。還有赫本大人，你可能誤會了。黛拉可瑪莉・崗德森布萊德並不是神聖教的教徒。」

「啊……？那、那怎麼可能……」

「你晚點可以去確認帝都的教會名冊。她的名字根本沒在裡頭。再說了——崗德森布萊德家原本就很唾棄神，是有名的無神論一族。」

「妳、妳說什麼……!?」

海德沃斯朝我看過來，那表情就像遭人背叛的小狗。搞什麼啊，明明是你自己擅自曲解的。

「——那麼崗德森布萊德小姐，麻煩妳對恐怖分子的事情給個說法。」

我好不容易才讓顫抖的嘴脣動起來。

「……我、我怎麼可能忘記。那場戰鬥驚天動地……具體說起來就是有各式各樣的魔法飛來飛去，場面浩大……」

當下有人發出失望的嘆息。是奧迪隆（那個可怕的大叔）。

我被嚇到了，從頭到腳不停發抖。

「這哪裡具體了？」芙萊特在說這話時顯得很無奈。「妳就是這點讓人看了不順眼。不管問什麼都只會隨便找些話來搪塞——而且還說『有很厲害的魔法飛來飛去』？就不能用更知性一點的詞彙來形容？妳好歹是七紅天吧，這聽起來就像是小孩子在找藉口啊？」

「不對，是我弄錯了。若要詳細說明，其實是——」

「沒有實力又缺乏文采！我看妳還是多讀點書吧——噢對了，家姊曾經寫了《安德羅諾斯戰記》這套書，這套書非常有智慧且充滿謀略，很適合拿來教育兒童。需要的話，我拿來借妳看好了？等妳把所有的集數讀完，我看妳的腦袋起碼能多點料吧？」

「我、我有在看書！」

「閉嘴——總而言之，基於上述理由，我認定妳沒資格當七紅天。還有物證——各位請看，這是她在帝立學院上學時的成績單。魔法跟基礎體力都是一而已。大家覺得這種吊車尾適合當七紅天嗎？」

「那個……妳是從哪弄到的……！」

「運用瑪斯卡雷爾家的力量，輕輕鬆鬆就能調查出來——反正妳橫豎都是無藥可救的劣等生，而且在學院那邊還中途輟學吧？這三年來妳都跑去哪了，在做什麼？難道都窩在家裡？崗德森布萊德家的千金竟然在當家裡蹲？」

「那種事情、又不重要……」

「就是啊，說真的一點都不重要。我更在意妳是怎麼當上七紅天的——我看妳八成是靠關係當上的吧？」

「…………」

「崗德森布萊德卿畢竟也是有錢有勢的貴族。要讓毫無實力又沒有任何功績的女兒成為七紅天，不過小事一樁。『爸爸拜託你！讓我成為七紅天！』——只要像這樣子拜託他，輕輕鬆鬆就能獲取準一級七紅天大將軍的地位。簡直易如反掌！」

「…………」

「哼，我看妳只是想紅吧？想要被人追捧對吧？因為妳還大量生產沒水準的商品四處販售。竟然敢做出這種事情——臉皮未免太厚了！」

「………………………」

我眼裡都是淚水，覺得自己好像等人宣判的被告。一旦被人發現自己在哭，馬上就會被判死刑，我的手在膝蓋上握成拳頭狀，眼裡死死地盯著桌面，承受芙萊特的謾罵。可是我沒辦法當作耳邊風。那個人說的話有如利刃，將我的心刨成一片又一片……對啊，那傢伙說得沒錯。雖然有很大一部分不是真的，但只要我沒辦法反駁，那些就會變成真的。好難受。好痛苦。為什麼我會碰上這種事……

「妳怎麼一直低著頭？雖然妳就快要卸任，但妳現在還是七紅天大將軍，應該要更有霸氣才對。妳就是這麼沒用才會在學院——」

「到此為止吧。」

此時會場內有人出聲，聽來如雷貫耳。大家的目光都集中在某個點上——在我旁邊的金髮巨乳美少女正用手撐著臉頰，雙眼盯著芙萊特看。芙萊特明顯變得狼狽起來。

「卡、卡蕾大人……？您這是——」

「她才十五歲。用過於激烈的言詞逼迫她，這不是一個成熟大人該做的。」

「可是……雖然才十五歲，崗德森布萊德小姐也已經是七紅天了。所以……就是……只是像這樣責備一下，不至於有什麼大問題……再、再說我講的都是事實！說出真相哪裡不對了⁉」

「那些真的是事實嗎？妳有詳細確認過了？成績單姑且不論，其他的——例如可瑪莉『想紅才靠關係變成七紅天』，說這種話可有具體的證據？」

「這、這……只有間接證據……」

「妳總不至於無法讀懂人心吧。如果要召開七紅天會議做審判、對某人彈劾，在調查上就要做得更徹底一點。」

情況就像這樣，皇帝開始數落芙萊特的不是。

我覺得她是在替我撐腰。

我好開心，也比較放心了。可是——總覺得很難為情。

一個月前經歷過那場騷動後，我應該已經學到教訓了。對於抱持惡意和敵意的對手，若是我毫無作為，將有可能蒙受無可挽回的重大損失。事實上，就因為我放任米莉桑德為所欲為，才會落得在家裡當家裡蹲三年的下場。

皇帝願意幫我說話，這我是真的很開心。

但是一天到晚都靠別人保護，那樣太丟人了。

我應該要更主動去「抵抗」才對。

「卡蕾大人……您說的確實有道理。但黛拉可瑪莉・崗德森布萊德並沒有展現出七紅天應有的實力，這點千真萬確！她的戰鬥能力不夠強大，這點不言自明！看了在學院的成績就一目了然了！這樣的吊車尾可以成為七紅天，除了靠關係和賄賂，還能靠什麼！」

「都叫妳推論時要謹慎了。基本上可瑪莉能否成為七紅天，最終決定權在朕手上，至於妳說的——」

「皇帝，已經夠了。」

我逼出自己身上僅存的勇氣，小聲開口。

這讓皇帝驚訝地看我。

我用手帕擦拭淚水，轉頭看背後的薇兒。

「薇兒，我不會爆炸對吧？」

她也一臉訝異。但馬上就換上平常會有的自信笑容，並做出回應。

「請您相信我。」

那我就沒什麼好擔憂的了。不對說真的，其實我不安得要命，不安到都快死掉了，但這種時候還是要對薇兒有信心吧。否則什麼都沒辦法做。

在一個深呼吸後，我轉而直視芙萊特。

芙萊特她回看我的表情彷彿在說「這傢伙搞什麼鬼」。

皇帝則是「哦？」地揚起嘴角，一副看好戲的樣子。

周圍那些七紅天都在看我。

然後我就一臉踐樣，交叉雙手放在胸前，兩條腿都擱在桌子上，這也是一副很踐的樣子，順便奉送瞧不起人的口吻，用嘲弄的語氣開口說了這番話。

「妳想說什麼儘管說，芙萊特・瑪斯卡雷爾。雜碎不管說什麼，強者都不會當一回事。」

芙萊特的動作在這時停擺，整個人彷彿凍結一般。

皇帝「噗哧」一地噴笑出聲。

其他七紅天則是錯愕地望著我。

至於我——我……除了覺得有點爽快，同時也深陷絕望，感覺世界末日快來了。

我說了……說了說了說啦啊啊啊啊啊啊啊啊啊啊啊！

這是我截至目前為止裝闊裝得最大的一次！完全是自主挑釁！就算被人扁成豬頭也不能有怨言！芙萊特的表情看上去活像丑時詛咒儀式進行到第七天被人當場目擊的咒術師，還是惱羞成怒的那種！

「……呵、呵呵、唔呵呵呵呵呵呵呵呵呵呵呵呵……崗德森布萊德小姐……妳這是、在開什麼玩笑……？」

「開玩笑？妳才是開玩笑的那個吧。是不是還不明瞭自己的實力？只不過黑暗魔法有點厲害就自以為是，這樣別人會很困擾的！」

「啪嘰！」——讓人發毛的聲音接著響起。那是芙萊特用拳頭在木製桌子上打出一個洞的聲音。

「當著我的面……在我這個英明神武的七紅天『黑色閃光』芙萊特・瑪斯卡雷

爾面前，竟敢說如此無禮的話！把話收回去！」

「那妳先收啊！剛才一直拿那些無憑無據的話來毀謗中傷我！除非妳道歉，否則我是不會原諒妳的！」

「誰要道歉啊！我只是把掩蓋起來的真相說出來！是掩蓋真相的人不對——但妳會想掩蓋真相也是情非得已嘛！畢竟過往的資歷那麼難看！」

「唔，資、資歷難看……」不行，我不能害怕，不能哭。可瑪莉妳要堅持下去，繼續耍威風……！「我、我不覺得有多難看！倒是妳的過往資歷更差勁！」

「啊——————!?莫名其妙！妳這才叫無憑無據的毀謗中傷！」

「好吵好吵，我看是妳想要用無憑無據的方式來毀謗中傷我，把我砸得體無完膚吧！還不就是那樣，妳的個性爛透了！什麼『黑色閃光』，什麼英明神武的七紅天，妳竟然有辦法生兩個奇怪的外號來自我美化！都不會覺得丟臉喔，自我感覺良好耶！」

「妳這個……臭丫頭……！妳……妳才是吧，拿『一億年難得一見的美少女』這種愚蠢又可笑的外號來自抬身價！都不知道妳在想什麼，是不是啊!?」

「我那是陳述事實，有什麼不對！爸爸他每天都這樣跟我說，肯定沒錯！跟自行生出稱號還拿來用的妳不一樣！」

「有誰會把爸爸對自己的過分溺愛當真啊！說到重點了，我跟妳可是有著天壤之別！因為我的實力和成績都配得上七紅天這個身分，這點我很自豪！很有自信！已經獲得周遭眾人認可！跟妳這種愚劣至極的冒牌七紅天不同！」

「是有哪裡不同！我對妳的事情一點都不了解，也從來沒看過妳以將軍的身分和敵國作戰！因為妳太不起眼了，我完全沒注意到，抱歉喔！但這表示我跟妳都一樣，對對方的事情完全不了解吧！若是多聊聊，或許會發現對方真的很厲害也說不定啊！像這樣莫名其妙就玩起判官角色扮演，隨隨便便決定他人的生死，未免太奇怪了吧！妳是不是腦子有問題！」

「妳說誰……腦子有問題————！」

「唰鏗！」一聲，芙萊特把她的劍拔出來了。

啊，糟糕。我死定了吧。

「既然妳口氣這麼大，那我們現在就來場對決！只要這麼做，一切都能釐清！或許能證明妳足以擔任七紅天！也有可能不適任！所有的一切都能得到解答！」

「正、正正、正正正正正正正合我意！放馬過來，芙萊特・瑪斯卡雷爾！看我用我的超強魔法把妳瞬間變成蛋包飯的食材，吃乾抹淨！我是很想這麼說，但首先要看看妳有沒有那個資格跟我對決，就當是順便做個測試，我家的女僕薇兒海絲似乎願意跟妳打一場！交給妳了，薇兒！」

「我不想。」

「既然她都這樣回了，我們再找別的機會較量……」

「滿嘴胡言——————！」

「夠了，芙萊特。」

那把劍的前端出現黑暗漩渦，要不了多久就會朝著我射過來，當下卻遭到皇帝制止。看來芙萊特終究還是無法違抗皇帝，她眼眶泛淚，帶著哀怨的目光凝視那位心愛的卡蕾大人。

「卡蕾大人！卡蕾大人您這是怎麼了！為何一直在當那個黃毛丫頭的靠山！」

「這還用說，因為可瑪莉很可愛呀。」

「竟、竟然……竟然為了這種私人理由！真要說起來，我也很、很、很、很可愛……不是嗎!?以前我還小的時候，卡蕾大人曾經那麼說過！因此您能否多少也聽聽我的意見……」

「姆爾納特帝國的國民，全都是朕可愛的孩子。朕並未對妳另眼看待。」

「什麼……！」

「還有一點要訂正，朕並不是要替可瑪莉說話，只是在糾正妳過火的行為和說辭罷了——芙萊特啊，這裡是什麼地方？是七紅天開會的議事廳喔。」

那話讓芙萊特頓時睜大眼睛，像是突然間清醒了。

她左顧右盼看看四周，然後咳了幾聲像是要緩和氣氛，還低頭致歉，嘴裡說了句「……很抱歉。」但那聲抱歉明顯是對皇帝和其他七紅天講的，對我是一丁點的歉意都沒有，看她的態度就一目了然了。

「要是直接在這裡打起來，那便跟野蠻人沒兩樣。再說我們也沒必要械鬥——因為崗德森布萊德小姐今日就會在這遭到罷免。」

「妳、妳說罷免？那不是妳一個人就能決定的吧！」

「我知道！就是知道才會召開七紅天會議——那麼接下來有請七紅天投票表決，決定崗德森布萊德小姐的去留。噢對了，崗德森布萊德小姐自然是沒投票權囉？因為妳要等待他人裁決。」

「唔……」

果然變成這樣了？那接下來要發生的事情不就被薇兒說中了——想到這邊，我跟待在背後的變態女僕說悄悄話。

「這下該怎麼辦啊。那傢伙說要讓大家投票表決耶。」

【潘朵拉之毒】顯示投票結果是三比二，可瑪莉大小姐會被罷免掉。」

「別說得那麼事不關己啦！那該怎麼辦才好！這樣下去我會——」

「妳們兩個！在那鬼鬼祟祟說什麼悄悄話!?」

我趕緊轉頭看芙萊特那邊。

「沒什麼！好啦！想要表決還是要幹麼就快點做吧！」

「哼，不用妳說，我也會做——那麼我們這就來投票表決。與其說是表決，倒不如說只是要做個確認，剛才我跟黛拉可瑪莉・崗德森布萊德之間的互動，各位都看見了，各位不至於笨到還覺得她配當七紅天大將軍吧？」

「這、這裡有一個！」有人出聲了，說完這句話還迅速舉手，她就是佐久奈。謝謝妳，佐久奈。妳那麼善良，讓我好感動——內心感激之餘，我戰戰兢兢地環顧圓桌。

還有誰，會不會還有其他人。

有沒有其他七紅天願意站在我這邊——

「——我也覺得她足以擔任七紅天！」

是海德沃斯・赫本。我好意外，變態神父竟然是支持我的。

「……赫本大人？先跟你說清楚，她可不是神聖教教徒喔？」

「瑪斯卡雷爾小姐會用宗教來判斷一個人嗎？我認為這樣有點野蠻。」

「你沒資格對我說這種話。」

「嗯，崗德森布萊德小姐雖說不是神聖教教徒，但她待人處事都很貼合神的教諭。剛才她說過——『若是能夠進一步長談，或許會發現對方其實是很厲害的』。神聖教主張碰到事情不靠武力解決，而是要靠溝通，這兩者有相似之處。那人擁有如此崇高的思維，我不可能對她見死不救。」

「這次表決是要決定她配不配當七紅天，跟神明和教義一點關係都沒有。」

「對，是沒有關聯！可是那些都是其次吧！這個人讓我頗有好感！」

「哦？是嗎？我知道了。恭喜恭喜。」芙萊特厭棄地說完這句話後，這次轉眼看向佐久奈。「──那麼，佐久奈．梅墨瓦小姐是基於什麼理由投票的？」

「是、是因為……我覺得黛拉可瑪莉小姐很適合當七紅天。」

「我在問的是理由吧？」

「咿！對、對不起……那個、說到理由，就是黛拉可瑪莉小姐她……人真的很好、又好親近，碰到像我這樣的人依然會用平常心對待……」

「哈！有夠無聊！赫本大人和梅墨瓦小姐都是基於私情吧！看樣子崗德森布萊德小姐體質特殊，專門吸引怪人。」

等到芙萊特用輕蔑的目光瞪完我，她才笑咪咪地開口。

「只不過，這下崗德森布萊德小姐的命運也決定了。支持妳的人就只有兩個，就那麼兩個人。妳應該知道是什麼意思吧？」

那調侃的語氣侵蝕著我的心靈。

只有兩個人。贊成我留任七紅天的──只有兩個。

糟糕。糟了糟了糟了……這下糟了……！之前我好幾次都跟「死亡」擦身而過，這次生死關頭真的近在眼前啦……！是說已經拍板定案了嗎？是不是決定了？

我說薇兒，這是怎樣！明明就會死掉……！

「唔呵呵……崗德森布萊德小姐，請妳做好覺悟。這下子妳沒辦法繼續當七紅天了。」

「咕、嗚、嗚嗚嗚嗚嗚嗚嗚……！」

「哎呀，妳這是怎麼了？要妳辭職不當七紅天，還這樣不情不願的？——啊、哈、哈、哈！妳活該！像妳這樣的小姑娘，就該去鎮上找個普通的工作做！」

這我也知道啊。要罷免我不讓我當七紅天，那有什麼好活該的，我更想高喊萬萬歲呢。我想要去蛋糕店工作。先不講這些了——我會那樣不情不願……當然是怕被炸死啦——！

「就算妳那樣瞪我也沒用，沒用沒用沒用！這件事情就這麼定了！——來吧卡蕾大人，七紅天已經在這裡取得共識了！黛拉可瑪莉・崗德森布萊德不再是七紅天！請您做出裁斷！」

「是嗎？既然都已經決定了，那就沒辦法了。」

大吃一驚的我看向皇帝那邊。原本以為這個人有可能替我撐腰，看樣子是我想錯了。

「看完這次開會的過程，朕也有些感觸，可瑪莉在戰爭中確實沒拿出七紅天該有的活躍表現。這問題事關重大。那朕知道了，將會尊重七紅天會議做出的決定，讓黛拉可瑪莉・崗德森布萊德從七紅天的位子上──」

啊啊，果然行不通。我就快死了吧。既然都要死了，連遺言也想一想好了──

「在夏季晴空 爆炸盛開 如花一般的可瑪莉」，啊哈哈哈哈。還不錯對吧？把即將被炸死的我比喻成煙火──各位都看見了，我完全是在逃避現實。

「──我有話要說！」

此時我背後突然有人大聲嚷嚷。

是誰啊？原來是薇兒。她難得換上嚴肅的表情。

「我有話要說，皇帝陛下。投票表決尚未結束。」

「妳哪壺不開提哪壺!?不過是個女僕！」

「快坐下，芙萊特──薇兒海絲，這話是什麼意思？」

「贊成讓可瑪莉大小姐繼續當七紅天的有兩個人。這我們已經知道了。可是有多少人反對，人數尚未定案。」

「那種事情看不就知道了嗎！有三個人、三個！」

「嗯──他們的確都沒有舉手，這樣就沒辦法確定是三個。」

「卡蕾大人!?低賤的女僕說那種話，您用不著當真！」

「陳述意見沒有貴賤之分。再說又不會少塊肉，就試著再表決一次吧。這也沒什麼，只是針對可瑪莉不適合擔任七紅天一事再度做個確認罷了。」

「卡蕾大人……既然您都這麼說了。」

即便芙萊特有點不服氣，到頭來依舊應允了。

「那麼就遵從陛下的旨意再次表決。贊成讓黛拉可瑪莉．崗德森布萊德繼續留任七紅天的人，請舉手。」

有人陸陸續續舉手。跟剛才一樣，是佐久奈和海德沃斯先舉。

「哼，結果還是沒變——那麼相對的，覺得黛拉可瑪莉．崗德森布萊德不適合擔任七紅天的人，請舉手。」

這話才剛說完，芙萊特就迅速將右手朝著天際直直地伸出。

妳用不著那樣大力強調，別人也能看明白啦。重點是除了那傢伙，還有兩個人也看我不順眼——嗯？

怪了？

「您請看，陛下。現在不是變成二對二了嗎？」

只見薇兒得意洋洋地開口。

確實是二對二。除了芙萊特，另外一個舉手的人是奧迪隆．莫德里，就只有那麼一個。那個恐怖的大叔對我很反感，這點我並不意外——話說現場除了我，還有五名七紅天，可是意見上正好平分成二對二，那就表示還有一個人沒舉手。

所有人的視線都集中在一點上。

那個人從剛才開始就不發一語，光顧著坐在椅子上，是戴著面具的吸血鬼。明明打扮得很獨特，卻完全化作空氣了，是個讓人摸不著底細的七紅天。

「……小德，你快舉手。你也覺得崗德森布萊德小姐令人火大吧？」

那種說法是怎樣啦。

到這德普涅還是一點反應都沒有。

「小德！你該不會在打瞌睡!?」

「我說小德。你也差不多該……」

「等等，瑪斯卡雷爾小姐。」

這時奧迪隆從座位上起身。

他直接走向坐在旁邊的德普涅，先是說了聲「冒犯了！」接著就握住他（她？）的手腕。沉默十秒鐘後，奧迪隆突然大叫。

「這傢伙已經死了！」

「「「啊？」」」

大夥兒不約而同出聲。

死了……咦？那個人死了？

「連測脈搏都免了，人早就已經死了！身體變得跟岩石一樣，又冷又硬！」

「──你說什麼麼麼麼麼麼麼麼麼麼麼麼麼麼麼麼!?」

這次換芙萊特驚聲尖叫。我也好想尖叫。我身旁的佐久奈則是「咿咿咿！」一地叫著，臉色發青。奧迪隆一臉不悅地撇著嘴，回到自己的座位上。皇帝陛下不知為何還在那邊笑。這個時候突然聽見一陣「喀噠！」一聲，只見海德沃斯把椅子弄翻，整個人都站了起來，用酷似顫音的口技高喊「是惡魔～～～～～！」

「啊啊，竟然會發生這種事！這是惡魔做的！在我們開會前，這位德普涅還活著……印象中好像是那樣……會幹這種事的一定是惡魔！」

「這世上哪來的惡魔！還有他真的死掉了嗎!?」

「妳這是在懷疑我嗎？瑪斯卡雷爾小姐！妳可以自己去確認啊！」

「如、如果他真的死了，我不想摸！太噁心了！佐久奈・梅墨瓦小姐，妳去確認一下！」

「咦——!?為什麼是我……」

「一群蠢蛋！他肯定是死了，看看魔力反應還是其他的就能夠判定啦！重點在於他是被誰殺的！」

「是惡魔！一定是惡魔！」

「你煩死了！這一定是恐怖分子做的！」

「我、我覺得應該不是……」

「妳懂什麼!?總之必須調查小德是在哪、在什麼時候被人殺掉了！最早進入這個房間的人是——」

這群七紅天開始吵吵鬧鬧地爭論起來。

犯人是恐怖分子、是惡魔、是敵國派來的暗殺者——從單純的討論開始，進展到推定犯案時間、被害人昨天都做過什麼，話題變得越來越細微，之後他們還莫名其妙互罵起來，甚至在試探，上自彼此的不在場證明，下至使用的魔法等等，猜忌讓彼此的敵意越來越高漲，最終甚至有人斷言「犯人就在我們之中！」。

現在是怎樣。我都看不懂。

「……怎麼辦，薇兒，開始變得像懸疑小說了。」

「真是滑稽，連犯人是我都不知道。」

「咦？妳說什麼？」

「不好意思。對身為帝國榮耀象徵的七紅天用『滑稽』這種字眼來形容，是我太失禮。」

「重點不是那個啦！妳剛才好像說了更重要的話，一定有！」

「您是指我殺害德普涅大人的事情？」

「對對就是那個……妳說什麼————!?」

我嚇到放聲大叫。可是變態女僕卻顧著將食指放在嘴脣上，說了一聲「噓」。

「請您小聲點。我殺人的事情如果被發現，到時就麻煩了。」

「那還用說！為什麼殺掉他，怎麼下得了手，這太奇怪了吧！」

「理由很簡單。德普涅大人會反對可瑪莉大小姐繼續擔任七紅天，因此我才會先把他殺掉，將投票結果從三比二修正成二比二。」

「這樣的做法未免太強硬了吧!?再說妳是怎麼殺的，對方可是七紅天！」

「下毒殺掉。」

薇兒說完還眨眼睛，她根本就是惡魔的化身。

「先別管是怎麼殺的，殺完人之後發生了什麼事，容我向您詳細解釋——把德普涅大人殺掉以後，我將屍體安放到這個『血染之廳』。如果缺席的人達到兩人以上，就沒辦法召開七紅天會議，因此必須讓德普涅大人出席。」

「屍體出現也算是出席？」

「並沒有規定放屍體就不算。」

「可是，話又說回來。如果會議沒辦法召開，那樣不是更好？我也不會面臨死亡威脅……」

「即便是延期，那個芙萊特・瑪斯卡雷爾還是會想辦法召開。再說一旦延期，正在遠征的第一部隊隊長貝特蘿絲・凱拉馬利亞就會回來。她是比奧迪隆・莫德里更狂的無腦好戰分子，一定會咄咄逼人，害可瑪莉大小姐被罷免掉——也就是說，我必須從七紅天中挑一個反對可瑪莉大小姐的人處死，調整成表決完也不至於害死可瑪莉大小姐，然後趁貝特蘿絲・凱拉馬利亞還沒回來，先動些手腳讓七紅天會議如期舉行。而且任務都順利完成了。」

薇兒在說這些的時候，表情好得意。多重打擊讓我的腦袋無法負荷，她說的話，我幾乎都聽不懂，我只明白一點，就是我在千鈞一髮之際撿回一命。不愧是變態女僕。不只是個變態而已。

「那麼可瑪莉大小姐，雖然暫時度過危機了，但這樣還不夠。還差最後的臨門一腳。」

「那接下來還要做什麼啊，我完全沒概念。」

「可瑪莉大小姐是最強的。可是被人這樣隨隨便便玩判官遊戲定生死，都還來不及發揮您的強大，就要被人害死。因此我們要找機會讓大家見識您的力量。」

「妳指的是什麼啊？」

「指的是可瑪莉大小姐該做些事情——來吧，請您發動這個魔法石。」

薇兒將一個小石頭交給我。我也不知道她想幹麼，就先用用看吧——我不以為意地發動魔法石，結果在那瞬間，一個大到足以震壞耳膜的「砰鏗！」聲隨即爆出。

我還以為會沒命，可是我沒死。那就只有聲音而已。這是下級音響魔法【爆音】——這種讓人司空見慣的劇烈聲響在血染之廳中迴盪。我原先還在納悶做這種事情有什麼用，這下總算明白了，看看那些不久前還爭吵不休的七紅天，現在他們就像看到什麼珍禽異獸一樣，都在看我這邊呢？

「……崗德森布萊德小姐，妳這是在開什麼玩笑？」芙萊特在問我話了。

「……薇兒？妳這是在開什麼玩笑？」這次換我問。

「…………沒啊？」變態女僕還在裝傻。

我趕緊轉頭看芙萊特……吼唷，可惡！

「這、這是那個啦！因為你們在議論的事情實在太無聊了，我才想把你們的注意力拉回來！」

「太無聊？妳說太無聊!?有個七紅天被人殺了耶!?」

「話是那麼說沒錯……但現在在開七紅天會議！妳看，變成二對二囉！」

「先等等，崗德森布萊德小姐！瑪斯卡雷爾小姐說得對，應該要先找出殺害德普涅大人的惡魔！也許之前那個恐怖分子就潛伏在附近！」

海德沃斯開始大聲吼叫。他說得對。

然而奧迪隆卻跟著喊道「這麼想就錯了！」。

「那個恐怖分子每次都是赤手空拳殺掉獵物吧。佐久奈・梅墨瓦小姐，是不是這樣？」

「是、是的！我也……應該、是被他赤手空拳貫穿腹部……」

不知道為什麼，佐久奈異常慌亂。奧迪隆則是滿意地點點頭——

「大家看，德普涅閣下並沒有外傷。換句話說，是被人毒害，不然就是透過其他手法。這並不是恐怖分子的傑作——」

「那你認為是誰的傑作？」

「這就要問崗德森布萊德小姐了，妳應該很清楚吧？」

那個可怕的大叔對我放出一個倨傲的笑容。

我快要嚇死了。

我說薇兒，我到底該怎麼辦才好啊。是不是說句「我不清楚」就好了？還是說些故弄玄虛的話，假裝我高深莫測？是不是快演不下去了？

正當我感到不知所措，芙萊特卻突然摀住嘴、面色發青。

「難、難道說……殺了小德的人，其實是妳!?」

「……啊？」

怎麼會變成這樣。

「妳有充分的動機……！如今小德沒辦法舉手，崗德森布萊德小姐才沒有因此遭到罷免！」

「先等一下！這想法也太跳躍了吧！」

這時有人「砰！」的一聲，用力敲桌子。那個人就是奧迪隆‧莫德里。

「具備殺人動機的，就只有妳一個！依我看，德普涅閣下曾反對妳繼續擔任七紅天——所以妳才把他殺了！而且這傢伙平常都戴著面具，沉默寡言又很安靜！想要找個人殺掉，又要假裝他還活著，藉此召開七紅天會議，那他就是最合適的人選！」

好的這推理太棒了。這下我們完全穿幫了，薇兒。那個大叔可不只是頭腦簡單四肢發達。

「沒錯！一定是妳殺了小德！只要在食物裡面下毒，就算是最弱的妳還是有辦法暗殺他人！」

「那、那你們要拿出證據啊，亮出證據！沒有證據就是誣陷喔！對吧薇兒!?」

「不好意思，可瑪莉大小姐。用來毒害德普涅大人的毒藥小瓶子不小心忘在他房間裡。」

「那不就留下一堆證據了!?」

「上面還貼了寫著『可瑪莉』字樣的貼紙。」

「妳一定是故意的吧!?」

「就跟妳們說了，不准私下密談！」這時芙萊特用力拍桌子還站起來。那些都無所謂了啦，是說這個桌子從剛才開始就有夠可憐的。芙萊特那銳利的目光投向皇帝，嘴裡說著「卡蕾大人！崗德森布萊德小姐果然不適合擔任七紅天！竟然做這麼沒品的事，真是前所未聞！」

「你們說犯人是可瑪莉，這都只是臆測，不過——唔嗯，假如可瑪莉真的殺了德普涅，到時妳有何打算？」

「我打算這樣！」

芙萊特摘下原本戴在手上的手套，用盡全力朝我丟過來。

「呸噗。」

那東西打在臉上。好痛。

光一個布手套就有這麼大的威力，如果她丟小石子過來，我的鼻梁骨大概會被砸碎——原本我還在那悠哉想些有的沒的，但這只持續短短一瞬間。

手套「啪刷」地落在桌子上，我先是低頭看它，接著就絕望到渾身發抖。

這情況超熟悉的。

「召開七紅天會議，做這種溫溫吞吞的事本身就是個錯誤！遇到妳這種集世間無禮於一身的吸血鬼，從一開始就該這麼做！」

這下糟了。為之錯愕的我立即從座位上站起。

「我、我說芙萊特！七紅天之間嚴禁私鬥吧！這妳剛才不是說過了嗎！」

「這不是私鬥，是正式跟妳『宣戰』——卡蕾大人，同國將軍若是要開戰，這在法律上並沒有違法吧？」

「是沒問題。」

「這樣沒問題喔!?」

完蛋。無路可逃了。快救我，薇兒。

「我們正有此意，瑪斯卡雷爾大人！來吧可瑪莉大小姐，像那種不長眼的弱小貴族，就等您把她殺個落花流水！」

這下我明白了。這個變態女僕已經不打算幫我了吧。

緊接著芙萊特再度開口，還朝我綻放優雅的微笑。

「如果妳輸了，妳就不能繼續當七紅天。假如我輸了——到時就這麼辦吧，妳可以提出一個要求，我都會照辦。」

「…………」

「哎呀？崗德森布萊德小姐，妳應該不會拒絕吧？畢竟來自大猩猩的約戰都回應無數次了，總不至於回絕我這個英明神武的七紅天，『黑色閃光』芙萊特・瑪斯卡雷爾的對戰請求吧？」

我放眼朝整張圓桌看了一輪。

看見薇兒面無表情地點點頭。皇帝則是一臉事不關己的樣子，光顧著喝紅茶。佐久奈臉上寫滿期待，一直在看我。海德沃斯也在盯著我看，那表情像是在跟神禱告一樣。然後德普涅已經死了。

……懂了懂了，看樣子我真的是無路可退了。

「那、那那、那當然！我可是最強的！不管碰到怎樣的對手，我都無所畏懼！妳要跟我宣戰，那就來吧——」

「先等等，瑪斯卡雷爾小姐！」

這個時候大廳裡突然揚起莫大的聲響。那叫聲來自奧迪隆・莫德里。

大夥都在納悶他有什麼事，轉頭看那個長了鬍子的彪形大漢。

「特地召開七紅天會議，結論就是這個!?要一對一決鬥!?太溫吞了，芙萊特・瑪斯卡雷爾！我們可是騰出寶貴的工作時間，來這邊開會啊！這根本是在浪費時間吧！」

「你想表達什麼？莫德里大人。」

「就是說啊，莫德里先生。既然崗德森布萊德小姐和瑪斯卡雷爾小姐要對戰，事情不就解決了嗎！不經大腦說那種話，你這個野蠻人才該引以為恥！」

「你閉嘴！」奧迪隆在此時大叫，那臉跟惡鬼沒兩樣。「我有個想法。剛好七紅天幾乎全員到齊，不失為一個好機會！還可以順便測試黛拉可瑪莉・崗德森布萊德和新人佐久奈・梅墨瓦的實力，我提議召開『七紅天爭霸戰』！」

「你說什麼……？」

那番話讓芙萊特的柳眉一皺。

七紅天爭霸戰。這字眼聽都沒聽過。

「如果要辦那個，我贊成！」，緊接著海德沃斯舉起手，嘴裡還高聲喊叫。你居然贊成。「還以為野蠻人狗嘴裡吐不出象牙，原來還能說出這麼有建設性的話。比起決鬥，這個更棒更有派頭！還可以順便測試佐久奈·梅墨瓦小姐的實力，太棒了！好到不能再好！」

「吵吵鬧鬧地煩死人了，臭神父！——喂，艾威西爾斯，這樣行吧？」

被奧迪隆點名的皇帝「嗯」了一聲，將小拇指放到下巴上。

「七紅天爭霸戰啊——感覺挺有趣的。」

「卡、卡蕾大人……？那樣會不會太小題大作……」

「就是要鬧得夠大才有趣，芙萊特。最近七紅天才因下屬殺上司改朝換代，在御前會議上，常常有人問朕『七紅天到底算什麼』。因此，有必要向世人證明你們的存在意義——呵呵呵，不錯。真不錯。你這個提議很棒，奧迪隆·莫德里！」

此時皇帝呵呵大笑，人還站了起來。

七紅天全都目瞪口呆，她絲毫不放在心上。那個金髮巨乳變態皇帝就好像在演戲一樣，用戲劇性的口吻宣布。

「那好吧！允許你們召開七紅天爭霸戰！想必大家都知道，七紅天爭霸戰是場娛樂秀，主角就是七紅天！至於細部規則該如何定奪，芙萊特，就交給妳吧。」

「遵、遵命！」

皇帝嘴邊噙著凶猛的笑容，很少看她這樣笑。

「這就對了。這裡可是弱肉強食的姆爾納特帝國。到頭來，弱小的人都會被一一剔除——因此在這場七紅天爭霸戰中墊底的人，將不能再擔任七紅天。沒什麼好擔心的。任誰都無法粉飾他的實力，如假包換的弱者將會被罷免。如此一來，這次七紅天會議中無法達成的目的——『不適合擔任七紅天的人將會被炸死』亦能實現——可瑪莉，妳沒意見吧？」

奇怪的是皇帝話說到這不忘確認我的意願，我不懂她為什麼要這麼做。

但是她都問了，我也只能回應。

雖然我連來龍去脈都沒搞懂，他們在談的話題，我也完全跟不上，但我還是裝出一臉肅穆的樣子，並點點頭。

「嗯，沒有。」

七紅天爭霸戰的詳細情形對我來說都是個謎，不過皇帝有說這是「娛樂活動」。我想應該是大家聚集在一起玩猜謎，或是比賽翻花繩之類的。那我總不至於死翹翹吧，比一對一廝殺祥和多了，又有文化素養。

——這個時候的我，還把事情想得很簡單。

[2.5]

可疑的第六部隊

[Hikikomari the Vampire Countess no Monmon]

「七紅天爭霸戰」活動速報

皇帝陛下下令召開第八回七紅天爭霸戰

●活動資訊：

・日期……七月一日上午九點到中午

・地點……核領域・梅特利昂州古戰場

・參加者……

貝特蘿絲・凱拉馬利亞七紅天大將軍

海德沃斯・赫本七紅天大將軍

芙萊特・瑪斯卡雷爾七紅天大將軍

德普涅七紅天大將軍

奧迪隆・莫德里七紅天大將軍

佐久奈・梅墨瓦七紅天大將軍
黛拉可瑪莉・崗德森布萊德七紅天大將軍

●規則：

・各將軍最多可率領百名士兵。
・本大會基本上是要搶奪設置在會場內「古城」頂端的「紅色寶珠」。
・當爭霸戰結束，擁有「紅色寶珠」的人就是贏家。
・除此之外，這次還須替贏家以外的人做排名，因此採用積分制度。
・獲得積分的條件如下：
我軍殺害敵軍士兵一人——點數一點
我軍殺害七紅天——點數五十

●備註：

・排行最後一名的將軍將不能再擔任七紅天。
・贏家會從皇帝陛下那邊獲得賞賜。
・有意見的人可以去找芙萊特・瑪斯卡雷爾申訴。
・不接受任何抗辯。

※

在姆爾納特宮殿的七紅府公布欄上，突然貼出這樣東西，想也知道這份「公告」在帝國軍相關單位間投下震撼彈。自上一世代的大英雄尤琳・崗德森布萊德盛大召開七紅天爭霸戰以來，這場活動已經七年沒辦過了。而且這次的爭霸戰還不單只是場娛樂——排行墊底的人將會無條件遭到免職，是場如假包換的爭奪戰。怪不得會讓帝國軍正規部隊的吸血鬼們躁動起來，即便不是軍人——好比是那些帝國的居民們，他們也來湊熱鬧，在那猜測贏家會是誰（非官方民調指出分別會由貝特蘿絲・凱拉馬利亞和黛拉可瑪莉・崗德森布萊德拔得頭籌），且其他國家的軍人和政客都想藉機推估姆爾納特的戰力，對這場爭霸戰樂見其成。

不僅是帝國，六國全都隨之起舞，成了一大盛事。

「——七紅天啊。夠格當我的對手！」

七紅天會議結束後的隔天。之前跟拉貝利克作戰的時候，平白無故就沒命的約翰・海爾達在戰爭過後一星期左右的今日，腦袋總算再生了，得以死而復生。於是他意氣風發地出勤，正好聽到七紅天爭霸戰要開打的消息。

「就用我的火焰燒光一切吧！這樣黛拉可瑪莉那個傢伙才能——」

「哼，你還輸給獸人王國的猴子，這種人哪是七紅天的對手。」

面帶冷笑調侃人的，正是有著狗頭的獸人貝里烏斯・以諾・凱爾貝洛。剛才在七紅府那邊碰巧遇到的。這隻畜生還是老樣子，在消遣別人可是一點都不客氣，然而如今約翰沒空去管那些雜碎說的屁話。

「噢是嗎？你想說什麼都是你的自由。我要做的依然沒變——要把敵人那邊的頭頭幹掉，就只有這個。」

「你這傢伙，是不是吃錯藥了？」

貝里烏斯接下來看約翰的眼神，好像在看什麼奇妙的東西似的。

事實上，約翰的確跟以前有點不一樣了。說得更貼切點就是脫胎換骨。前不久被米莉桑德・布魯奈特擺了一道，他才明白自己有多愚蠢、多沒用。這樣下去無法改變現狀，還是那個被囂張小妞黛拉可瑪莉救助的他，可不能一直這樣下去——因此痛定思痛的約翰，待人處事也變得比較圓融了——對，都是因為黛拉可瑪莉。那個小妞粉碎了約翰的自尊。還說什麼「我過來救你了」。明明連魔法都不會用，甚至連武器都拿不動，卻還是做些徒勞無功的事，拿出勇氣拚命。還好她運氣好沒被殺掉，但下次再幹那種事情，她肯定會沒命吧。實在太危險了，讓約翰無法袖手旁觀。因此他必須變強。為了讓黛拉可瑪莉可以安心當七紅天，必須將攻擊她的敵人全都燃燒殆盡——於是約翰有了新的目標。輸給大猩猩的事，他決定先拋諸腦後。

「對了貝里烏斯，關於七紅天爭霸戰，黛拉可瑪莉有說什麼嗎？」

「不曉得。今天都還沒遇到閣下。」

「如果是閣下，肯定會這麼說吧——『所有人都會死在我手中！』」

那宛如枯木般的男子突然間現身。他是卡歐斯戴勒・康特。前些日子被芙萊特・瑪斯卡雷爾輕而易舉殺掉，但他只是失血過多才喪命，因此復活的速度很快。

就像平常那樣，當他再度開口時，臉上神情彷彿正在擬定犯罪計畫的準犯罪者。

「一旦碰上歷年來最強的七紅天，也就是閣下，其他那幾位將軍八成轉眼間就會被幹掉。說起這個七紅天爭霸戰，給人的印象就是『七紅天生存戰』，但實際上將會成為黛拉可瑪莉・崗德森布萊德閣下專屬的虐殺秀。」

「姆爾納特的將軍都是萬中選一。不管閣下再怎麼厲害，要單方面虐殺所有人還是很吃力吧。」

「怎麼說這種話。貝里烏斯你也看過了吧——見識過閣下強大的力量！瞬間就把恐怖分子屠殺掉，那模樣真是神勇！其他的七紅天有這種能耐？」

「嗯，那的確非同小可，這點我同意。無法用言語貼切形容……看了只覺得渾身寒毛直豎。其他七紅天確實不可能有那種能耐……」

聽完那兩人的對話，約翰在心中自言自語，心想「這兩個人在說什麼啊」。

大概是發現約翰在皺眉頭吧，卡歐斯戴勒帶著嘲弄的語氣開口。

「哎呀不好意思。約翰你沒能見識閣下當時的活躍表現吧，因為你已經死了。」

「啊？你們是不是看到幻覺啦？黛拉可瑪莉明明就很弱——」

就在這一刻，難得約翰的腦袋即時運作。

這些蠢蛋一旦得知自己的頂頭上司是廢柴吸血鬼，馬上就會以下犯上幹掉對方。雖然不曉得他們怎麼會誤解黛拉可瑪莉的實力，但考量到她的人身安全，得出這樣的結論正好，還是順著他們的話說好了。於是約翰就說出一個月前死都不可能說出的話。

「哈！我知道啊。當然知道啦！黛拉可瑪莉是最強的！」

到頭來知道黛拉可瑪莉究竟有幾斤幾兩重的人，也就我一個了吧——自我陶醉之餘，約翰還在注視那些同袍。想說這幫人還真悲哀。

「……你幹麼用同情的目光看我們？」

「沒有啊？有時無知也不見得是壞事。那樣對黛拉可瑪莉來說還更好。」

「我之前就想講了，能不能不要直呼閣下的名字？聽了就想吐，我怕我會不小心失手把你殺了。」

「做得到就試試看啊。如今的我跟從前的那個我已經不一樣了。」

「你們兩個都住手。七紅天爭霸戰即將開打，在這邊起內訌是怎樣。」

經貝里烏斯提點，卡歐斯戴勒才自討沒趣地說「我知道啦」。

「不管怎麼說，閣下最強是事實。第一部隊到第六部隊根本不是她的對手。」

「但是小看那幫人也有可能會吃悶虧。」

「沒錯，這點我再清楚不過，所以要勤於蒐集情報。目前看來最具有威脅性的就是第一部隊了吧。世人口中的『最強七紅天』貝特蘿絲‧凱拉馬利亞可不容小看。」

「嗯……那其他的呢？」

「再來要說的，跟構不構成威脅是兩碼事，但我們一定要去跟芙萊特‧瑪斯卡雷爾打聲招呼。她害我們吃過的虧，得要加倍奉還——」

貝里烏斯跟卡歐斯戴勒這兩人開始針對其他七紅天議論起來，遲遲沒有結論。對那種議題不怎麼感興趣的約翰不經意將目光轉向訓練場。接著他看見大聲吆喝，正在做模擬戰的部隊。那不是可瑪莉小隊的人馬。而是——

「那是第六部隊吧，前些日子才剛換上新的七紅天。」

「換人了？我都沒聽說。」

「因為你太不關心時事——新上任的七紅天名字叫做佐久奈‧梅墨瓦。是十六歲的少女。有著雪白的肌膚和看似苦情的容貌，看上去非常楚楚可憐，老實說有那麼一瞬間讓我很想舔她的腳，但仔細想想或是連想都不用想就能發現閣下比她楚楚可憐一億倍，所以那一定是一時鬼迷心竅。」

「你的感想一點都不重要，那他們的實力如何？照目前這樣子看來……感覺這幫人有點不尋常。」

第六部隊訓練的情況可以說跟中邪沒兩樣。

隊員們口口聲聲喊著「佐久奈大人！」一邊戰鬥。那是不是一種口號？就算豎起耳朵仔細聽，也沒聽到「佐久奈大人」以外的字眼。

「這都是為了佐久奈大人——！」

「我要替佐久奈大人爭光——！」

「就你們這副德行，拿什麼臉去面對佐久奈大人——！」

他們是有多仰慕那個佐久奈大人啊？雖然自家部隊也很超過，但應該不至於病到那種地步，約翰在心裡想著。

「對了，聽說閣下跟佐久奈・梅墨瓦正在一起搜捕恐怖分子。」

「哦，在說那個政府高官連續殺人事件啊？還沒聽說逮捕的消息——應該是說整起事件已經逐漸淡化了。閣下的父親被人殺掉後，沒有再出現其他犧牲者，之後七紅天會議和七紅天爭霸戰這些華麗的事件接二連三冒出來。也難怪那個恐怖分子殺人事件會逐漸被人淡忘。」

「可是沒有逮捕恐怖分子，佐久奈・梅墨瓦不就會顏面掃地？她是七紅天之中唯一被恐怖分子殺害的吧。」

「話是這麼說沒錯……晚點再去跟閣下打聽看看。」

他們聊的就是這些，當對話告一段落，突然有人從背後靠近他們。

「喂、喂喂，你們是第七部隊的吧？」

約翰一行共三人不約而同回過頭。站在他們眼前的是一個面生的吸血鬼。可是他身上穿著軍服，看樣子應該是姆爾納特帝國的軍人。

「對，是沒錯。」卡歐斯戴勒出面回應。那名男子猶豫了一下，之後才開口說了些話。

「我來自第六部隊……你們看了那個，有什麼想法？」

「在說第六部隊的操練情況？他們很賣力，好像還不錯。」

「才不是那樣！」

聽到對方突然發出怒吼，卡歐斯戴勒一陣錯愕。男人的言行透露出難以言喻的不安和疲憊。

「那些人未免太奇怪了吧。就好像突然間換了個人，在那邊喊佐久奈大人、佐久奈大人。」

「你想表達什麼，我不是很清楚。那表示佐久奈・梅墨瓦很有人望不是嗎？」

「不可能有這種事情。因為那個叫佐久奈・梅墨瓦的女孩，原先在第六部隊裡就是吊車尾中的吊車尾，單純只是雜兵而已。可是當上七紅天以後，卻突然變得那麼有人氣。」

「依我看也是那樣。我們也很忙，就先失陪了——」

不料那個男人抓住卡歐斯戴勒的肩膀，硬是把他挽留下來。

「總之你聽我說——在佐久奈．梅墨瓦就任將軍那天，我剛好死了。所以沒看見那傢伙成為七紅天的瞬間。也許當時曾經發生過什麼事情。但有一點我可以確定，就是當我復活回到部隊上，第六部隊的隊員就已經全都變成佐久奈．梅墨瓦的狂熱信徒了。」

約翰聽完很傻眼。他根本不相信對方說的。

「……喂，奇怪的人是你才對吧？別在那說些有的沒的，趕快去訓練啦、去訓練。你的夥伴不都在拚命訓練嗎？」

「他們太拚命了，看了都覺得毛骨悚然。你們要明白……要體諒我的心情啊。除了我，第六部隊的成員全都瘋了。因為——那些人不管早上還是晚上都一直在喊佐久奈大人、佐久奈大人，互相殺來殺去啊？這不管怎麼看都很奇怪吧。」

這時卡歐斯戴勒舉起雙手盤於胸前，貝里烏斯也狐疑地望著第六部隊。

「……是不是被下了精神操控魔法？」

「那不可能。魔法必定存在『有效期限』。要對那些人都施加同樣的魔法，而且還是從佐久奈・梅墨瓦就任開始起算——我看看，差不多有兩個禮拜吧。要讓魔法效果維持兩個禮拜，就連名垂青史的大魔法師也沒那種能耐。」

只見那名男子用手抱住頭，當場蹲倒在地。

「奇怪的不是我。已經有好幾個人發現情況不尋常。因為那些人都有家人……跟你們說，我很怕佐久奈・梅墨瓦。那傢伙不是普通的七紅天，是某種更恐怖的存在……我——究竟該怎麼做才好？」

面對男人的疑問，無人給予回應。

第六部隊——再加上佐久奈・梅墨瓦。

好像有種風雨欲來的感覺，約翰的表情頓時變得凝重起來。

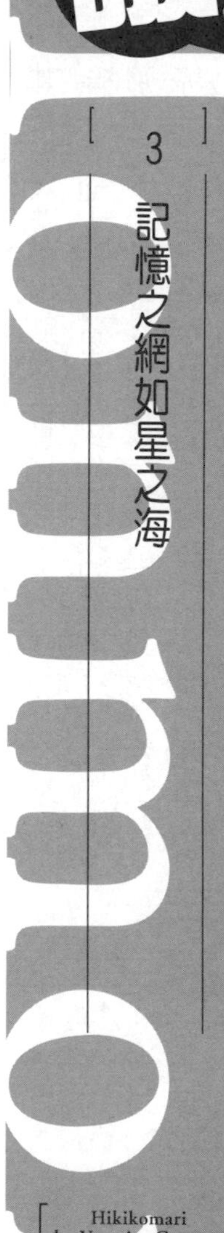

俯瞰他人的記憶，感覺就像是抬頭仰望飄浮在夜空中的星斗。

構成總體記憶的最小單位元件，是等同豆粒大小的「點」。這些點代表存在人體大腦裡的知識和片段，有如遍及全宇宙的星星，浩瀚無垠，而且分別都透過電子訊號或其他能量錯綜複雜地連結在一起，整體看上去就像不知名的星座。

因此觀看記憶就等同在天體之間遨遊。

以前佐久奈很喜歡跟家人一起去觀星。但現在呢？她還是不討厭，可是一再偷看他人的記憶後，星星已經跟血腥味連結在一起了，這也是真的。

「——不過，若能像以前那樣，全家人一起去看星星，也許能夠看到不一樣的景色。」

爸爸曾帶著憂慮的神情說了這番話。

傍晚佐久奈結束七紅天該做的工作回到宿舍後，過沒多久爸爸就來找她了。他三不五時會跑來找佐久奈，但沒跟她事先聯繫，當下還說「我來煮飯給妳吃」，然後真的煮完飯就回去了。就跟以前沒什麼不同。爸爸比媽媽更會做菜。

「去看星星啊。不知道什麼時候有空去。」

抱著自行製作的可瑪莉玩偶，佐久奈望著爸爸那身穿圍裙站在狹窄廚房中的背影。

「那要看佐久奈有多努力。雖然很想幫忙，但爸爸我呢，對那方面的事情不是很精通。」

「嗯，我要努力……」

菜刀咚咚咚的切菜聲聽在耳裡令人心曠神怡。爸爸還笑著說「沒問題的」。

「我覺得佐久奈已經夠努力了。當上七紅天後，聽說把部隊管理得有模有樣，而且為了逮捕恐怖分子，妳不是還巡邏到很晚嗎？」

「可是今天沒有巡邏。薇兒海絲小姐說恐怖分子可能暫時不會出來……」

「這樣啊。那妳今天可以好好休息一下。」

其實佐久奈根本無法休息。

除了表面上的正當工作，她背地裡還有其他任務。

那就是——身為恐怖組織「逆月」成員該做的任務。

等了一下子，爸爸就把飯菜端過來了。是咖哩飯。對了，爸爸做的咖哩飯很好吃。佐久奈還記得小時候非常喜歡吃。

他們兩個一起說了句「我要開動了」，接著就拿起湯匙。接著佐久奈挖取少許的咖哩飯送到口中。真的好好吃。跟記憶裡的味道一模一樣。

之後佐久奈跟爸爸有說有笑。真的都是一些無關緊要的閒談——例如佐久奈喜歡看的書、喜歡聽的音樂、喜歡的星座。還有家人的事情、姊姊的事情。

逆月下達的指令讓佐久奈心靈備受煎熬，日復一日中，跟家人一起度過的悠閒時光顯得無可替代。她真希望這段時光能夠永遠持續下去。可以的話希望不只是爸爸，還能跟媽媽、姊姊待在一起——

「我吃飽了。」

可是快樂的時光總是過得特別短暫。吃完咖哩飯，爸爸慢條斯理地起身，說了句「那我最近再找時間過來」就回去了。佐久奈被拉回嚴酷的現實世界，心中滿滿都是空虛的感覺。

「爸爸……」

爸爸已經走了，佐久奈不停回味他留下的餘韻。

那個人的記憶總體——也就是精神構造，用星座來比喻很像是「天鷹座」。說起佐久奈的家人，記憶總體的形狀都像是美麗的星座。

「我會努力的……為了保護家人。」

望著貼滿天花板的黛拉可瑪莉・崗德森布萊德人像照，佐久奈逼自己露出笑容。接著她突然想到一件事情。

那就是黛拉可瑪莉小姐借她的小說，她要拿來看一看。

☆

這下完蛋了。

簡單講，所謂的七紅天爭霸戰，其實就是七紅天互相殺害的爭奪戰。皇帝居然大方表示這是娛樂活動，我只覺得皇帝在情感上的感受性異於常人。反正那人也不免讓人覺得不只是感性層面，就連她整個人放在這世上都顯得格格不入。

七紅天會議結束後的隔天。我就像平常一樣被人抓來上班，等著我的是一個誇張的消息——「『七紅天爭霸戰』開戰預告」。這下我才知道奧迪隆・莫德里和芙萊特・瑪斯卡雷爾在打什麼主意，想也知道我很絕望。連處理工作事務的心情都沒有了，我坐在辦公室的柔軟椅子上，邊發呆邊抬頭看天花板，成了一個空殼，變態女僕抓緊這個好機會對我性騷擾（在好幾個地方揉來揉去），我連這些都無法適當應對，當鐘聲響起宣告下班時間到來，我立刻二話不說跑回家。換作平常，我應該要跟佐久奈一起去宮殿中巡邏，可是薇兒說「巡邏就先暫停一陣子吧。看起來沒什麼效果」。於是我就不用加班了。也許她是在用她的方式安慰我。

回到家的我仰躺在床鋪上，一雙眼睛動也不動地望著天花板。已經不行了。我死了。這下死定了。之前「死定了」這個念頭都不知道出現過幾次，但這次的「死定」在程度上有別於以往。那差別大到像鯨魚對上沙丁魚。

我遭無所適從的絕望之浪沖刷，連從這裡挪動一步都提不起勁去做。

「可瑪莉大小姐，請您起來。晚餐已經準備好了。」

「我沒心情，已經不行了。」

「今天的晚餐是特濃醬燒漢堡排。」

「…………」

我考慮了一下，這才慢吞吞起身。肚子餓沒辦法睡回籠覺，既然薇兒都特地做了，那我好歹要吃一些。

我坐到臥房桌子前等了一會，薇兒便將晚餐拿過來。

特濃醬燒漢堡排，味道好香。我乖乖說了句要開動了，接著才用叉子弄了一些漢堡排放進口中，那股幸福的滋味頓時在口中蔓延開來，感覺好像連心情都變好了。薇兒準備的餐點果然是世界第一。

「覺得如何，可瑪莉大小姐。」

「嗯，好好吃——」

「是不是覺得有力氣為七紅天爭霸戰努力了？」

「嗯，有力氣努力……………最好是啦!?」

幸福的心情都被打散了，別說那種會把人拉回現實的話好不好。

「怎麼辦啦！這次我一定會死掉吧！」

「若是要赴死，我也會陪您一起的，請您放心。」

「才不要，沒辦法放心啦！」

「如果可瑪莉大小姐面臨死亡危機，我會充當肉盾先死。」

「不用做到那種地步啦！」

這下該怎麼辦。要不要裝病？不，那樣一定行不通。到頭來還是會被薇兒硬拖出去。那要不要去賄賂其他七紅天，收買他們？這也不行。到頭來都會被薇兒阻止——是說這個變態女僕根本就只會壞我的好事，可惡！

「嗚嗚嗚……七紅天這個重擔對我來說果然太沉重了……反正還有一大票人想當，乾脆讓給那些人好了。」

「那樣可瑪莉大小姐會被炸死喔。其實用不著那麼做也無妨——可瑪莉大小姐，您還記得之前我為您做了些什麼嗎？」

「在說性騷擾吧？」

「不，那是愛情表現——不是在說那個。直到現在為止，我有讓可瑪莉大小姐死過任何一次嗎？」

聽到這番話，我頓時說不出話來。多虧這傢伙，我確實撿回小命好幾次。就連昨天的七紅天會議也是，多虧這傢伙才沒有死。不過——不能保證她這次也有辦法救我。

「……唉，我怎麼會這麼命苦。明明就不想當七紅天。」

「那麼容我問問，可瑪莉大小姐想要從事什麼樣的行業？」

「我根本不想去工作。」

「那要不要做一份可以永遠持續下去的工作？」

永遠持續下去……？喔喔，在說嫁人啊？

這樣或許不錯。但我沒有對象可以嫁，所以沒辦法。

「我還沒有定下來。」

「啊？」

「既然要做那種可以永遠持續下去的工作，那就跟我……」

「在說什麼啊。薇兒是女孩子吧。沒辦法跟我結婚啦。」

「…………」

不知道為什麼，她臉上的表情變得很微妙。還是老樣子，都不知道她在想什麼。我將一塊漢堡排放進口中，吞完肉又說了些話。

「……不過，我對未來還是有夢想的。我想要當小說家。」

「這我明白。不管寫出來的作品多麼無趣，只要有七紅天的名聲加持，都會大賣特賣吧。」

「我才不想那樣。我打算使用筆名……直接用本名有點難為情。」

「是什麼樣的筆名？」

「還沒有想好。目前暫時還用本名寫……」

「原來是那樣。新作品《橘子季之戀》也是嗎？」

「嗯，在第一張稿紙的背面有寫上名字。」

「那應該已經被佐久奈·梅墨瓦大人發現了吧。」

「嗯？」

「妳有讓她看原稿。」

「…………」

啊？先等等。

那就是說——就是說——

「這、這……」

「這？」

「這下糟了啦！」

我兩隻手都貼到頭上，一股腦地起身。糟透了。我……我這個世間罕見的賢者竟然會犯那種錯誤！明明想要隱藏真實姓名，卻把名字寫在上面，也太笨了吧！那不就是自行爆料了！我燃燒我的靈魂，這才寫出……那個最棒的傑作……卻被佐久奈拿去看……而且還被人發現作者是我……唔哇啊啊啊啊啊啊啊啊啊啊啊啊啊啊啊啊啊！

「我、我現在就去佐久奈家！」

「去了又怎樣？反正已經穿幫了。」

「誰說一定穿幫！所以我更要去！假如被人發現作者是我，身為前輩的威嚴將蕩然無存！」

「原來您還有威嚴啊？——啊，可瑪莉大小姐！一個人走在夜晚的街道上很危險喔——」

身上還穿著家裡的便服，我就這樣飛奔出家門。完全沒把女僕的叮嚀聽進去。

現在要盡快從佐久奈手上拿回稿件。然後把寫了「黛拉可瑪莉・崗德森布萊德」的部分上墨塗掉，再拿給佐久奈看。

現在沒空當家裡蹲了啦……！

☆

結果我的熱度連一分鐘都維持不了。

平日運動量不足的我全力奔跑，當然會變成這樣。

「……可、可惡……絕對……絕對不能……被她看到……」

腳好痛。胸口也好痛苦。可是——唯獨這點絕對不能退讓。

旁人看了或許只覺得我像來自戰地的士兵，戰敗了拚命逃跑。跑到上氣不接下氣，可是我沒有停下腳步。

因為，在那個小說裡……就是、就那麼一點——有些兒童不宜的描寫在裡頭。

並、並不是我喜歡那種內容，是為了劇情發展才不得已加進去的。可是……不管加進去的理由是什麼，佐久奈一旦知道我寫出那種東西，她一定會唾棄我。我才不要那樣。好不容易找到跟我有相同煩惱的同僚……！

死命跑了一陣子後，總算看見一座橋了。姆爾納特宮殿的庭園中有條什麼什麼河流過（名字忘了），這座橋就架在上面。走過那座橋後，佐久奈的家——帝國軍女子宿舍就在後面。

「很、很好。妳等著，佐久奈——哇？」

我被橋的高低差絆到。

如果直接向前方倒去，臉就會撞到橋上的欄杆，於是我趕緊轉動身體，可是卻沒辦法轉到位。疲勞讓我的身體無法自由自在活動，當我注意到的時候，人已經順著土坡滑落，「咚！」的一聲掉進不冷不熱的河水裡，摔得好慘烈。

漫無邊際的恐懼侵襲著我。

腳都踩不到底，原來這條河這麼深……？

「誰、誰來……救救我——」

我揮動手腳，努力想要靠近岸邊卻做不到。只看到水花飛濺，身體沒辦法按照我的意思行動。整個人不斷向下沉，從嘴巴跑進來的水入侵肺部。

不行了，好痛苦。我已經沒救了。沒想到居然要死在這種地方。跟七紅天爭霸戰比起來根本小巫見大巫。早知道就稍微學一下游泳——我正要放棄我的人生……

「妳還好嗎！」

我突然間聽到某個人的聲音，還有被人用力抓住手的觸感。來不及反應的我睜大雙眼，這時我整個人突然飛到半空中，就這樣直接被人拉到陸地上。

然後屁股輕輕落到地面上，我想這應該是用來控制重力的魔法。

真是九死一生。我「咳咳咳」地咳嗽好幾遍，這才意會過來，知道自己撿回一命。話說回來，到底是誰救我的？那個聲音聽起來不像薇兒的——想到這，我抬眼向上看……

「好險啊！但沒想到崗德森布萊德小姐不會游泳，真令人意外！」

有個身穿神父服的男子就站在眼前。

他就是信奉神明的奇人，海德沃斯‧赫本。

「你、你怎麼會在這……？」

「哈、哈、哈，剛好有點小事要辦。」

前面就只有女生宿舍。好像聞到犯罪的氣息，但他算是我的救命恩人，還是別太探人隱私好了——對，他是救命恩人。我被這個人救了。

於是我趕緊向海德沃斯低頭道謝。

「真的、很謝謝你。多虧你救了我。」

「哎呀！當紅的崗德森布萊德大將軍竟然向我道謝，看來在下海德沃斯‧赫本還是有點用處呢！——話說妳的身體還好嗎？不嫌棄的話，我可以送妳回家。」

「沒、沒問題。不用擔心。抱歉，我在趕時間——晚點再好好酬謝你，敬請期待。」

「用不著酬謝沒關係。身為神的僕人，幫助有困難的人是應該的。先不講這個了，妳最好換件衣服。雖然是夏天，還是會感冒。」

「我沒事啦。所以我也差不多該——」

「嗯，崗德森布萊德小姐這麼著急，不知是為了什麼事情？」

那讓我心頭一驚，明明就沒做該感到心虛的事。

我努力讓心情鎮定下來，之後才開口。

「我要去找佐久奈，剛好準備去她那邊。」

海德沃斯的眼睛隨即瞇起——嗯？氣氛是不是變了？

「哦，要去梅墨瓦小姐那邊啊？有什麼事嗎？」

「我跟她約好要一起玩。她找我一起玩扭扭樂（註1）。」

「喔喔——也請務必讓我參與。」

不好吧，聽起來就像準備要性犯罪。

「開玩笑的！請別用那種眼神看我——話說梅墨瓦小姐交到不錯的朋友呢。這是多麼棒的一件事啊。那孩子一直以來都很孤單，我也很擔心她。」

「是這樣啊……」

這時我突然想到。

之前好像聽說佐久奈待過海德沃斯經營的孤兒院。也許對她來說，這個變態神父就像她的父親。那說他是變態就很失禮了。總之先不管那些，我也該收收心前往

註1　在多色地墊上用肢體碰觸指定色塊的體感遊戲。

佐久奈的住處了。若是動作不快點，會趕不上的。

「不管怎麼說，真的很謝謝你，海德沃斯。沒能給你像樣的謝禮不好意思，但我今天真的在趕時間……」

「我明白。請妳和梅墨瓦小姐——和佐久奈好好相處。」

「嗯、嗯嗯，我也明白你的意思了。」

我再度跟海德沃斯點頭致意，接著就鞭策那正在悲鳴的肌肉，再次奔跑起來。沒想到那個人其實還滿正派的，我在說海德沃斯。可是現在沒空管那個了，我要加快腳步。要快點過去。快點去——

可能是我太著急的關係。

神父在我背後自言自語說了些話，我沒能聽見。

「——再見了，崗德森布萊德小姐，妳應該能在神的國度過上幸福的日子。」

☆

我來到宿舍這邊。但不知道佐久奈的房間編號是多少。那讓我瞬間感到一陣絕望，不過信箱那邊有標註居民的名字，這才讓我鬆口氣。我強壓下躁動的心情，來到佐久奈的房間前，猶豫了一下才按門鈴。

『咿呀!?』

我聽見裡頭傳來慘叫聲。再來是有人在裡頭慌慌張張橫衝直撞的聲音，還有物體落下的聲音，大概是腳撞到桌子之類的，接著聽見一聲『嗚！』，聲音聽起來悶悶的，諸如此類，然後又等了一下子，隔著薄薄的門板，我聽見後方有人『嗚呀啊啊啊啊啊啊啊啊啊！』地慘叫。她大概是透過窺視用的小洞看見我了。

「佐久奈，抱歉突然跑過來找妳……妳是不是在忙？」

「沒有！完全沒這回事！」

這時門被打開了。但不曉得為什麼，上面還有加裝鎖鏈。她是不是對我還存有戒心？

透過狹窄的門縫還是能看見佐久奈穿著平常會穿的軍裝。原本以為可以看到她穿便服的樣子，好可惜。

「請問——黛拉可瑪莉小姐……？妳來有什麼事嗎？」

「也不是什麼大事，是想跟妳說……關於之前的小說——」

「咦，妳是不是發生什麼事了!?全身都溼透了耶！」

「嗯？在說這個啊？那是因為我掉到河裡。」

「河！……快、快點換衣服吧，如果感冒就糟了。」

「不，還是先把小說——」

這時門「砰！」地關上。房間裡頭再次出現亂七八糟的巨大聲響。我在原地無所事事地呆站，佐久奈很快就回來了，還稍微將門打開。

「那個、那個，替換用的衣服……我這邊有，只是、樣式比較奇怪。」話說到這邊，佐久奈趕緊搖搖頭。「不！說奇怪未免太失禮了！」

「奇怪？是上面有印水豚圖案嗎？」

「不是那樣的……對不起，我只有這個。」

對方從縫隙間拿了一件乍看之下沒什麼異樣的T恤給我。

我攤開來看。

我的臉（要笑不笑）出現在眼前。

異樣感滿滿。

「……妳從哪邊弄來的？」

「是店鋪裡頭在賣的！因、因為是認識的人，我就不小心買了……」

照這樣看來，這種令人噴飯的T恤還真的在市面上流通了。實在太遺憾。我怎麼可能穿這種東西——

「哈啾！」

我打噴嚏了。那讓佐久奈憂心忡忡地大喊「妳還好嗎!?」

我則是強顏歡笑，嘴裡說著「還好還好」。

「那不重要。先把小說——」

「一、一點都不好！去沖澡吧！可以在我這邊洗——啊啊，可是我的房間有點亂，可以的話麻煩妳盡量不要看客廳那邊……不是盡量，是麻煩妳絕對不要看，這樣、我會很高興的……總、總而言之，我來帶路。請進。」

耳邊聽著那些不著邊際的言詞，我被人帶進屋內。老實說我現在沒心情沖澡，要快點把小說拿回來，得想辦法處理小說……！可是在我沖完澡換上閣下T恤之前，她似乎怎麼樣都不願意聽我說話。我感覺是這樣。

沒辦法，這次就先順著佐久奈好了。

「請往這邊走。請用。內衣褲都準備好了，就放在那。」

「……內衣褲？是佐久奈的嗎？」

「不，不是……我之前有拿給人偶穿，想說尺寸應該很合——沒事沒事，請妳忘了吧！」

「這、這樣啊。那些我不是很懂，總之先跟妳借用一下浴室。」

「請慢用！」

佐久奈說完就走了。被留在脫衣間的我先把衣服脫掉。一脫掉，心裡就浮現某個念頭……閣下T恤，到頭來還是得穿。真的好不想穿喔。

還是來問問佐久奈，看看有沒有其他的衣服吧。

她總不至於手邊只有這種衣服吧。

我將脫掉的衣服再次穿回身上，離開脫衣間。

走過陰暗的走廊，我慢動作推開疑似通往客廳的門扉。

「佐久奈，不好意思，有沒有其他的衣服？這個上面有印我的臉，穿起來實在是——」

一開始我還以為自己是不是誤入了某間店。

因為那個房間裡放了好多「東西」，多到讓人以為在開店。

我立刻就看出這景象不尋常。

那裡放了無數的我。

有做成我模樣的人偶，按我樣貌做出來的布偶，還有印了我的抱枕。加上我的相片、我的海報、把我那張臉印上去的T恤，還有我的畫像——看來看去全都是黛拉可瑪莉・崗德森布萊德。這房間彷彿是以我為主題的博物館。

看到這麼誇張的景象，我驚訝到說不出話來。

這是什麼。我是不是在作夢……？

「……黛拉可瑪莉、小姐……………」

那名銀白色少女就待在這異樣光景的正中央，站在那的她看上去都快哭出來了。看那表情，簡直像是絕對不能讓人發現的可恥祕密被人發現一樣。應該說正是這樣的表情無誤。

「不、不是的。不是那樣……」

是在「不是」什麼，她並沒有具體說明。大概也沒辦法說明吧。

我就只能愣在原地，一個勁地呆站著。

小說已經不算什麼了。

這名少女身上似乎帶著比我危險好幾倍的炸彈。寫小說用了本名外加出現三次親吻戲碼，遇上這點小事就慌亂不已的我像個白痴一樣。

「黛、黛拉可瑪莉小姐……」

她看我的眼神像是懷抱最後一絲希望。

我不知道該怎麼回應。就是因為不知道，我在第一時間才會那麼回。

「我去洗澡。」

☆

二十分鐘後。

洗完澡的我來到充斥著我的房間，在房間中央跟佐久奈面對面。除此之外，我現在沒那個餘裕去要求對方拿閣下T恤以外的衣服給我穿，於是我的肚子上就有我的臉放在那邊。這實在太羞恥了。還有這個房間本身就很可恥。佐久奈到底在想什麼，怎麼會把她的房間弄得這麼誇張。

「……佐久奈。」

「是滴！」

只是被叫到名字而已，她驚慌失措的程度就跟目睹蟑螂有得拚。我提醒自己，跟她說話時要盡量和顏悅色。

「好厲害喔，這個房間。有好多的我。」

「嗚嗚嗚嗚嗚……對不起、對不起、對不起……」

「妳不用道歉，也不用哭啦！妳看，我又沒有在生氣！」

「對不起……我、我……很喜歡黛拉可瑪莉小姐……！」

「…………」

這告白是在演哪齣。我本人說這種話有點那個，但那檔事看就知道了。

接下來佐久奈開始訥訥地訴說。

「黛拉可瑪莉小姐很強、很漂亮、很帥氣……所以我也想變成那樣，後來在四處調查黛拉可瑪莉小姐的事情時，我開始蒐集相關的周邊商品，還自己動手做，房間才會變成這樣……」

「妳還有自己做東西呀？」

「是的。那十五個黛拉可瑪莉小姐的等身大人偶，對我來說是最棒的傑作。每天都會跟她們打招呼、說話，當成是在面對真的黛拉可瑪莉小姐……」

我放眼環顧四周。那幾個直立在牆壁旁邊的我全都面無表情地看著我。我彷彿感受到佐久奈身上散發出來的黑暗氣息。

「這、這樣啊，每個人有自己的興趣嘛。嗯，我也有一兩個不想跟人說的祕密。」

「是寫小說的事情嗎？」

原來都被發現了喔！

「……是那樣沒錯，妳已經知道了？」

「是的。之前薇兒海絲小姐跟我說過。」

原來變態女僕已經幹過這種好事。絕對不能放過她——我是很想這麼說，但總覺得就算被佐久奈知道也無所謂。當我撞見這個房間的慘樣，我就知道有親吻鏡頭出現的小說相較之下還比較可愛。

「對不起，妳嚇到了吧……看到我在蒐集這種東西。」

佐久奈說話的聲音小到都快消失了。從某個角度來看，說那是「這種東西」好像很失禮，但那些姑且不談，她雖然有在蒐集這些東西，但對我並沒有造成實際上的危害，因此我完全不打算責備佐久奈。我不希望跟她之間的關係出現裂痕。

「我一點都不在意喔。只要沒有公諸於世，佐久奈喜歡怎麼做都行。」

「真的嗎……？那我可以再做更多的衍生物嗎？」

「是可以，但要適可而止喔。」

佐久奈頓時露出笑容，就像盛開的花朵。好可愛。

「黛拉可瑪莉小姐是好人。換成是一般人，他們一定會跟我絕交。」

「哈、哈、哈，我可是最強的七紅天，這點小事沒什麼好大驚小怪。我反而還很開心，沒想到佐久奈這麼仰慕我。」

「是、是這樣啊……欸嘿嘿嘿嘿嘿。」

「哈哈哈哈哈。」

…………………

……現在該聊什麼？有好多的我盯著我看，害我不敢轉頭。剛才我打腫臉充胖子，說這點程度的小事沒什麼好大驚小怪，但講真的那些景象太震撼了，甚至足以影響日常對話。搞不好還會夢到。

話說我現在才想到，來找佐久奈的動機已經沒了吧？小說的事情變得可有可無。眼下完全演變成話題無限制的閒聊啦……對了，之前我就想跟她聊聊興趣方面的事情，就來聊我們的興趣吧。

「黛拉可瑪莉小姐，對於七紅天爭霸戰，妳有什麼想法嗎？」

我這念頭才剛萌生，佐久奈就搶先開口了。而且還要聊那檔事。

「我……很不安。大家真的都是很厲害的人，像我這樣弱小的吸血鬼是不是不該加入……會不會馬上就被殺掉……」

不管怎麼看，馬上會被殺掉的人都是我。

「沒那回事啦。佐久奈不是會用很厲害的魔法嗎？」

「一點都不厲害。就算能夠用魔法……就算能夠使用《烈核解放》……沒辦法殺掉對手就沒用。」

「咦？殺掉……」

佐久奈臉上的神情變得很微妙，看起來像是很苦惱的樣子。我是不是聽錯了？剛才好像聽到「殺掉」這個字眼——話說七紅天爭霸戰的目的就是殺人，這我也明白啦，但沒想到那個懦弱的佐久奈會說出那麼聳動的話。

想到一半，我發現佐久奈慌慌張張地低頭道歉，對我說「對、對不起」。

「我說錯了。應該是『若會被對手殺掉，會魔法也沒用。』……我真的是很沒用的吸血鬼，不管會用多麼厲害的魔法，一定都會在發動前被人殺死。我好怕被人殺掉……」

「這樣啊……不管是誰都很怕被殺嘛。」

「還有，我並不想跟黛拉可瑪莉小姐競爭。」

佐久奈說完，用泫然欲泣的雙眸望著我。

七紅天爭霸戰顧名思義就是七紅天之間的鬥爭。在一般情況下，我跟佐久奈免不了要互相廝殺吧。不過——我有個想法。

「我們可以組成同盟。」

那讓佐久奈發出一聲「咦？」。

「又沒規定不能跟其他人聯手。若是我跟佐久奈可以互相幫忙，那起碼可以減少一個敵人，多增加一個夥伴。不覺得這個點子還不錯嗎？」

「這樣好嗎？我怕我會扯黛拉可瑪莉小姐的後腿……」

「那不要緊。我還比較擔心自己會扯妳的後腿呢。」

「可、可是……」佐久奈顯得欲言又止。「為什麼妳要對我這麼好？我明明就像、會跟蹤黛拉可瑪莉小姐的……跟蹤狂。」

是不是跟蹤狂其實不重要了。反正我身邊有一大堆類似的生物。

要說是為了什麼——都是因為跟佐久奈合作可以提高我的生還率，當然我是有這層顧慮，但更重要的是，我沒辦法對她置之不理。看到她露出那麼脆弱的表情，我就想不顧一切幫助她……不對，有這樣的想法未免太自以為是了。我明明比佐久奈還要沒用百倍。所以說——這就是那個吧。

「因、因為我們是朋友啊。」

這句話從我口中脫口而出。

「朋友互相幫忙是很正常的吧，所以我才會邀請妳。」

「朋友……」

「……嗚，抱歉，妳應該討厭跟我當朋友吧……」

「我不討厭！能夠跟妳當朋友是我的榮幸！請多指教！」

「是、是嗎……！那也請妳多多指教。」

我們兩人對著彼此點頭致意。這下我才鬆了一口氣。剛才順勢說了「是朋友」，若是佐久奈當下用表情示意「咦？要跟我當朋友？說什麼蠢話？」我會跑去上吊。

話說當朋友啊……呵呵呵，她是我交的第一個朋友。這可以說是我人生中最開心的時刻……！

「我明白了。那麼第七部隊和第六部隊會互相協助，這樣可以嗎？」

「嗯，我會跟大家說的。」

「啊，對了。」這個時候佐久奈抬手拍了一下，一副靈光乍現的模樣。「也去找海德沃斯先生幫忙吧。如果是那個人……我想他會諒解的。」

「海德沃斯……？不會有問題嗎？」

「雖然他有點奇怪，但是很值得信賴。」

他確實救了掉到河裡的我。而且在七紅天會議上，他也三不五時替我說話。第一眼看到這個人會覺得是狂熱信徒，滿腦子都是神明，但一想到佐久奈是那樣看他的，我就覺得這人搞不好算正派。

「那我們也去找海德沃斯幫忙吧——對了，之前佐久奈好像待過那個人經營的孤兒院？」

「是的。他收留了家人都被殺死的我。」

「…………」

話題突然變得沉重起來，害我不知該做何反應。

「啊，不是。我的家人還在喔。」

「是透過魔核復活了？那妳怎麼會去孤兒院……？」

「呵呵。」

佐久奈笑得很神祕。原來這女孩也會有那樣的表情啊？——這時我突然覺得身體有點發寒，隨即打了個寒顫。她眼中似乎有一股不尋常的妖氣駐足。但那現象真的就只出現一瞬間，佐久奈很快又變回平常那個弱不禁風的她。

「那些就是我的家人。」

佐久奈示意我看書架上的照片。

照片裡的一家四口看起來很幸福。

有年幼的佐久奈。還有把手放在佐久奈頭上，面帶笑容的女孩子——應該是她的姊姊吧。然後父親和母親就站在姊妹兩側，眼神都很溫柔。

「我的姊姊名字就叫做可瑪莉喔。」

「是這樣啊？很有親切感呢。」

「是的。那個人的記憶是非常美麗的『海豚座』——」

「……嗯？什麼意思？」

「只是直覺。在說人的精神型態。」

這時佐久奈突然抓住我的手，她的手好冰冷。

「妳會冷嗎？手好冰喔。」

「不會。蒼玉種是沒有體溫的種族。身體如冰凍的鐵壁就是我們的特徵——白極聯邦是很寒冷的地方，據說身體沒有強壯成那樣就無法生存下去。」

「是、是喔——」

「我的血一定很冰冷，妳要不要喝喝看？」

「還是算了吧。」

「沒關係。」佐久奈說完這句話就笑了。

「要不要去看一下星星？——最後一刻要看的東西，還是挑美麗一點的。再說待在這邊會把房間弄髒。」

「佐久奈？先等一下——」

對方強行拉住我的手，我還來不及反應就被帶到外面了。一些蝙蝠「啪沙啪沙」一地飛了起來，我嚇到發出慘叫聲。佐久奈也沒去管這樣的我，不停往前進，最後來到靜悄悄的後院，這才突然停下腳步。

庭院看上去沒什麼特別之處。耳邊可以聽見貓頭鷹的叫聲，仔細看才發現庭院的各個角落都開滿紫陽花。如果白天過來，看到的景色一定很美吧。

「黛拉可瑪莉小姐，請妳看上面。」

我聽從佐久奈的指示仰望天空，那裡有一大片耀眼奪目的星星。沒什麼特別的，是很普通的夜空，也因為這樣，看著看著便能體會之前未曾察覺的自然之美。

「那個就是『海豚座』，是背上載著神明泳渡海洋的海豚。那邊那個是『天鷹座』。旁邊還有『仙翠座』，再過去是——」

佐久奈用手指逐一指向那些星星，對我熱心解釋，但我完全分不清哪個是哪個。只知道星星一閃一閃的好漂亮……也許我這人感受性不強，沒什麼情趣可言。

「像這樣看星星，會覺得心情變得好平靜。」

「對啊，星座好漂亮喔。」雖然我完全看不出哪個是星座。

「黛拉可瑪莉小姐的記憶也跟星座一樣漂亮。」

這句話讓我感到納悶，還轉眼偷瞄佐久奈的側臉。她正專注地仰望星空。

「——黛拉可瑪莉小姐，妳覺得恐怖分子為什麼要殺人？」

「咦？」話題突然轉變害我有點困惑。「這個嘛……應該是為了那個吧。大概是為了興趣殺人？像我身邊就有一堆殺人狂。」

「我想應該不是。他是逼不得已才殺人的。」

「也是有可能啦……」

「……黛拉可瑪莉小姐，可以再問第二個問題嗎？」

「嗯、嗯嗯。」

「謝謝妳——這只是假設、是假設喔，如果恐怖分子抓了家人當人質……而且還說『不想看到家人被殺就去殺了某某某』，換成是黛拉可瑪莉小姐，妳會怎麼做呢？會乖乖照辦嗎？還是……會丟下家人逃跑？」

怎麼會問這個。是一種心理測驗嗎？

可是佐久奈的表情認真到不能再認真。這種時候回不正經的答案好像有點怪怪的。於是我決定誠實說出心中的想法。

「我會打倒恐怖分子。」

「咦……」

「不對的人是抓家人當人質的恐怖分子吧。只要那個恐怖分子消失，事情就解決啦。」

我不喜歡殺人，也不希望家人被殺掉。既然這樣，只要幹掉那個元凶就好了。……不過呢，用講的是很簡單，實際上執行起來是否可行又是另一回事。如果是我的話，很有可能會逃跑。可是又不能對家人見死不救……唔唔唔，好煩惱喔。

事情就是這樣，我老老實實回答完就開始苦惱起來，在那猶豫不決。佐久奈卻發出嘆息，還用感佩的語氣說著。

「果然厲害。如果是我的話，要我做那種事情……」

怎麼了？看她這樣子，感覺不像只是在玩心理測驗呢。難道那都是真的──應該不可能吧。

佐久奈當下突然轉頭看我。

令人不解的是，她眼裡泛著淚光。

「請妳繼續抬頭仰望星空。我馬上就好。」

「先等等。妳從剛才開始就怪怪的……難道說──妳在哭嗎？是不是哪裡痛？吶──」

佐久奈的手慢慢伸向我。

我的身體無法動彈。目光也沒辦法從她身上挪開。我有預感如果繼續待著不動，可能會發生不得了的事情──然而我還是只能和佐久奈對望，就像被蛇盯上的青蛙，完全無法動彈。

後來我才發現自己被人施了魔法。

這是初級拘束魔法【箝制術】。

佐久奈是不是在生氣？對。一定是這樣。因為我擅自窺探藏有她祕密的房間，她才會那麼生氣，一定是這樣。一心只想復仇的她打算對我用刑，讓我落入搔癢地獄。佐久奈接著將指尖放到我的腹部上。

「等、等等，佐久奈！我對搔癢沒有抵抗力，我敢保證只要側腹稍微被人抓一下就會呼吸困難，還會死掉！不小心發現妳的祕密，我跟妳道歉，所以——」

「——可瑪莉大小姐，差不多該回家囉。」

就在那瞬間，佐久奈像被熱水燙到一樣，突然把手收回去。

大吃一驚的我轉過頭張望。

變態女僕從夜晚的黑暗中現身。她多久以前來的？這樣有點恐怖耶。

「明天也要上班。如果您熬夜熬到太晚，明天會爬不起來。」

「妳說要上班!?明天是星期六吧！」

「您在說什麼？接下來要面臨七紅天爭霸戰，必須抓部下來做訓練。來，我們回去吧。您的晚餐才吃到一半。」

「啊。」

當我想起這檔事，肚子那邊就跟著發出「咕嚕」聲。好想吃薇兒做的漢堡排，應該已經冷掉了吧。

「那麼梅墨瓦大人。今天晚上就到這邊，我們先失陪了。」

「好、好的。」

薇兒對著佐久奈優雅地行禮。反之佐久奈——不知道為什麼會有那種反應，看起來像是在害怕，又像是很著急的樣子，同時也有些心安，臉上的表情好奇妙。

這讓我覺得不對勁，卻猜不透緣由。

「那佐久奈，我們先回去了。七紅天爭霸戰的事情再拜託妳多多關照啦。」

「好的。晚安，黛拉可瑪莉小姐。」

「嗯，晚安。」

這些話說完後，我跟薇兒一起離開女子宿舍。當我不經意回頭張望，眼裡就看見佐久奈正呆呆地仰望夜空。那讓我有點擔憂，正打算折回去，薇兒卻拉住我的手制止我。

「幹什麼啦，這樣有點痛耶。」

「很抱歉。可是我覺得佐久奈・梅墨瓦有點危險。」

危險？聽不懂啦。還有把我的手放開。別想趁機牽手，不准順其自然跟我十指交握。不行了，握力差距大到害我甩不開……！

「哪裡危險了。對我來說，妳才危險好不好。」

「我感應到殺氣了。雖然很微弱……」

「那是當然的啊。因為佐久奈想要對我發動搔癢攻擊——是說妳幹麼過來牽我的手，又不是小孩子。」

「若是您迷路就糟了，請讓我盡情享用可瑪莉大小姐那細滑的玉手。」

「別這樣啦，很丟臉耶！」

「您穿那種奇怪的T恤還比較丟臉。」

「…………」

我也這麼覺得。接下來薇兒說了句「總而言之」，並用認真的語調把剩下的話說完。

「要多加留意佐久奈・梅墨瓦的動向。可瑪莉大小姐盡量別靠近她。更別提只有妳們兩個一起看星星。我絕不容許這種事情發生。因此，下次也跟我一起去看星星吧，一定要去。」

薇兒說完用力握住我的手。快住手啊。妳繼續用力握下去，我的骨頭可能會碎成好幾段。別小看我的廢跟弱。

於是變得提心吊膽的我就這樣跟薇兒手牽著手，踏上回家的路。

但我不否認心裡就是有點放不下。

佐久奈當時的表情。看上去眼中泛淚、一臉憂愁。

她究竟在想什麼呢？

我不會用窺探他人心思的魔法，因此無從得知。

☆

事實的真相是，佐久奈・梅墨瓦的烈核解放可以窺視他人記憶，只要那人先被殺死，是能夠干涉精神的特殊能力。恐怖組織「逆月」正在利用佐久奈的特殊能力，試圖找出魔核所在。

魔核——這是能夠賦予人們無盡魔力和生命力的特級神具。只不過，雖然人人都知道世上有這樣東西，也知道有什麼效果，卻未曾聽說誰曾經親眼見過魔核。這也難怪。畢竟魔核是第一級國家機密。所在地、形狀等資訊都被各國政府層層把關（順便補充一點，只要把鮮血獻給魔核，透過該儀式就能受無限恢復效果嘉惠，這在現代已經是種常識了，但在進行儀式時並非能夠實際看到魔核，而是讓鮮血流入四散在國內各處的「魔泉」，將血自動傳送到魔核本體中，至於傳送點的相關情報——也就是魔核實際上究竟為何物，就連專門負責執行儀式的官員都不清楚。）。

——總而言之，有這樣的淵源在，佐久奈才會夜夜在宮殿中徘徊，四處殺害政府單位的高官。

可是到頭來還是沒有半點進展。

就連帝國宰相阿爾曼・崗德森布萊德都不清楚魔核的相關資訊。若是能夠殺掉皇帝，八成一次就能將資訊弄到手，但目前佐久奈的實力還不足以了結那個雷帝。於是逆月才會下達那樣的指令——「先殺掉七紅天來蒐集情報」。

之前佐久奈都專門找容易殺害的文官下手。可是在這個帝國裡特別重視武力，重要情報很有可能掌握在武官手中——「逆月」似乎如此認定。

「幸好……說幸好是對的嗎……」

抬頭仰望那些星星的同時，佐久奈自顧自地說著。

她實在不忍心下手殺害黛拉可瑪莉・崗德森布萊德。那個心地善良的少女說她是佐久奈的朋友，她怎麼可能狠下心殺害對方。

當薇兒海絲出現，害佐久奈錯失殺害對方的機會，她反而鬆了一口氣。起碼今天不用殺掉她。

……不，反正憑她的實力，也不可能殺得了那個七紅天。

究竟她有多強呢？佐久奈跟芙萊特・瑪斯卡雷爾不一樣，並沒有起疑心，但是關於她的戰鬥能力，確實有許多不明之處。前陣子好不容易才殺了阿爾曼・崗德森布萊德，當時是不是也該蒐集這方面的情報？雖然現在說那些都太遲了。

佐久奈不由得發出嘆息。

自己這是在幹麼呢？表面上在當七紅天，做這種跟自己格格不入的工作，背地裡成了恐怖分子，做她最討厭的事情——殺人。這樣的人生還有什麼意義——懊惱之餘，佐久奈回到她住的地方。

那時突然有一陣風吹過，她不由得閉起一隻眼睛。

猛一看才發現窗戶打開了，印象中她不曾開啟。窗簾搖來搖去，在房間裡投下詭異的陰影。

怎麼會？——佐久奈覺得有點不對勁，才剛踏進放滿可瑪莉的客廳，原本放置在桌子上的通訊用礦石就發光了。

這令佐久奈感到心碎，可是她又不能不接通。

將魔力灌注進去後，平常會聽到的不悅嗓音便跟著響起。

『——真沒用，佐久奈・梅墨瓦。』

佐久奈的肩膀瑟縮了一下。

『真是一點用都沒有。眼睜睜看著殺害獵物的好機會溜走，在搞什麼鬼？還怠忽職守，這樣的人一點存在價值都沒有。』

「怎麼會……」

佐久奈的舉動酷似生鏽機械，她放眼環顧四周。

被看見了。對方都看在眼裡。

看到她跟黛拉可瑪莉小姐相處的經過……！

「對、對不起！我原本打算動手，可是薇兒海絲小姐剛好過來……」

『把女僕一起殺掉就好啦，不然要烈核解放做什麼？』

「就、就算臉被看見，還是能夠讓對方忘記──」

『那妳為什麼不殺。有機會下手就不要放過好時機，這可是逆月的座右銘。』

那種座右銘還是第一次聽說。

沒去管困惑的佐久奈，男人繼續說著。

『如果沒有找到魔核，執行部隊就沒辦法行動。一人的失誤會導致組織事情辦不好。這點是絕對無法容忍的。』

「…………」

『……哼，就算了吧。只要在七紅天爭霸戰中把所有人都殺了，就不會有任何問題。妳絕對不能失手──我可是為了這瞬間，在帝國軍內當間諜整整當了七年。妳應該知道要優先處理的對象是誰吧？』

「貝、貝特蘿……」

『貝特蘿絲・凱拉馬利亞。那傢伙在七紅天裡擁有最長的資歷。再來是芙萊特・瑪斯卡雷爾。她可是當朝皇帝指派的七紅天，很可能知道魔核的相關資訊。接著是黛拉可瑪莉・崗德森布萊德，這個小姑娘集皇帝的寵愛於一身，也是妳剛才沒殺成的鼠輩。』

『對不起、對不起……』

『其他的七紅天就算到頭來沒殺死也無所謂。雖然殺不成不構成影響，但基本上還是要殺掉。小心謹慎是逆月的座右銘。如果殺不掉，就把妳的家人殺了。』

「嗚……」

要殺她的家人。

這句話都不曉得聽多少次了。佐久奈就是被人這樣威脅，才會被對方吃得死死的。每次恐怖分子揚言要殺了她的家人，她就會渾身顫抖，之前留下的心靈陰影再度甦醒。她不希望再次失去家人。不想孤孤單單的。所以一定要努力——

——那些抓家人當人質的恐怖分子才是壞人吧。只要那幫人消失，問題就解決了。

黛拉可瑪莉之前說過的話突然在腦海中響起。

講這種話真是太豪爽了。如果自己能夠做出跟她一樣的事情，就不用那麼辛苦了。佐久奈討厭可怕的事情，也很怕痛。如果再繼續反抗下去，她的下場又會很慘——因此對於那些無法無天的恐怖分子，佐久奈就只能對他們言聽計從。

『怎麼不說話？命令的內容都聽明白了嗎？妳有在用腦嗎？』

佐久奈隨即回答「都記住了」。

她的聲音充滿恐懼，就連自己都聽得出來。

『妳還是一樣缺少霸氣。老是那副德行，永遠只能是組織裡的小角色——算了，今天有帶禮物給妳。妳去看看那個讓妳愛不釋手的黛拉可瑪莉・崗德森布萊德人偶。』

佐久奈有不好的預感。

接著她注意到了。

端坐在床鋪上的小型可瑪莉人偶正抱著小小的瓶子。佐久奈戰戰兢兢地靠近那個人偶。

瓶子裡頭裝了顏色看起來很毒的液體，看起來是四處都有在賣的普通小瓶子。

『這是科尼沃斯的祕藥。妳應該有聽說過吧？』

「…………」

佐久奈倒抽了一口氣。科尼沃斯的祕藥。這出自逆月的幹部——「朔月」之一的蘿妮・科尼沃斯，是她祕密製造的增強劑。只要服用就能獲得常人所不能及的魔力，可是副作用卻很大，具有毀滅性，例如手腳會逐漸不能動彈，精神失常變得像廢人一樣，嚴重的話還會當場吐血死亡。像是佐久奈的其中一位同僚就有服用這種藥物，之後就一直臥病在床，最後被人處分掉，理由是「這個人已經不堪用了」。

『佐久奈・梅墨瓦，以妳的實力若是要對付五名七紅天，確實有點吃力。於是我們才會特地準備這個。妳該感到高興才對，去把敵人殺了吧。』

「可是……如果服用這個藥，會有副作用……」

『副作用？也許會有……但那又如何？』

「或許我……喝了、會死掉……？」

『剛才都說了，那又怎麼樣。搞不好妳真的會死——但這等同為組織犧牲奉獻，也算是得償所願吧？妳該不會要說妳怕死。還是有什麼意見？是不是？有的話大可說出來。』

她怎麼可能說得出口。

佐久奈什麼話都說不出來，光顧著發抖，男人朝著她露骨地啐了一聲，還殘酷地笑說『別擔心』。

『等到成功破壞掉姆爾納特的魔核，妳就會獲得獎賞。到時候會把待在祕密據點的人都找過來，召開盛大的頒獎儀式。但前提是妳人還沒死。』

「多謝……關愛……」

『好，還有一件事。』

那個男人漫不經心地說出下面這番話。

『說到祕密基地才想起來，妳好像三不五時會回去那裡是吧。』

佐久奈聽了大吃一驚，彷彿身上的血液都凍僵了。她藏起顫抖的手，目光轉向別處。

祕密基地——用不著說也知道是逆月的隱密據點。但這次說的並不是「朔月」或領導人待的根據地，那個根據地不曉得在哪，指的是在蓋拉・阿爾卡共和國南方祕林中偷偷占有一席之地的分部，佐久奈就是隸屬於該分部。跟她通訊的男人則是那個分部的領袖。

『說這話的意思不是叫妳不准回去，但妳敢動什麼歪腦筋，小心我立刻把妳處分掉。』

「……我會銘記在心。」

『很好。期待妳的表現，佐久奈・梅墨瓦！可別步上米莉桑德・布魯奈特的後塵。要是失敗了就會像那個女人一樣，被人抓起來殺掉。』

「是，我明白了。」

『期待妳能有像樣的表現。』

通訊到這邊就中斷了。

——太好了，沒有被發現。

可是那份心安只維持一下子，眼下那些問題還是沒解決。

佐久奈呆愣地垂頭，看著可瑪莉人偶抱在手中的小瓶子。

那些紫色液體看起來好毒，是蘿妮・科尼沃斯透過烈核解放製作出來的一種神具。若是被副作用弄死，將不能再復活。

不知不覺間，佐久奈的眼淚已經奪眶而出。

好過分。

這樣實在太過分了……

「…………」

魔核能夠無止境地治癒身體的疼痛。

可是殘留在佐久奈心中的傷痕將會永遠留存。這種特級神具只能治癒外在的傷口，卻沒辦法連心靈都治好。佐久奈覺得那種東西根本是瑕疵品。

「好痛苦……」

這聲呢喃沒有被任何人聽見，而是沒入黑暗中。

好痛苦，好難受，好想死了一了百了，可是又不敢去死。要找這麼痛苦的人，放眼全世界，除了她再也找不到第二個了吧——

——可別步上米莉桑德·布魯奈特的後塵。

此時佐久奈突然想起這句話。

不知道那個青色的少女現在在做什麼。明明很優秀，優秀到被視為下一代的

「朔月」接班人，卻因控制不了個人心中的恨意，成了一無所有的吸血鬼。

不，她算是能成功擺脫一切的吸血鬼。

「米莉桑德……」

她們兩人之間沒什麼交集。同樣是吸血種，曾經被人拿來作比較，但是撇除烈核解放的有無，米莉桑德在各方面都比佐久奈優秀，她根本不是對手，佐久奈對那人的印象僅僅是「原來世上還有這麼厲害的人」。

可是事到如今，她的事情卻在腦海中揮之不去。

佐久奈很想見見她。

☆

米莉桑德・布魯奈特被關在帝都外環的監獄中。

洗個澡將身上沾染的汙泥洗掉，換穿閣下T恤，佐久奈直奔外頭的餐廳用餐。回程順道過去看看，卻沒見到米莉桑德。

問了看守監牢的人，他們只冷淡回應「那個人不在這」。

是不是被判死刑了？雖然沒聽說這樣的消息——

「反正……見了也沒用吧。」

拿這句話來說服自己，佐久奈轉身離去。

姆爾納特是個不夜國。即便太陽沒入地平線下，帝都的街道上依然充斥人來人往的吸血鬼。其中還有人指著佐久奈說「那個不是七紅天梅墨瓦大人嗎？」變成名人好麻煩——感到厭煩之餘，佐久奈快步踏上歸途。

還是死心別去見米莉桑德了。就算見到她，佐久奈也不知道該說什麼。

想著想著，佐久奈為了躲避行人的目光，不停地走著，突然間有一排文字吸引她的注意，讓錯愕的她不由得回過頭。

布魯奈特。

門牌上確實寫了這段文字。

佐久奈這才想起來——這一帶是帝國權貴居住的區域，就算留有布魯奈特家的宅邸也沒什麼好訝異的。可是他們應該已經被流放到國外了，房子還被保留下來，這點說奇怪是很奇怪。

佐久奈情不自禁窺探門後的情況。

那個遼闊的庭園看上去彷彿還能窺見往日的奢華榮景，但現在連點鬼影子都沒有了。雜草叢生，完全沒有人出入的跡象，飄蕩在空氣中的沉濁魔力被吹了過來，滯留在這邊。佇立在那之後的宅院說有多詭異就有多詭異，看上去活像鬧鬼的房子。

「…………」

不知不覺間，佐久奈踏進這座廢墟。

因為對米莉桑德感興趣才驅使她採取行動，同時她也想來場小小的冒險。

穿過一片荒蕪的前院，佐久奈來到大宅邸的房門前站定。那裡沒有上鎖。當她用力推開這扇門，門就發出讓人起雞皮疙瘩的「嘰嘰」聲並應聲開啟。

建築物裡頭一片幽暗。月光從破裂的窗口照射進來，將室內照亮。

地板上都是塵埃，讓人不忍繼續看下去，牆壁和天花板處處都有老舊的蜘蛛網。完全就是個被人遺忘的廢墟。

她的理性在大喊——來這種地方探索也沒用。

可是佐久奈的腳步無法停下。她邊注意腳邊的狀況，邊爬上樓梯。靠著於指尖點亮的白光魔法在走廊上前進。

米莉桑德可以脫離逆月，那樣算幸運嗎？她不曉得……不，基本上那個少女跟佐久奈不一樣，對於在逆月中從事的活動，並未感到不滿。或許還在為自己的失敗懺悔，感到懊悔——

這時佐久奈感覺背後好像有什麼東西在動。

她轉頭看。在一片朦朦朧朧的薄闇中，掛著一幅貴婦人畫像。

畫像並沒有任何奇怪之處。大概是自己多心了吧——佐久奈覺得身上有些發寒，並轉頭朝前方看去。

緊接著她發現一件事情。

那就是走廊深處的房間有光線透出來。

這裡明明就沒人。

佐久奈懷著害怕的心情靠近。可能是小偷。如果真的是那樣，那該怎麼辦，自己可能會被小偷洗劫一空……那懦弱的樣子一點都不像七紅天大將軍，然而佐久奈依舊無法戰勝好奇心，她來到房間前方。

房門半開著。佐久奈悄悄觀察內部情形。

這個房間明顯有人住。

裡頭自然是連一點灰塵都看不見。那邊有書架和床鋪，還附設廚房，更裡面是不是連浴室都有？牆壁上擺著觀葉植物和觀賞用花卉，賦予房間整潔的觀感。

房門內外彷彿是不同的世界。

來到這就不能回頭了。

佐久奈慢慢挪動，小心翼翼地溜進房間裡——有樣東西吸引她的目光。

房間中央有個桌子。

在那張桌子上，放了似曾相識的匕首。

——咦？這不是米莉桑德拿的那個——

「妳在做什麼？佐久奈．梅墨瓦。」

「呀啊啊啊啊啊啊啊啊啊啊啊!?」

佐久奈驚嚇過度，嚇到整個人跳開。

頭還撞到桌腳，害她眼冒金星，再加上連舌頭都咬到了，好痛喔，好幾個地方都在痛——佐久奈在地上痛得打滾，這時似乎有人站到她身側。

她害怕地抬頭。

那裡出現一名眼熟的青髮少女。

不管怎麼看，這個人都是米莉桑德．布魯奈特——咦？怎麼會這樣？

「妳、妳怎麼……？」

「是逆月那幫人派來的刺客？未免也太冒失了。」

「不、不是的。我不是、來做這個的……」

「我想也是。逆月怎麼可能笨到派懦弱的妳當暗殺者。」

他們還真的派她去做了。逆月是笨蛋——這些話佐久奈硬生生吞回去。

「妳怎麼在這？不是被關進監牢了。」

「不久之前是。但現在不同了——要不要站起來？」

對方朝佐久奈伸出手。望著那隻纖細的手，佐久奈看看她的臉，接著再次凝望那隻手，之後才決定去握。屬於人體肌膚的溫度傳遞過來。對方並不是幽靈。

米莉桑德若有所思地想了一下，

「妳要不要喝杯茶？佐久奈．梅墨瓦。」

「……妳認識我？」

「知道啊。有才華的人自然會成為注目焦點。」

米莉桑德說完扯嘴笑了一下。

「坐吧。妳有話想跟我說不是嗎？」

就這樣，佐久奈跟本該消失的同僚一同開起茶會。

米莉桑德拿起銀製的茶壺，替佐久奈倒紅茶。味道很香。看完她的舉動，佐久奈不由得心想「這個人真的是貴族呢」。

有那麼一陣子，佐久奈光顧著拿起茶杯喝茶、不發一語，此時米莉桑德無預警開口。

「逆月那邊怎麼了？對於我的事情有說什麼嗎？」

這話害佐久奈手中的杯子差點滑落。

「沒、沒有。沒聽說……因為我很少跟其他人碰面……」

「是嗎？已經有好幾個刺客來找我了。大概是怕我洩漏情報才想派人處分掉吧。雖然那些人都被我殺了。」

去幫助被敵人抓住的夥伴──逆月那邊不可能會有這種打算，這就是他們的可怕之處。

不，先別管那個了，佐久奈有事情想問她。

「……為什麼妳會在這種地方？」

「一言難盡。」

「可是……」

「我沒有逃獄。是他們允許我外出。我打算暫時住在我家。」

「那是不是、應該要多多打掃……」

「啊？那個之後會做啊。」

妳有意見？被人這樣恫嚇，佐久奈閉上嘴不敢再說話。

米莉桑德隨即發出嘆息——

「不過話又說回來，我居然還會有所留戀，真讓人受不了。明明都跟我說在帝都境內，想去哪都行——我卻還是回到這種地方。」

「請問——我很想知道為什麼可以隨意行動……」

「就跟妳說這背後有很多隱情了。」

「那些隱情……就是我想知道的。」

「小心我宰了妳。」

那讓佐久奈不由得挺直背脊。她被嚇到了。

雖然感到害怕，卻對米莉桑德的下場非常好奇。她果然逃獄了吧？還是賄賂看守監獄的人，所以才能出來？——在她胡思亂想的時候，對方又狠狠瞪她了。還是別繼續多想了吧。反正那些事情跟佐久奈沒什麼關係。

「先不談那些了。」米莉桑德說完這話就盯著佐久奈看。

「聽說妳當上七紅天了？」

「是的……雖然、只是巧合。」

「不是因為逆月命令妳，妳才當的？」

「不是的。組織對我下了其他的命令——」

佐久奈開始娓娓道來。像是為了找到姆爾納特的魔核，她四處殺害政府高官。然後下一次的任務是殺害七紅天——那表示她必須跟黛拉可瑪莉‧崗德森布萊德戰鬥。

當她提到黛拉可瑪莉這個名字，米莉桑德的表情似乎出現些許變化。

「我必須找到魔核……妳覺得魔核會在哪？」

「去問皇帝就知道了吧。」

「就算我問了，她可能也不會跟我說……」

「也對。」米莉桑德重新翹起二郎腿，接著說道。「就算逆月那幫人拚死拚活也找不到，妳怎麼可能知道在哪……只不過，通常這種東西都會意外出現在身旁。」

© riichu

「可是我一定要找到……」

「……我看妳一點都不想替逆月賣命吧。」

「妳怎麼會知道……」

「看妳的表情就知道了。一副再也受不了的樣子。」

米莉桑德話說到這，淡淡地笑了。佐久奈心想「原來這名少女還會那樣笑」。

「後來妳就覺得或許可以拿來當作參考，才會開始尋找脫離逆月的我——是不是這樣？」

「是的……米莉桑德小姐、妳——」

佐久奈的話說到這便住。她擅自曲解，認為自己跟這名少女的處境很相似，可是冷靜下來想想，根本不一樣。佐久奈就算想要脫離逆月也脫離不了。相對的，米莉桑德卻在逆月裡一路往上爬，但不幸出了點狀況（也不曉得是幸或不幸），她才被迫脫離組織。

緊接著米莉桑德不悅地咂舌。

「有什麼想講的，妳就講清楚。我最討厭人家不乾不脆。」

「咿……對、對不起……那個，那我就說了……米莉桑德小姐，妳是怎麼脫離逆月的……？」

「想脫離就脫離呀。」

「不是、我是想問脫離的方法……」

「啊？」

佐久奈被瞪了。她不敢再吭聲，因為太害怕。

「若是要找方法脫離，方法多得是。像是假死消失。或是像我這樣，出現重大失誤被人趕出來──喔對了，妳好像是家人被抓去當人質？」

佐久奈點點頭。

「是嗎？」米莉桑德回完變得一臉陰鬱。

「……從前我的老師說過『盡情去愛想愛的東西，殺想殺的人。』我認為那是至理名言，若想要照他說的方式活下去，我就需要力量。如果力量不夠，妳就沒辦法隨心所欲。」

「我也那麼覺得……因為我很弱。」

「妳是心靈太脆弱了。」

這話讓佐久奈驚訝地抬頭。

米莉桑德接著說「我也沒資格說別人就是了」，有些自嘲地嘆了一口氣。

「妳沒有足夠的勇氣。」

「……我知道。」

「不是去面對困難的勇氣，而是不擇手段的勇氣。」

佐久奈一時間沒會意過來。

「要找到其他的解決辦法，我看多得是吧。例如——對了，妳跟黛拉可瑪莉很要好不是嗎？去找那傢伙商量不就得了。」

「不、不行……！我不能把她拖下水。」

「妳真笨。那傢伙早就已經被盯上了，哪還等妳拖她下水。」

「可是……」

「再說那傢伙擁有能用一根小拇指毀掉逆月的力量……真是可恨。」

「這怎麼可能。」

「我也覺得難以置信。」

米莉桑德在說這話的時候，語調充滿恨意。拿著茶杯的手還在發抖。

「更讓人難以置信的是，黛拉可瑪莉對自己的力量毫無自覺。那傢伙覺得自己弱不禁風，卻還是跑來跟我交手——依我看，或許心靈夠堅強的人才會得到回報吧。」

「……請問，其實妳是不是沒那麼討厭黛拉可瑪莉小姐……？」

「我超討厭她，討厭到想殺了她。」

那個人又瞪她。佐久奈不敢說話了，她超害怕。

「我也很討厭追捧那傢伙的人——佐久奈・梅墨瓦，妳身上那件爛T恤是怎樣？瞧不起我嗎？」

佐久奈低頭審視自己的穿著。一臉要笑不笑的可瑪莉閣下就貼在佐久奈的胸部上。

聽到可瑪莉遭人侮辱，就連佐久奈都不免為之惱火。

「——我、我沒有瞧不起妳！我覺得這件衣服很棒。我還有多買十件，可以送米莉桑德小姐。」

「我不需要。」

感覺她好像真的很不屑。

「……真是的，光顧著崇拜那傢伙的帝國人民真夠蠢的，他們光看黛拉可瑪莉的外貌就擅自評判。當然妳也一樣。」

「黛拉可瑪莉小姐是個大好人。不是虛有其表……」

「哼，那傢伙可不只是個好人。」

這讓佐久奈吃驚地望著米莉桑德的臉。

她則是慌慌張張地咳了幾聲，並改變話題。

「我的目的就是殺掉黛拉可瑪莉，還要復興布魯奈特家。雖然我們家的人都不是什麼好人——現在也不知道身在何方，是生是死都不曉得——但他們好歹是我的家人——所以我要打倒來自崗德森布萊德家的她，為布魯奈特家帶來榮耀。」

「那逆月那邊就不管了嗎？」

「…………」

米莉桑德拿起茶杯喝了起來。

這動作彷彿像是在掩飾剛才的口誤。

「我的事情不重要——妳如果想要獲救，就去跟別人求救吧。若是去找黛拉可瑪莉商量，那傢伙八成會出手相助，她自以為很有正義感。我看妳只剩這條路可以走了。」

「我……還有路可走啊。」

「都跟妳指了那麼多明路了，還在悲觀什麼？妳是笨蛋嗎？——再說沒路可走，妳可以自己開創啊。有這樣的氣魄，才會成為最後的贏家。」

「是這樣嗎……」

「本來就是那樣。」

佐久奈心想米莉桑德的言論依然跳脫不了「毅力戰勝一切」。

她跟佐久奈相差十萬八千里。「路要自己開創」——有才華的人才配說這種話。

佐久奈沒辦法變得像米莉桑德那樣。

（我要用我自己的方式拯救家人。）

後來佐久奈又跟米莉桑德聊了一會。

最終米莉桑德還是沒有說出她一直待在這間房子裡的原因，但她似乎打算沉潛一陣子，利用時間磨練。用這段時間做準備，為的就是將來能夠殺掉黛拉可瑪莉。當佐久奈問她「具體來說是做些什麼呢？」對方給了「做戰鬥訓練」這種殺風景的答案。

「但我還有其他想做的事情。例如現在要先蒐集情報，還要看很多書。」

「好、好的……那要用來做什麼？」

「用來提升自我。搜羅古往今來的各種知識，拿來充實自己。知識能夠成為打倒敵人的利刃——」

當佐久奈不經意看去，她發現書架上排放著適合少女閱讀的文藝雜誌。她也有在看，甚至連昨天才剛發售的當月雜誌都有。看樣子米莉桑德常常在街上晃蕩。一介囚徒可以做這種事情啊？話說專門為少女設計的文藝雜誌原來可以成為利刃？

還是別去探究了吧，佐久奈在心裡暗道。

米莉桑德也是正值花樣年華的女孩。仔細看還會發現床鋪上甚至放了動物玩偶之類的物品，搞不好她私底下很有少女情懷。就當作沒看見吧。

——就在這時，假如佐久奈更仔細觀察那間房間，她或許就能釐清米莉桑德可以如此隨心所欲的緣由。

就在床鋪上，有一封信落在上頭。

外觀上顯示那是皇帝親筆寫下的，封蠟的樣式是國徽，信封款式極盡奢華。

佐久奈並沒有發現這點。其實也沒那個必要。如今占據佐久奈腦海的就只剩下恐懼，深怕自己接下來將會吃上苦頭。

「今天很謝謝妳。」

後來她跟米莉桑德道謝並離開房間。

在最後一刻，米莉桑德說出耐人尋味的話。

「若是遇到危機，妳就讓黛拉可瑪莉吸血。那樣一來，那傢伙想必會賭上性命拯救妳。」

這話還真是沒頭沒腦。

跟從前見過的米莉桑德相比，現在的她在身段上好像變得更柔軟了。

或許已經擺脫心中的執念，或是找到真正有價值的生存之道。

總而言之，她和佐久奈就像活在不同的世界裡。完全沒辦法拿她來當參考對象。

到頭來如果想要得救，佐久奈還是得靠自己的力量設法突圍——她為此感到萬念俱灰，隨後便離開屬於布魯奈特家的大宅。

吸

3.5 決戰前

這裡是六個魔核影響範圍互相重疊的《核領域》。

雖然面積只有姆爾納特帝國的四分之一，但就如大家所知，在這個特殊地帶裡，六個種族裡的所有人都能夠暢享無窮魔力與生命，於是散布在核領域裡的各大都市就成了各國的交流區，總是熱鬧非凡。

還有——今天是七月一日，在核領域梅特利昂州的城塞都市費爾這邊，被一股不尋常的熱度包圍。現在還是早上。初夏那涼爽的風吹在主要幹道上，平日裡雖然是核領域的都市之一，大街上也沒那麼多人，但今天卻有各式各樣的人種來來往往，看上去心情都很浮動。

是因為七紅天爭霸戰。

就在今天，在這座城塞都市費爾的郊區古戰場上，姆爾納特帝國的將軍們要為大家帶來一場娛樂秀。怪不得都市會變得那麼熱鬧，在費爾的中央廣場上，帝國軍宣傳部準備了能夠及時將古戰場樣貌映照出來的巨大「窗口」（透過遠視魔法【千里鏡】製作而成的螢幕），前面聚集了一大堆人。有人迫不及待，希望爭霸戰能夠快點開戰，也有人從一大早就開始喝酒，在那邊爭論誰才是贏家，更有忙著下賭注的人，加上要來調查姆爾納特勢力的軍方關係人——那熱鬧的樣子就跟辦慶典沒兩樣。

在這幫群眾之中，有兩個女孩子在裡頭跑來跑去。

其中一人脖子上掛著大到很誇張的相機，是位蒼玉種少女。另外一個女孩子拚命跟隨她的腳步，深怕被丟下，這少女頭上還有貓耳。

「等、等等我嘛，梅露可小姐～！跑那麼快也沒用啊～！」

在說這話的貓耳少女眼眶泛淚。相對的那個銀白色的新聞記者——梅露可・堤亞則是煩躁地大叫。

「都怪妳一直賴床爬不起來，我們才要趕成這樣！妳太沒有身為六國新聞記者的自覺了！竟然還睡過頭，這樣還當什麼記者，不對，連當社會人士都沒資格！」

「對、對不起……下次我一定會早點睡……」

「不是早點睡，應該是早點起床才對吧！先不管那個了，確實是這個方向沒錯吧!?」

「肯定沒錯！有股濃密的魔力……是吸血鬼特有的魔力氣息！從那邊傳過來

的！」

那個氣喘吁吁邊說邊跑的貓耳少女名叫蒂歐，是從今年春天開始加入六國新聞社的新人。擅長使用感應他人氣息的魔法，好比這次需要鎖定採訪對象的位置，她就變得很好用，除此之外缺點一堆、爛得可以，梅露可說她是「只剩鼻子堪用的廢物」。今年十八歲的她遭上司精神凌虐，才剛入新聞社沒多久就想轉行。

這個時候蒂歐突然想上廁所。

因為她被迫起床後，對方直接把她拉過來，連廁所都還沒上。

「——梅露可小姐，請問——」

「呵呵呵呵……呵哈哈哈哈哈哈！給我等著，黛拉可瑪莉・崗德森布萊德！我會衝第一採訪妳，替新聞稿加油添醋！」

如果報導內容不完全是真的，那採訪還有什麼意義，蒂歐在心裡想著。

還有這次的採訪對象是「所有的七紅天」。

在帝都那邊守著的六國新聞記者捎回消息，說今日天還未亮，帝國軍部隊似乎就會做大規模的【轉移】，也就是說會移動到這個核領域裡。可是他們移動過去的確切位置還不清楚，於是才會透過蒂歐的嗅覺魔法來定位，以便直接過去採訪。

可是那些事情現在都不重要了。

蒂歐只想去上廁所。

「姆爾納特帝國總是會帶來驚喜！沒想到他們會在這個時間點上舉辦七紅天爭霸戰！蒂歐妳看，看看這座都市有多熱鬧！果然一般大眾都特別喜歡互相血洗的爭奪戰！」

「是、是這樣啊……那個、其實我更想去上廁所……」

「而且他們期盼看到的，是擁有壓倒性力量的超級明星！也就是像黛拉可瑪莉・崗德森布萊德這樣的驚世之才！若是我們將她的事蹟廣為宣傳，世人都會為之瘋狂，狂熱到無以復加！——啊啊真是太美好了！因為我寫的一則報導，歷史將會改寫！讓我用筆改寫這個世界！啊哈哈哈哈哈哈哈哈哈哈哈哈哈哈！」

這個人也太激動了吧，蒂歐在心裡暗道。

可能是整晚都沒睡的關係，才會陷入亢奮狀態。昨天晚上蒂歐睡得不省人事，那個人在一旁完全沒合眼，似乎都在等帝國軍移駕。蒂歐見狀心想「辛苦了」。

但這也先不管了，因為蒂歐快要憋不住了。再加上剛才又跑了一陣子，已經快到極限。怎麼辦、怎麼辦，怎麼辦——就在這時，蒂歐想到一個好點子。

想去上廁所，直接去就好啦。

「梅、梅露可小姐！」

「啊？幹麼啦！」

「不是那邊！是這邊才對！」

蒂歐改朝公共廁所所在區指去。

這個貓耳少女果然不配當記者。

「幹得好蒂歐！我們上！」

「是！」

蒂歐一臉認真地點點頭，占據她腦袋瓜的就只剩下尿意。

那兩個人在人群中穿梭奔跑。「我說蒂歐，要往哪邊走啊!?」蒂歐對於梅露可煩躁不已的問話沒有給予回應，而是直奔公共廁所。

跟在她後頭的梅露可咂舌大喊。

「喂！七紅天怎麼可能在那種地方!?」

沒想到廁所是空的。好機會。她要趕快去上廁所，上完了再隨便找個藉口帶過，例如「鼻子好像因為感冒有點鼻塞」。對方可能會氣個半死，可是蒂歐無法戰勝尿意。

事情就是這樣，她正準備把上司當空氣，進入廁所的隔間。

接著蒂歐突然聞到他人的氣息，是吸血鬼和蒼玉種混種的味道。但那不是什麼要緊事——想到這邊，蒂歐正準備無視對方，有個女孩卻在那瞬間從裡頭的隔間走出來。

這個人蒂歐有印象。梅露可曾說「妳起碼要把七紅天的臉和名字記起來！」還拿了表單給蒂歐，那個人的臉跟表單上的照片一模一樣。可是名字想不起來，好像叫——佐、佐……

「這不是佐久奈・梅墨瓦閣下嗎！」

這時待在蒂歐背後的梅露可開心大叫，那才讓梅露可回想起來。對方是佐久奈・梅墨瓦。聽說最近剛當上七紅天，這個少女的年紀比蒂歐小兩歲。

「還真巧！我是六國新聞的梅露可・堤亞！您在這種地方做什麼？啊不是，我並沒有要探究的意思！不過能否借用一點時間？可以的話，希望您讓我採訪！」

梅露可（物理性地）逼近佐久奈・梅墨瓦，反之佐久奈・梅墨瓦則是有點嚇到。

「……妳是新聞記者啊？」

「是的沒錯，我是新聞記者！那麼我有個問題想問，首先請您為今日發表一下感言！」

「啊，那個、我會加油的……」

「原來啊原來，會加油是吧！要加油是吧！如果變成最後一名就不能再當七紅天，一定要加油才行啊！下一個問題是——」

梅露可三不五時對著蒂歐使眼色，那是在打暗號——「不要讓採訪對象有機會逃走，阻斷她的退路。」蒂歐根本沒空去管這個。她準備把上司的指示當空氣，直接殺進廁所隔間。碰巧就在這一刻，梅露可突然出現誇張的驚奇反應，嘴裡說著「哎呀看看！」。

「妳拿在手上的小瓶子是什麼？」

「唔………」

「唔唔唔？這個反應是——莫非是禁藥？別誤會，我這不是在懷疑妳喔！只是覺得有點好奇——」

說話聲到一半就中斷了，突然間安靜下來。

蒂歐的手還搭在廁所門板上，她漫不經心地回過頭。

接著還以為自己看錯了。

「……咦？」

佐久奈・梅墨瓦的右手就刺在梅露可的腹部上。

鮮血啪噠啪噠地滴落。刺進獵物腹部的手直接貫穿那具身體，溼淋淋的血紅色細指從梅露可背上穿出。

佐久奈・梅墨瓦緊接著將手「咕唰」地抽出。

「汙穢的記憶。」

那句話代表什麼意思，蒂歐不曉得。

蒂歐只知道梅露可一下子就被人殺掉了，無力地倒在廁所那骯髒的地板上，還有佐久奈・梅墨瓦舔拭那鮮紅色的手指後，眼裡發出紅色的光芒，以及——蒂歐很確定自己接下來也會像上司那樣，被對方殺死。

「咿！」

她當場跌坐在地。

看到那麼嚇人的事情，腿都軟了。

佐久奈・梅墨瓦就像幽靈，踩著輕飄飄的步伐走來，她確實離這邊越來越近了。

「妳看到了嗎？」

我不知道。什麼都沒看見——蒂歐原本想說這些，嘴巴卻動不了。

她好像碰到某種溫溫的東西。恐懼與絕望感使得下半身流出一灘水。都十八歲了還尿褲子，真是糟糕。

佐久奈・梅墨瓦的紅色手腕靠向她。

蒂歐無法動彈，什麼話都說不出來。好可怕，她果然不該來當記者——

後來蒂歐在要死之前就翻白眼昏倒了。

到頭來，六國新聞的記者們連採訪七紅天的機會都沒有，就這樣撒手人寰。

☆

「我又殺人了……」

邊清洗染紅的手，佐久奈發出嘆息。這也沒辦法。她是逼不得已的。因為科尼沃斯的祕藥不能被外人知曉。如果被其他人發現了，她就會被殺掉。不只是她而已，就連家人都會被殺死。

佐久奈原本打算在廁所裡偷喝祕藥。

但最後還是沒能喝下去。

若是喝了可能會死，不管家人的性命受到多大的威脅，佐久奈還是沒有自我犧牲的勇氣。

這樣下去不行。

如果沒有在七紅天爭霸戰中獲勝，家人會被殺掉。

若是沒辦法在七紅天爭霸戰中戰勝，她就沒辦法找回家人。

爸爸還住在帝都，不知道佐久奈已經成了恐怖組織的一員，也不知道自己被當成人質了。假如佐久奈失手，他就會被殺掉。

媽媽被逆月抓去關起來。暫時沒辦法跟她見面，但希望她沒事。

至於姊姊——早就被神具殺死了。起因是不久之前佐久奈說了喪氣話。她不想再遇到那種事了。

「……我絕對、不能輸掉。」

佐久奈緊握拳頭，用來鼓舞自己。

碰巧就在這個時候，通訊用的魔礦石出現魔力反應。一定是那個人。在這種時間點上跟她聯繫彷彿對她潑了一盆冷水，可是佐久奈又不能不接通。

「……你好，我是佐久奈。」

『出現意想不到的狀況。貝特蘿絲・凱拉馬利亞沒有要出席。』

那又怎麼樣——佐久奈想歸想，卻沒有說出口。

男人如火如荼地說了一串話。

『那個女人……虧我們還特地準備七紅天爭霸戰當舞臺！這下子計畫不就白搭了嗎！既然這樣，妳一定要殺掉芙萊特・瑪斯卡雷爾跟黛拉可瑪莉・崗德森布萊德！』

「是。我明白了。」

『已經說過很多次了，絕對不許失敗。要知道一旦失敗，妳的家人就沒命了！——還聽說七紅天爭霸戰的影像會透過遠視魔法向六國公開。妳的動作可別太醒目，以免讓人發現我們是逆月的成員。聽懂了吧！』

通訊到這邊突然中斷。

佐久奈低頭看那個裝了毒藥的小瓶子。

對，她現在沒時間猶豫了。雖然很害怕，還是得喝。因為她不希望家人又被殺死——可是。

佐久奈打算用顫抖的手指打開小瓶子的瓶蓋，然而她做不到。都到這種時候了還拿不出勇氣，自己怎麼這麼沒用，好想去死一死。

「怎麼辦……」

待在被血弄髒的女子廁所中央，佐久奈無力地蹲坐在地上，心中一陣茫然。

而七紅天爭霸戰即將展開。

4 猩紅色的舞臺

Hikikomari
the Vampire Countess
no
Monmon

我一覺醒來就跑到核領域了。

還以為在作夢。可是那不是夢。趁我在睡覺的時候，那個變態女僕把我整個人轉移到核領域。未免太卑鄙了吧！——我這發自內心的呼喊不可能傳進變態女僕耳中，趁我嘮嘮叨叨抱怨，變態女僕神不知鬼不覺間替我整頓行頭，逼我換穿上軍裝，拉我上戰場。

我就挑明說了。

「——好歹讓我做一下心理準備吧!?」

這裡是核領域，梅特利昂州古戰場。說起這次的戰爭，不是去以往會和大猩猩作戰的草原，而是在遠古時期據說是某王國首都的廢墟舉行。這個城鎮幾乎已經跟遺跡沒兩樣了，在中央地帶有座從前是國王居住的古堡，看起來古色古香，很有存在感。從那座古城出發，朝著南方稍微前進一陣子會來到噴水池廣場遺址，我們第七部隊就在那裡布陣。

但想也知道，我根本不想作戰。

這次戰爭是由七紅天互相爭戰的混亂餘興節目（笑），根本不曉得會發生什麼事情。而且與我對立的芙萊特・瑪斯卡雷爾還很想殺掉我，當宣告戰爭開打的銅鑼敲響，她一定會二話不說跑來幹掉我吧。

我有預感自己會沒命。相較於七紅天會議當天感受過的，這次的死亡預感強度高上百倍。

而且進入古戰場還要佩戴金屬材質的手環，這是義務。聽說那是魔法道具，能夠記錄你殺了誰，還有被誰殺掉。我覺得自己好像被迫戴上手銬的罪犯。

「薇兒，我想回去。」

「回去就等同不戰而敗，妳將不再是七紅天，然後就會爆炸。」

「…………」

我好想尖叫。可是當著部下的面還是忍住了……這未免太強人所難了吧。早知道會這樣，我昨晚就該連夜逃跑。雖然無路可逃！

「唉……」我嘴裡發出嘆息。卡歐斯戴勒眼尖看到這一幕。

「哎呀閣下，您的心情好像不是很好，發生什麼事了嗎？」

「沒、沒什麼啊，只是覺得好無趣喔。因為看來看去都沒有人是我的對手！」

「不愧是閣下！不過關於這點，我也有同感。那個現任七紅天，恬不知恥霸占『最強』稱號作威作福的貝特蘿絲・凱拉馬利亞剛好不在。」

「是喔？那個叫做貝特什麼的人，好像也沒有來參加七紅天會議耶？」

「的確是。」薇兒跟著做出回應。「聽說她接獲皇帝的命令，要去殲滅恐怖分子。應該沒空來參加七紅天爭霸戰吧。」

「哦──就算那傢伙來參加，她也不是我的對手啦。」

「噢噢……！」

卡歐斯戴勒聽了面露笑容，看起來一臉敬佩的樣子。

周遭那些部下也紛紛說著「好厲害」、「果然很強」，你一言我一語地誇獎。看見這尋常的景象，我又想嘆氣了──但這個時候突然察覺某件事。

部下的人數好像變少了？規則裡面有說每個人可以帶的士兵最多來到百人，可是這邊大概只有三十人，而且他們還渾身是傷。

「我說薇兒，我們這邊的人都怎麼了？是睡過頭了嗎？」

「他們沒有睡過頭。」變態女僕面無表情地接上這段話。「按照這次的規矩，能夠參加爭霸戰的頂多百人，因此需要篩選部下。我把第七部隊的人都找來，對他們這麼說──『崗德森布萊德閣下會按照順序選出前一百名強者，自認夠強的人報上名號出列。』。」

「我不記得自己有說過這種話，但這樣是對的吧。夠強的人才能夠過來參加……那後來怎麼了？」

「所有人都報名了。」

「嗯、嗯嗯，這不難想像……」

「後來他們就開始自相殘殺。」

「為什麼!?」

「他們好像想透過實戰來決定誰才是最強的。後來在那五百個人中，有四百七十人死掉。」

「太扯了吧！」

「來這裡的都是生還者，一共三十人。可是這三十個人大部分都受傷了。」

「這樣真的很蠢耶！」

還沒跟敵人廝殺就先自相殘殺是怎樣!?話說真的只剩下三十個人嗎!?其他對手應該都帶了百名士兵吧!?怎麼看都覺得對我們很不利呀！

「請您放心，可瑪莉大小姐。能夠在這的，都是在那場自相殘殺中見識過地獄的人，表情剛毅的程度有別於一般人。」

「重點不是表情剛不剛毅吧！」

完蛋了。我大致將那些部下看一遍。有人壓住腹部的傷口蹲在地上，有人的表情看起來好像快死掉了。去休息啦，不用上班上到這種地步。

至於第七部隊的幹部——卡歐斯戴勒、貝里烏斯、梅拉康契，嗯，這幾個人看起來好像沒事……咦？話說約翰沒在這，他死掉了嗎？喔我知道了，他死掉了吧。

「不妙，大事不妙……這次我可能真的會死……」

碰巧就在這時。

設置在古城頂端的鐘敲響了，四處都能聽見那聲「咚——」。敲響一次表示距離爭霸戰開打只剩下五分鐘。看來我的壽命也只剩五分鐘。

「閣下，我們先來確認一下規則吧。」

過於絕望的我抬頭仰望天空，整個人放空。這時卡歐斯戴勒開口了，那表情酷似被人宣告緩刑的罪犯。

「或許您已經知曉了，這次的爭霸戰是要互相爭奪『紅色寶珠』，因此單靠殺人無法獲勝。我們必須朝古城進攻。」

「古城指的是那個吧。就是很大的那個。」

「沒錯正是如此。根據事前發下來的文書顯示，那個『紅色寶珠』歸納起來是跟足球差不多大的紅球。據說一看就知道了。」

「是喔——」

「恐怕其他部隊也會直接朝著古城突擊。單看敵人的人數，算起來大概五百多一點。必須把他們都幹掉。」

要靠這麼少的人幹掉所有人？你在說笑嗎？

「等等。我跟佐久奈……還有海德沃斯會互相合作，這些大家應該知道吧？」

「不好意思，剛才漏算這點。閣下這是對七紅天的後輩大發慈悲——肚量真是太大了！可是七紅天爭霸戰到頭來還是會演變成生存之戰。最終您依然免不了跟佐久奈・梅墨瓦爭個你死我活。」

「嗚……我、我知道啦。」

「那些姑且不談，我們的首要目標不是殺人，而是拿到『紅色寶珠』——閣下，作戰計畫是否比照平日處理？」

「好啊。就照平常那樣好了。」雖然我也不清處平常那樣是哪樣。

「遵命！」接著卡歐斯戴勒就轉頭看那些部下，嘴裡高喊下面這段話。「接下來崗德森布萊德閣下似乎要說些話來激勵大家！你們大家要仔細聽好了！」

部下們開始用期待的目光看我。簡單講就是像平常跟人開戰的時候一樣，說些話振奮士氣就行了吧。我什麼點子都沒有，隨便說些澎湃雄壯的話好了——想著想著，我正準備從椅子上起身——

「請等一下，可瑪莉大小姐。」待在我背後的變態女僕出聲了。「芙萊特・瑪斯卡雷爾過來聯絡您，請您先回覆她。」

她說完這段話就把魔礦石交給我。雖然心中感到納悶，我還是灌注了微量的魔力（即便是不能使用魔法的我依然能辦到這點小事）。熟悉的高傲嗓音接著在場內響起。

『哎呀，黛拉可瑪莉・崗德森布萊德小姐！妳過得如何？』

啊，糟了。我切換到廣播模式，周遭其他人也都能聽見。不知道要怎麼改。薇兒，這個該怎麼弄啊？

『妳沒有逃跑，光這點就值得誇獎！可是妳那充滿假象的資歷就到此為止了。黛拉可瑪莉・崗德森布萊德這個名字將會在全世界變得廣為人知，因為妳是本世紀的大騙子！』

我聽見令人發毛的「鏗噹！」一聲。那是部下他們用力握住武器的聲音。我看了看他們的臉，表情超淒厲，看完還以為他們才剛從地獄歸來。

『哎呀？這是怎麼了？為什麼沒有反應？難道妳怕了？一直在發抖，連句話都說不出來？啊、哈、哈、哈！假如妳對我低頭，誠心誠意求我饒命，要我手下留情也行!?』

這次換成不祥的「啪鏗！」一聲，有東西被毀掉了。其中一名部下將噴水池廣場的噴水池徒手破壞，才會有那種聲響。我看看他們的臉，臉都變得紅通通的，感覺快要脹破了。

『無法開口求我饒命？這也沒什麼好奇怪的！畢竟是沒有半點實力，唯獨自尊心高過頭的崗德森布萊德小姐！那妳就全力以赴吧！高居幕後指使那些部下，派他們過來找我！不過第七部隊的野蠻人一旦遇上我們第三部隊的精英，瞬間就會被秒殺！啊、哈、哈、哈、哈、哈！啊、哈、哈、哈！』

噗滋。

我切斷通訊。

那尖銳又吵鬧的笑聲餘音繚繞在廣場內久久不散。我害怕地東張西望，觀察那些部下的反應。那幫人安靜到很異常的地步，完全是暴風雨前的寂靜。

就在那一刻，告知爭霸戰開打的鐘聲於古戰場中迴盪。緊接著，可能是帝都宣傳部門放出來的吧，有煙火「砰砰砰」地在空中炸開又消失不見。然後我就聽見古戰場上的各個角落有人在嘶吼。應該是其他部隊在叫吧。大家似乎都鬥志高昂。

「——閣下，我們是不是可以出擊了？」

卡歐斯戴勒的眼神充滿殺意，是說這邊所有人的眼神都充滿殺氣。

我心裡想著「啊，這下情況不妙」，但不敵那股氣勢的我仍不由得點頭。

「嗯，大家加油。」

事情就發生在一瞬間。

現場氣氛頓時沸騰起來。

「「「把芙萊特・瑪斯卡雷爾幹掉喔喔!!」」」

這些人根本是暴民。那幫部下爭先恐後在古戰場上朝反方向衝去——也就是芙萊特率領的第三部隊所在方位。照這反應來看，他們肯定忘了我們的目的是拿到紅色寶珠。

我被遺留在噴水廣場這裡，無力地癱坐在椅子上。

「全軍突擊卻把我這個大將丟下，會不會太奇怪了……？」

☆

「——竟然敢切斷通訊，這個臭丫頭！」

芙萊特・瑪斯卡雷爾看上去相當惱怒，將通訊用魔礦石丟向地面。

這邊跟第七部隊——可瑪莉小隊的大本營之間隔了一座古城，碰巧就在他們正對面，那邊的街道因往昔征戰盡數遭到破壞，第三部隊就在街道的一角待機。

因為是用抽籤的，和黛拉可瑪莉・崗德森布萊德陣營離了一大段距離，這點令人遺憾，但這也不失為一種樂趣，虐殺那傢伙的事，就當成最後的壓軸吧——芙萊特如此打算，才會在開戰前先問候那個可恨的小丫頭。

可是對方都沒有回應。

還突然把通訊切斷。

對方做出這麼無禮的事，芙萊特實在忍無可忍。

就在那個時候，宣告七紅天爭霸戰開打的鐘聲適時響起。帝國宣傳部門打上去的煙火，也開始伴隨嘈雜的「砰砰」聲綻放、散去。

「芙萊特大人，現在該怎麼辦？」

一直待在她身旁的吸血鬼過來問話。那是位看起來很神經質的高個男子。他是第三部隊的副隊長，也是芙萊特的心腹，名字叫做波斯萊爾。

「那還用說！要拿那個令人火大的小丫頭血祭——我是很想這麼說，但這種時候還是該冷靜下來，直截了當進攻。我們要朝那座古城進軍！」

芙萊特伸手指向那座悠然而立的城堡。

先前的七紅天爭霸戰，單純只是七紅天之間彼此廝殺。然而芙萊特認為這樣太無趣，又不夠美麗。不能只單論強度，知性和戰略手段也是不可或缺的，該做全面性的比拚——象徵榮耀的七紅天若是要決鬥，這樣才夠看。於是芙萊特才會把這次的爭霸戰重點設計成「奪取特定物件」。

波斯萊爾聽完點頭回應「遵命」，接著又開口。

「……那黛拉可瑪莉‧崗德森布萊德該如何處置？」

「我看崗德森布萊德小姐恐怕沒把紅色寶珠看在眼裡。她滿腦子想的只有一件事——就是維護自身安全。頂多這些。」

「換句話說，那傢伙不可能離開自家陣營。」

「這個可能性很高。而且按照推測，她也不太可能差遣底下的部隊。若是護衛減少，她面臨生命危險的機率也會跟著升高。」

「但這樣就算活下來了，也沒辦法獲得點數，不是會變成最後一名嗎……」

「沒錯，她這下兩面不是人。為了保護自己就不能調動軍隊，不調動軍隊就無法獲得勝利。一旦無法獲得勝利，將會被迫辭去七紅天一職……而且這場爭霸戰的情形還會透過遠視魔法轉播。不願意主動作戰的七紅天，不知群眾會對她做出怎樣的評價——真讓人期待。」

「原來如此。那麼我軍的行動方針是？」

「首要之務就是占領古城，在那邊擊退其他進攻的七紅天。等到我們拿取紅色寶珠，最後再由我芙萊特‧瑪斯卡雷爾親自去找崗德森布萊德小姐，看她搖尾乞憐。然後當著眾人的面殺了她，還要透過美妙的手法——這樣不是很完美嗎？」

「實在太完美了，真不愧是芙萊特大人。」

聽波斯萊爾這樣誇獎她，芙萊特心情大好。

既然副隊長沒有意見，那就立刻來調動軍隊吧——打定主意後，芙萊特從座位上站了起來，說時遲那時快。

「瑪斯卡雷爾大人！有緊急消息！」

派去偵查第七部隊軍情的斥候突然鐵青著臉衝進營陣中。

第三部隊的成員都帶著納悶的表情轉頭。

「怎麼了？莫非崗德森布萊德小姐不戰而逃？」

「不，其實是……第七部隊那邊只剩下三十個人左右。」

「什麼？」

「詳情不太清楚，可是那三十個人正以極快的速度朝我們這邊進軍！對古城連看都不看一眼！全都跟凶神惡煞沒兩樣，是衝著瑪斯卡雷爾大人來的！」

「……啊？」

☆

遠方開始有爆炸聲傳出。

是其他部隊在作戰，還是我們部隊裡的成員在作亂？

不管怎樣都好，反正都完蛋了。我們怎麼可能贏得了。

「完了……全完了……」

「沒問題的。我跟布格法洛斯會保護可瑪莉大小姐。」

順著薇兒示意的方向看去，那邊站了一隻白色的蛟龍。是布格法洛斯。我的愛馬，不對，應該說是愛龍吧。平常並沒有帶牠上戰場，但這次是特別的一戰，才決定讓牠參戰。反正我們這邊的人手越多越好。

當我撫摸布格法洛斯的下巴，牠就發出像是很舒服的「呼嚕——」聲。啊——好療癒。真想直接坐上牠的背回家……想到一半，換薇兒將手放到那純白的鱗片上，並開口說了些話。

「布格法洛斯，若是你害可瑪莉大小姐死掉，小心被我拿來當成晚餐燉菜的材料，給我做好覺悟。」

「別這樣啦!?」

她的思考回路未免也太奇怪了。妳難道都沒有人性嗎？

「開玩笑的。總之我不會讓可瑪莉大小姐死掉。」

薇兒邊說邊從懷裡拿出紙。好奇是什麼的我偷偷觀望，發現那是地圖。上面大概記載了這座古戰場的地形吧。

「如果不想死，您就要先去跟第六部隊會合。」

「對、對喔！我們要趕快去佐久奈那邊！」

「不過第七部隊和第六部隊一開始安排的位子離太遠了。如果要去梅墨瓦大人那邊，我們必須先打倒在鄰近市區用地上紮營的德普涅軍。」

「那就去海德沃斯那邊——」

「唔，先稍待一會。」薇兒的動作在這時停擺。她將手放在右耳那邊，一陣子後才轉頭看我，並說「去執行偵查任務的梅拉康契大尉跟我聯絡了。海德沃斯軍在前往古城途中遭受奧迪隆的人馬突擊。現在過去會受到波及，可能會沒命。」

「那現在該怎麼辦嘛。」

「只能去跟第六部隊會合了。幸好在這場七紅天爭霸戰中，獲勝條件不是殺害敵人那邊的將領，而是奪取紅色寶珠。因此，等到德普涅他們開始動身前往古城，我們就可以偷偷從對方背後繞過——」

話說到這邊，薇兒的注意力像是被什麼東西吸引過去，她的頭向上抬。都還來不及問她發生什麼事，薇兒就突然從地面上大幅度跳躍，飛升到古代的圓柱上，並憑空變出望遠鏡，開始觀察遠方的情形。

「薇兒！發生什麼事了!?」

「……糟了。」

「在說什麼糟了？」

「德普涅的軍團正朝我們進攻，模樣非常凶狠。」

「啊————!?」

為什麼!?與其來找我還不如去找紅色寶珠，那樣更有建設性吧!?——我是這樣想的，然而薇兒卻用極其嚴肅的表情說了些話。

「看那樣子，對方是真的很想殺了可瑪莉大小姐。隔著那張面具，我都能感覺到那顆復仇之心。」

「復仇之心?什麼意思啊。」

「您都不記得了嗎?之前曾經發生一些事，表面上看起來像是可瑪莉大小姐殺了德普涅大人喔?」

「為什麼會變成那樣?」

那我不就被冤枉了?我明明沒做什麼壞事啊?那些全都是薇兒的傑作吧?

「總之我們也必須採取行動。」

「嘩沙」一聲，薇兒落到地面上。為什麼裙子完全不會掀起來?不對，那種事情真的一點都不重要了。

「我們走，可瑪莉大小姐。待在這邊會死。」

「妳叫我走，是要走去哪啊!?根本無處可逃吧!對了，我們可以想辦法說服德普涅!跟他說人不是我殺的，他會諒解吧!」

「情況都變成現在這樣了，那種溫吞的想法是行不通的。想必可瑪莉大小姐也很清楚吧？」

嘴裡一面說著，薇兒跳到布格法洛斯身上，一舉一動皆身輕如燕。她用左手握住韁繩，右手朝著我伸過來，臉上的表情像是在說「妳快點上來吧」。

在這邊婆婆媽媽抱怨也不是辦法。無計可施下，我握住薇兒的手，讓她把我拉到布格法洛斯背上。

薇兒坐在前面。我在後面。

「可瑪莉大小姐，請妳抱我。」

「…………」

「說錯了，請妳抱住我。」

「…………」

「若是被甩下去就糟了。」

總覺得有種猥褻的感覺，害我遲遲不敢出手。

結果背後突然爆出一陣怒吼。

「在這！是黛拉可瑪莉．崗德森布萊德！」

「去死！」「竟敢殺掉德普涅大人！」「妳這個七紅天之恥！」「不能讓妳這種人活下去！」「馬上送妳下地獄！」

一道火焰魔法飛過來，打中我附近的柳樹。一看到那棵樹熊熊燃燒，我馬上頓悟，猥不猥褻已經不重要了，先活下去再說。

我將手輕輕繞上薇兒的腹部，奇怪的是她整個人抖了一下。

「可、可瑪莉大小姐……那個地方、不能碰……」

「煩死人了！趕快走啦，變態女僕！」

布格法洛斯開始奔跑起來。

然後我就化成風了。

☆

——一定要贏。

佐久奈．梅墨瓦鬥志高昂。但她並非打算積極爭取榮耀，而是受到逆月脅迫，才會燃起鬥志，那是一股又消極又負面的黑暗意志。

「佐久奈大人！跟您報告戰況！第二部隊赫本小隊和第五部隊莫德里小隊正在古城西門那邊交戰。第三部隊瑪斯卡雷爾小隊和第七部隊崗德森布萊德小隊似乎也在古城北門那邊打起來了！」

「黛拉可瑪莉小姐跑去那了……？」

「不！崗德森布萊德將軍似乎要單槍匹馬在古戰場東南方迎戰第四部隊德普涅

軍團！去跟瑪斯卡雷爾小隊作戰的，只有她底下的三十名部下！」

佐久奈為之感佩，嘆了一口氣。

跟部下分頭行動，找其他部隊個別擊破——這是超人才有辦法辦到的事情，她覺得自己根本沒那種能耐。果然黛拉可瑪莉・崗德森布萊德不是一般的七紅天。

現在怎麼辦，佐久奈很煩惱。

目前落後的似乎只有佐久奈的第六部隊。

她很想設法幫助可瑪莉。都跟她組成同盟了，那麼做理所當然——可是佐久奈也知道逆月不可能容許這種事情發生……還有，假如她真的去幫忙可瑪莉，是不是只會礙手礙腳？

陷入迷惘的佐久奈選擇聯絡那個男人。

魔礦石很快就接通了。佐久奈用顫抖的聲音向對方詢問接下來的指示。

「不好意思，那我現在該怎麼做呢？」

『煩死人了！』

突然被人怒斥，佐久奈縮了縮身體。那如風暴般的吼聲透過礦石傳來。

『我現在沒空管那個！妳自己想！那個男人、還真是厚顏無恥……！還在那做什麼，都這種時候了，死什麼死！還有你，快點站起來！給我站起來，去取那傢伙的首級！』

他好像很忙。佐久奈直接切斷通訊。

將這段對談聽在耳裡的部下狀似困惑地開口。

「請問……跟您對話的是哪位？海德沃斯・赫本？還是奧迪隆・莫德里？我們不是跟黛拉可瑪莉・崗德森布萊德結為同盟嗎……？」

「──是啊，可是那些都已經不重要了吧？」

佐久奈的右眼開始發出紅光，緊接著那些部下都變得面無表情。就好像壞掉的人偶，呆呆地杵在原地，所有人異口同聲說「失禮了」，跟佐久奈謝罪。

旁人看了會覺得這樣的景象很詭異吧。事實上，有些民眾正透過城塞都市費爾的轉播螢幕觀看爭霸戰戰況，這在他們之間引發一陣小小的騷動。

只是佐久奈懶得管了，她腦海中只剩下「守護家人」這件事。

──不，正確說來不是只有這件事而已。

如果可以的話，她想要盡可能幫助可瑪莉。

「想要對黛拉可瑪莉小姐下手的人是……」

是德普涅。但可瑪莉會單槍匹馬跟他對決，表示她自認有十足的勝算吧。那麼佐久奈就要改換目標，去找可能會妨礙可瑪莉作戰的人。

換句話說──她的目標變成芙萊特・瑪斯卡雷爾。

能不能殺掉對方還不曉得，可是她不得不殺。

深深地做完深呼吸後，佐久奈對那些盲目的士兵下令。

「——目標是芙萊特・瑪斯卡雷爾。抓住她，帶到我面前。」

☆

『——目標是芙萊特・瑪斯卡雷爾。抓住她，帶到我面前。』

這裡是姆爾納特的宮殿，帝王之廳。

房間中央放了一張桌子，上面有顆水晶球。這個水晶球表面經過特殊的遠視魔法處理，可以即時轉播核領域內的戰況。

姆爾納特帝國的皇帝——卡蕾・艾威西爾斯正在吃午餐前的點心瑪德蓮貝殼蛋糕，吃著吃著還撇嘴笑了一下。

「果然沒錯。在我們姆爾納特帝國軍中有害群之馬——阿爾曼你都看到了吧，佐久奈・梅墨瓦剛才用的那個肯定是烈核解放。」

「一看就知道了！我們要趕快逮捕她！」

大聲向皇帝進言的是帝國宰相阿爾曼・崗德森布萊德。皇帝說要透過遠視魔法來觀看七紅天爭霸戰的狀況，阿爾曼才會強行請求皇帝讓他一同觀看。

這時皇帝嗤之以鼻地哼笑，目光瞥向一旁，看了看阿爾曼。

「就算你想抓，現在也不方便出手吧。目前七紅天爭霸戰還沒結束喔？」

「那就終止爭霸戰。繼續放任佐久奈‧梅墨瓦胡作非為，事情會鬧得一發不可收拾，還會危害到可瑪莉。」

「不，時候未到。我們還要靜觀其變。如果我們在這個時候介入，那就只能抓到蜥蜴的尾巴。」

「……？陛下，您這話是什麼意思。」

「意思就是佐久奈‧梅墨瓦是被某個人操控的。」

也太曲折離奇了吧。

過大的壓力害阿爾曼開始感到頭疼。如今回想起來，這幾天都忙到快死掉了。先前他被恐怖分子殺掉，一復活就馬上去搜索恐怖分子，沒想到捧在手心呵護的女兒可瑪莉居然被同為七紅天的芙萊特‧瑪斯卡雷爾盯上，處處找她的碴。對方召開七紅天會議，最後演變成得在七紅天爭霸戰上跟人廝殺。

女兒的安危、恐怖分子的真面目。阿爾曼都在為這兩件事情煩惱，這陣子晚上都睡不好。不過——其中一個問題也就是恐怖分子的真面目，已在剛才那一刻水落石出。

「那個烈核解放不管怎麼看，都是屬於能夠操控精神系統的特殊能力。第六部隊已經被洗腦了。我想能做這種事情的應該沒有第二個——政府高官連續殺人事件的犯人八成就是佐久奈・梅墨瓦！」

「嗯。」

看到皇帝一下子就認可他的推論，阿爾曼氣勢頓時減半。

「既然這樣！為什麼陛下還不採取行動!?」

「現在還不是行動的時候，再說也沒有朕出面的機會。因為那邊有可瑪莉坐鎮。」

「又來了……您打算讓可瑪莉做些什麼是吧。」

「不是朕要她去做，那都是命運的安排。」

這個老太婆又在說些裝模作樣的話——想歸想，阿爾曼並沒有吭聲。如果反抗對方，被教訓得死去活來的人將是阿爾曼，從以前就是這樣。

「……不過，為什麼要指派佐久奈・梅墨瓦當七紅天？我已經調查過她的資歷了，她並沒有立下足以讓她當上七紅天的豐功偉業。只是碰巧將上一任七紅天炸死。」

「理由有六個。」

「未免也太多了。」

「第一個理由是許久未曾見過如此痛快的上司爆殺。第二個理由是海德沃斯推薦她。第三個理由是佐久奈長得好看。然後第四個理由——就是她有可能跟可瑪莉成為朋友。」

「啊？」

「那兩個人的興趣和性格都很類似。再加上處境相仿，簡直是註定要變成朋友——但事實上，佐久奈卻太過尊敬可瑪莉，還沒變成朋友就先變成像是學姊學妹那樣的關係了。」

「這、這是……」

「那孩子需要年齡相近的朋友。薇兒海絲比較不像朋友，兩人之間的主僕關係更強烈，若要找個合適的人選非佐久奈莫屬。」

阿爾曼這下連一句話都說不出來了。對方都說這是為了可瑪莉好了，他也不便強力反駁。

然而阿爾曼還是要強行反駁。

「竟然要讓恐怖分子跟可瑪莉當朋友，這我不能答應。」

「正因為她是恐怖分子，才要那麼做。讓佐久奈成為七紅天的第五個理由，就是看中她出自逆月。然後第六個理由是她具備烈核解放。」

「什麼!?」

阿爾曼不由得目瞪口呆，皇帝則是淡淡地續言。

「我有偷偷派人調查了。那女孩原本就是恐怖組織的一員，而且還擁有烈核解放。第六部隊都變成佐久奈的信徒了，這件事情不論在宮廷內外都很有名喔！——就跟你料想的一樣，這次連續殺害政府高官的犯人也是佐久奈。畢竟她在事件發生前就到處打探情報了。」

「既然您都知情，為什麼還……！」

「如果能讓那女孩跟我們聯手，我們就能弄到逆月的相關情報。這也算是額外的收穫吧？」

「我不覺得我們有辦法收買逆月的成員。」

「不，佐久奈並非自願加入逆月。有可能成功收買。」

「但也沒必要讓她當七紅天……」

「剛才都說了，這也是為了可瑪莉好。你都沒把別人的話聽進去。」

皇帝說完將雙手交叉於胸前，抬頭仰望天花板。

「總而言之，若是要讓佐久奈跟我們聯手，只須剔除一個障礙即可。那個內向的少女不可能自動自發殺人——就像剛才說的那樣，那女孩受到某個人操控。我們要把那個人找出來。」

聽了讓人錯愕到嘴巴都合不攏了。雖然皇帝專斷獨行在姆爾納特這邊已經是常態，但阿爾曼心想「起碼也該跟我這個帝國宰相事先分享一下情報吧」。

「說那麼多都跟不上了。這表示『操控她的人』就潛伏在某處是嗎？」

「應該是。而且還是在那座戰場上。」

「那麼……在那個人現身之前，我們都先讓她自主行動吧。」

「行——你覺得哪個人最可疑？」

「不就是海德沃斯・赫本？那個男人經營的孤兒院，佐久奈・梅墨瓦之前有待過，最重要的是，就是他推薦那女孩當七紅天。」

「有道理——喔！」

這時皇帝眼睛一亮，將臉湊近那顆水晶球。

「你快看，阿爾曼！可瑪莉被德普涅攻擊了！」

「什麼!?」

阿爾曼說完，便慌慌張張地看起水晶球。

跨坐在紅龍身上的薇兒海絲和可瑪莉正被德普涅軍團追殺。阿爾曼差點昏倒。可是一旁的皇帝對阿爾曼心中的煎熬似乎一點都不關心，光顧著竊笑。這到底哪裡有趣了，阿爾曼完全無法理解。

☆

第四部隊德普涅小隊的軍團成員全都戴著詭異的面具，不管怎麼看都覺得這幫人很可疑。而且那幫朝我們發動攻勢的可疑分子，氣勢上就彷彿飢餓的肉食野獸。伴隨「咻咻」聲飛來的箭雨擦過我的衣服，「咚嘶咚嘶」地刺進地面。我就只能抓著薇兒，在那邊發抖。

「薇兒……我已經不行了……會死掉啦……」

「不會死的——不過，我們要強行攻破那支軍隊是不可能的事情。我們直接朝著相反方向逃跑，帶他們去海德沃斯軍團和奧迪隆軍團作戰的地方吧，還可以趁亂將他們引到芙萊特軍團那邊。那邊還有第七部隊的成員在，再說梅墨瓦大人應該也會前往此地。」

薇兒突然拉住韁繩改變方向。緊接著下一瞬間，剛才布格法洛斯還在的地方被火焰魔法擊中，接著發生大爆炸。我只覺得這像是一場惡夢。

「我受不了了，好想回家。對了，我們去古城拿紅色寶珠吧，然後再把寶珠破壞掉。這樣一來，拿來當勝利條件的東西就沒了，爭霸戰也會結束吧。」

「是有可能。可是要到紅色寶珠所在地，我們得先將其他的將軍打倒。」

「那就逃跑啊！逃到古戰場之外！」

「妳想被炸死嗎？」

「我不想被炸死——————！」

我開始嚎啕大哭。現在沒空去管面子問題了。根本忘記這些影像還會直接在城鎮上播送。

「討厭討厭討厭討厭！我不想再做這樣的工作了！為什麼我運氣這麼背，太不公平了！我想去隱居了啦！我們一起去隱居吧，薇兒！」

「這個提議很有魅力，不過——請您別亂動，哇、等等……您在摸哪！」

「碰到這種情況誰有辦法不亂動啊——！」

碰巧就在這時，背後出現一股連我都能察覺的巨大魔力反應。我不禁回頭張望，結果就看見一名吸血鬼用超猛的速度朝著這邊衝過來。

臉上還戴著頗具異國風情的面具，軍服上有代表準一級的「望月紋」。

對方是身為七紅天一員的德普涅。

光靠肉身就能夠追上布格法洛斯，這樣的腳力未免太扯了。

「好、好像有人過來了，薇兒！」

「我知道——可是這已經是最快的速度了。」

市區街道就近在眼前。而且根據地圖所示，這還不是一般的市區街道，那些街道在編排上有著濃厚的「迷宮型都市」特徵。簡單講就是該地區特別引進這種構造，建來抵禦外敵。想要繼續讓騎獸全力奔馳是不可能了。

「我們先下來吧。藉著迷宮隱藏蹤跡，趁機逃跑。」

「那種事怎麼可能辦到——」

「——別想逃。」

此時我背後傳來一道聲音，是女孩子特有的尖細嗓音，害我嚇一跳。可是現在那些都不重要了，好像有股魔力再度湧現，緊接著布格法洛斯前方突然出現巨大的牆壁。這是造型魔法【牆面創造】。

被人擋住去路的布格法洛斯緊急剎車。在慣性法則的作用下，我的身體就像一顆球，從馬背上華麗地噴飛再掉下來，害我以為自己會用力撞上牆壁，結果在緊要關頭被薇兒抱住。

接著跟她一同輕飄飄地著地。

我轉頭看四周。前方放眼望去一百八十度全都被高聳的牆壁擋住，我們完全成了甕中鱉。

「這下糟了。」

一滴汗沿著薇兒白皙的脖子流下。很少看到這傢伙顯露出著急的表情，也就是說現在的狀況真的很不妙。

這時我戰戰兢兢地挪動視線，改看德普涅。對方背後還跟著人員數達百人的軍團，可是德普涅似乎不打算讓他們繼續進軍，而是目不轉睛地看著我（戴著面具看不清楚），人就在那站著。

「——崗德森布萊德，殺掉我的是不是妳？」

聲音完全是女孩子會有的，但現在沒餘力去為那種事情大驚小怪。

「不、不是我！殺了妳的人是——」我說到這邊又苦思了一會，接著才說「妳不是被殺掉的！應該是死於食物中毒那類的！我看妳是吃到發芽的馬鈴薯吧！」

「我沒吃。」

「別撒謊！」

「妳才不該撒謊。」

「我哪有撒謊！」是在撒謊沒錯。

「妳身上有謊言的味道，而且還不是只有說過一兩次謊話，人生中所有的事情都充斥著謊言。怪不得芙萊特這麼討厭妳，妳的資歷全部都是假的，假到連世紀大盜都會嚇到。看來看去全都是謊言。假的。假的假的假的假的假的假的假的假的。」

原來這傢伙不是沉默寡言的類型？說的話超多——才剛想到這邊，那個戴面具的少女就從懷中取出短刀，還拿短刀指著我。還以為刀子會放出跟芙萊特有得比的黑暗能量，害我進入戒備狀態，可是令人驚訝的事情發生了，她居然毫不猶豫地拿刀抵著自己的左手。

「那我們開始吧，來賭上性命廝殺。」

我才不想做那種事情。

可是德普涅無視我的心聲，讓魔法發動。

「特級凝血魔法【屍山血河・極】。」

血液從那人手中噴發出來，上升到高空中。在她頭頂上形成波濤洶湧的血液之河。周圍這一帶全都充斥著濃厚的血腥味，聞了就覺得噁心。我之前就在想，吸血鬼那麼愛喝這種東西，他們的味覺到底怎麼了。

「可瑪莉大小姐，我們該逃跑了。」

「咦，喂——」

我的手被薇兒拉住，人跟著跑了起來。轉眼間，德普涅頭頂上的血河已經用極快的速度射出某種東西。那些東西插在我身後的牆壁上——是凝固的血刀。

這下我連話都說不出來了。如果被那種東西插到，馬上就會死掉。

然而德普涅完全沒有手下留情的意思。一看到目標吃力地閃避攻擊，馬上接連發射媲美暴雨的血刀。

「來了！」

「看也知道！怎麼辦啦——唔啊啊啊啊啊啊啊啊啊啊啊啊啊啊啊啊啊啊！」

薇兒拉著我逃跑。高速飛來的血液短刀全都精準插在我剛才待的位置上，之後還炸開，變回原本的血液，再度回到德普涅頭頂上。這真是太環保了。連一滴血液都不願意浪費，這份氣概表露無遺。

「痛！」

這時身上突然產生一股灼痛感。我呆愣地低頭，看著自己的右手。短刀擦過我的手腕，切開上面那層薄薄的皮膚。有紅色的血液滲出來。

我眼裡開始浮現淚水。

「好痛喔，薇兒……！」

「那個變態假面……竟然敢傷害可瑪莉大小姐柔嫩的肌膚……！」

薇兒邊跑邊投擲暗器，卻被對方射過來的血液短刀當下，墜落到地面上，因此沒能傷到德普涅。對方似乎打算禮尚往來，朝著我們射出大量的血刀。這次是全方位，不知該逃去哪。

「您快點趴下，可瑪莉大小姐！」

薇兒來到我前方，雙手都拿著暗器。快住手啊，會死的！——我都還來不及說話，那些血液形成的短刀就如狂風過境般襲向薇兒。她巧妙運用兩把暗器將飛過來的血刀靈活地彈開。然而這些血刀的數量實在太多了，她沒辦法全部擋下，女僕裝被切裂，底下的白色肌膚也被切開，這景象慘到讓我差點發出悲鳴，正好就在這時，她的側腹被血刀刺中。

薇兒臉上浮現苦悶的表情，當場跪下。

是血。肚子那邊在流血。

怎麼辦，都是我害薇兒變成這樣……！

「……可瑪莉大小姐，請您快逃。」

「我怎麼能丟下妳！不會有事的，我來扶妳——」

「別擔心。我沒有要殺妳們，只是要把妳們抓起來。」

此時德普涅緩緩靠近我們。在她的頭頂上，血液形成的漩渦正「咕嚕咕嚕」地轉動。既然都要使用魔法了，她還不如用更帥氣的。

戴著面具的少女來到我跟薇兒前方站定。

「我的確很恨妳們。可是要殺掉妳們的人是芙萊特。那傢伙所受的屈辱，遠比我對妳們的恨意要大多了。」

「照妳這樣說——」我話說到這不由得咬緊牙關，死命瞪著那傢伙的面具大叫。「照妳這樣說，我的怒意更大上百倍！竟敢害薇兒受傷！妳未免太卑鄙了吧！只敢從遠方射會飛的武器！」

「可瑪莉大小姐，我知道您很生氣，但這種時候挑釁敵人不是明智之舉……」

薇兒在說這話時，人顯得很痛苦。她說得確實沒錯，但我就是無法壓下心中的怒火。對方在攻擊的時候一點都不客氣，那我們對這種人客氣幹麼。反正我都死定了，那就要奮力抵抗到最後一刻……！

就像這個樣子，我要自己鼓起勇氣面對，結果德普涅一副拿我們沒輒的樣子，先是嘆了一口氣，接著才說。

「挑釁對我是沒用的。只是被人罵『卑鄙』倒挺意外。我現在氣得要死，都快被氣死了。所以在不至於弄死妳們的範圍內，要讓妳們吃些苦頭，妳這個囂張的廢渣臭娘們。」

我看剛才的挑釁根本就超有效吧——可是現在沒這個餘力吐槽。

看看那個戴面具的少女，她身上開始湧現驚人的魔力。

「可瑪莉大小姐，您快逃啊……！」

薇兒在這時一臉蒼白地開口，可是我連動都不敢動。德普涅對那條血河注入龐大的魔力，大地隨即發出悲鳴，在那喀喀作響。像是要把世界上所有的一切全都吞噬掉，強大又邪惡的地獄血池出現在眼前。

德普涅動了動手指。

「死吧。」

下一瞬間，血液形成的星球——那巨大的血塊就只能用星球來形容——朝我們落了下來。

啊啊，這樣下去會死吧。

我正想要放棄。

後方突然有某種物體逼近這邊，速度快到跟風一樣。薇兒在那時露出像是從鬼門關前撿回一命的表情，放聲大喊。

「布格法洛斯！」

「咦？——咕呱！」

我的頸根突然被人掐住，才會發出像青蛙的叫聲。薇兒靠那身怪力將我整個人提到半空中，等我回過神就發現自己已經來到馬背上坐好——是到布格法洛斯的背上才對。那讓我驚訝地睜大雙眼，對那樣的我連看都不看一眼，紅色的蛟龍開始在地面上強而有力地奔馳起來。

「察覺主人深陷危機就在第一時間趕來……真是隻優秀的紅龍。」

「得、得救了……！」

我好感動。如此關注主人安危的騎獸去哪找啊。我心懷感激並摸摸那紅色的臀部，結果牠顯得（異常）興奮，不僅發出嘶鳴聲，還提高速度。提高超多的。喂先等等，別說是成為風了，這速度看起來都快變成超音速啦……！

「看、看前面啦！快要撞到牆壁了！」

「請您抓緊，可瑪莉大小姐！」

「——別想逃，崗德森布萊德！」

巨型血液星球朝我們逼近。前方有牆壁，後方是德普涅。我看這下沒戲唱了——這念頭才剛閃過，布格法洛斯就突然來個大動作跳躍。我覺得整個人都飄起來了。我不想掉下去，死命抓著薇兒不放。難道說——牠打算直接越過這道牆!?

結果事與願違。

布格法洛斯的臉狠狠撞上那面牆。

高度根本不夠，差太多了。

這陣過強的衝擊力差點讓胃袋裡的東西全都逆流出來，緊接著發生讓人難以置信的事情。布格法洛斯的身軀直接撞破那面土牆，來到牆壁的對面。咦，這樣也行？——我整個人都傻了，布格法洛斯趁這時華麗著地，像在嘲笑背後的德普涅，搖搖尾巴繼續牠的超高速逃亡。

在那之後，那顆血液形成的星球用力撞上土牆，發出劇烈的「喀咚！」一聲，接著牆壁就崩塌了，一堆巨型碎片彷彿驟雨般灌注到地面上，現場頓時變得霧濛濛的，瀰漫著沙塵。德普涅小隊的成員是不是遭受波及，死了一大半啊？

「…………你、你還好嗎？布格法洛斯。」

「不會有事的。紅龍的鱗片連鐵製刀劍都能抵擋——呀嗚!?」

難得薇兒會發出那麼女孩子氣的尖叫聲，可是現在沒空取笑她。布格法洛斯再度來個大跳躍，動作輕盈地跳上住宅煙囪，在屋頂之間跳來跳去，開始朝古城那邊迅速邁進。

有了這招，就算下面的道路很複雜也無所謂了。

「好、好厲害喔，布格法洛斯……！」

「的確是……！拿來做燉菜的材料太可惜！」

「就跟妳說不能拿去做燉菜材料了！」

此時伴隨一聲「咻——」，一把鮮紅色的刀刃從我身旁劃過。

絕望不已的我轉頭看去。

是變態假面。變態假面就跟布格法洛斯一樣，追著我們在屋頂上跳來跳去。害我看到臉色發白，嘴裡還嚷嚷著。

「那傢伙根本不是人！」

「要對付怪物，最好找怪物。可瑪莉大小姐，我們就快到了。」

剛才那些市區街道突然間中斷。前方只剩下一大片遼闊的空間——很久以前那邊八成也是城鎮，如今卻因戰爭化為草原。而且在那片草原之後還聳立著一座超巨大的古城西門。在這座西門前方，有兩支部隊正打得不可開交——

「是海德沃斯·赫本和奧迪隆·莫德里的部隊。我們從那邊穿過去，一口氣朝著城堡進攻吧。」

「那行不通吧!?如果一頭栽進那兩個大叔的異次元之戰，我們百分之百會死，唔咕！」

這時布格法洛斯「咚喇」一聲從屋頂跳下地面。

然後我嘴巴裡面就變超痛，眼淚都飆出來了。

「好～痛～偶！咬到舌頭惹～！我嘴巴裡面要發炎了～！」

「晚點我再幫您舔一舔，請您忍耐！來吧布格法洛斯，要做最後衝刺了！」

只見布格法洛斯發出高高的嘶鳴聲，還真的衝刺起來。我的動態視力都跟不上了。背後傳來德普涅的吶喊聲──「站住」、「去死」、「這個死騙子」，她還在追殺我們。高速飛來的血刀從我髮際掠過。我受不了了，好想回家。

「喔喔！這不是崗德森布萊德小姐嗎！」

海德沃斯注意到我了。他赤手空拳將敵方士兵的臉打成番茄醬，還笑得很開心。第二部隊赫本小隊的成員也因我現身而群起譁然（大家都穿著宗教人員會穿的衣服）。這也難怪，畢竟我把其他敵人引過來！

「你說崗德森布萊德!?你們幾個，去把那傢伙抓起來！」

那聲喊叫出自奧迪隆・莫德里，他還赤手空拳將敵兵的臉揍成紅石榴。「殺了她！」「替莫德里部隊賺取五十分！」「祝我們旗開得勝！」──第五部隊莫德里小隊的人馬全都殺紅了眼，往我們這邊聚集過來。這下我們完全遭到夾擊了。

「撐不住了，薇兒……我們一起投降吧……」

「不可以說那種喪氣話，可瑪莉大小姐！交給我吧！」

薇兒從懷中拿出一顆球。那是紫色的小球。她緊緊握住那樣東西，接著朝莫德里小隊的吸血鬼丟過去，完全沒有手下留情的意思。霎時間那顆球「砰哐！」一聲爆炸，顏色看起來很毒的煙朝四周蔓延開來。我眼前被一整片紫色占據，其他什麼都看不見了。

「是煙霧彈！」「真奸詐！」「竟然用這麼卑鄙的小伎倆——咕噗！」，有人被嗆到。之後陸陸續續傳來此起彼落的咳嗽聲，弄到最後還有人「咕啊——！」地驚聲哀號，一堆人跟著啪噠啪噠地倒下。

這下我看懂了。那是薇兒擅長的猛毒魔法。

「妳、妳在做什麼啊！這樣也會害死我們吧！」

「這是只會毒殺男人的有毒瓦斯。」

「還有這樣的毒!?」

對了，那好像對騎獸也起不了作用。布格法洛斯完全沒有放緩速度的跡象，還是在猛力衝刺，「咕滋咕滋」地踩爛某些東西，穿過那陣有毒的煙霧。

緊接著古城西門出現在眼前。看樣子我們已經越過敵軍的陣營——感到心安的我不經意回頭張望。那些煙霧已經散掉了，地上大概出現五十具死屍。不只是奧迪隆軍團的人馬，就連穿著宗教服飾的人員都吐血而亡……是不是做過頭啦！

「這樣連自己人都殺了耶！」

「那也是逼不得已的。先別管那個了，我們要盡快找到紅色寶珠破壞掉。那樣七紅天爭霸戰應該就能終止……！」

「就算妳那麼說——」

「給我站住，崗德森布萊德——！」「我絕對不會放過妳！」「要殺了妳！現在就殺了妳！」「神啊，請對崗德森布萊德降下天譴——！」

背後那無數的殺氣朝著我席捲過來。都是來自生還者的。就連海德沃斯軍團的成員都變成我們的敵人（但我不曉得海德沃斯他本人怎麼了）。而且他們後面還有變態假面，帶著一大團血液逼近我們。情況有夠危急。

「可瑪莉大小姐！接下來不能再搭乘騎獸，我們要徒步前進。」

「咦？哇！」

我突然被薇兒用公主抱抱住，她把我從布格法洛斯身上抱下來。緊接著敵軍放出的魔法就打在古城入口附近，引發大爆炸。然而薇兒完全沒看在眼裡，朝著那陣暴風英勇地衝去，直接衝到城堡裡，途中沒有停下腳步休息，一直在奔跑。

這個時候我才注意到，薇兒上氣不接下氣，表情看起來非常痛苦——這是當然的，因為她的側腹被德普涅弄傷了。

「薇兒！妳先休息吧，我一個人過去！」

「不。直到最後都要待在可瑪莉大小姐身邊，這是我的義務。」

一群吸血鬼從被炸碎的路口處湧入，過來追殺我們。薇兒還是抱著我，開始爬起城堡的階梯。從肚子那邊流下的血水滴在地板上，一路留下血跡。

「再吃我一招！——特級凝血魔法【鮮血淋漓・無垠】！」

從德普涅手部噴出的血液化為強韌的鞭子，朝我們打過來。察覺到危機的薇兒跳了起來，試圖避開，但時間上卻差了那麼一點點，右腳被鞭子纏住，人倒在階梯的中段上。被拋出來的我趕緊起身站好，跑到薇兒身邊。鮮紅色的鞭子緊緊纏住她纖細的腳踝，力道大到像是要把腳踝切斷。

「殺吧！」「現在是好機會！」

敵兵發出怒吼。感到著急的我撿起掉落在一旁的小石頭，嘗試用石頭砸德普涅的鞭子。但是一點效果都沒有，鮮血形成的鞭子絲毫不為所動。

「可惡，該怎麼辦……！」

「別擔心，我還有留一手。可瑪莉大小姐您快點逃吧。」

「笨蛋——！我才不要妳自我犧牲！妳也要一起逃——」

「休想得逞。」

有股濃厚的殺氣。

我回頭看。德普涅將血液做成的大劍狠狠放出。那鮮紅色的刀刃飛了過來，速度快到跟箭矢一樣。運動神經不行的我連躲都躲不了。

啊啊，我要死了（第二次）——這念頭才剛閃過。

「上級魔法石【超新星爆發】。」

薇兒在那時從懷中取出發光的石頭丟了出去。

石頭跟大劍在空中劇烈碰撞，引發大規模爆炸。

德普涅的魔法被抵銷了。

原本凝結在一起的血液轉眼間恢復成液體。

「這、這怎麼可能——」

不受魔力控制的血液依循慣性法則噴發開來。

已經腿軟的我毫無招架之力。

只能呆呆地朝著半空中抬頭仰望，身體連動都動不了，大量的血液直接從頭頂上澆下。

之後眼前的世界全都染上血紅色。

☆（稍微往前倒轉）

同一時間，遭遇第七部隊突襲的芙萊特．瑪斯卡雷爾像是要宣洩發自心底湧現的怒火，揮舞著手裡的劍。

那幫人簡直無可救藥。黛拉可瑪莉．崗德森布萊德底下那些野蠻人完全沒把七紅天爭霸戰的規矩「拿到紅色寶珠」看在眼裡，沒頭沒腦朝著芙萊特他們的大本營進軍。而且聽說第七部隊那邊來參戰的頂多只有三十人左右。她覺得這些人根本瘋了。只覺得他們是在小看她。

因此芙萊特原本打算立刻處死這些人，然而——

「唔，這幫人……！有夠煩人的！」

好纏人。纏人到異常的地步。

芙萊特放出的斬擊將第七部隊的野蠻人——卡歐斯戴勒・康特的手砍開。可是那傢伙一點都不害怕。他馬上重新站好，在沒有詠唱的情況下放出煩人的空間魔法。

「【轉移】。」

「!?」

背後有殺氣。芙萊特幾乎是憑感覺，拿起劍往旁邊砍去。

可是她的攻擊並沒有命中敵人，揮空導致重心不穩，這時背後再度湧現殺氣。

「唔！」

敵人用反手拳攻擊芙萊特的腹部，力道大到連鋼鐵都能粉碎。強烈的悶痛感找上芙萊特。幸好她即時反應，透過魔法防禦，若是在沒有防禦的狀況下直接被打中，她或許會死。

跟敵人拉開距離後，芙萊特再度拿起刀劍，眼裡死瞪著那個像枯木一般的男人。

「敢用魔法耍小聰明，使用者的性格都體現在上頭了。」

「是啊，或許吧。我用的魔法跟我很般配，是高尚的空間魔法。而且為了復仇，我還進一步磨練自我。再也不會輸給妳——妳乾脆也用黑暗魔法吧？用那種能夠清楚體現使用者品格的醜陋黑暗魔法。」

芙萊特沒有中了敵人的激將法。她謹慎地環顧四周。不管怎麼殺，第七部隊那幫都像殺也殺不死的殭屍，處處可見他們跟人作戰的景象。可恨的是波斯萊爾等第三部隊成員似乎也忙得不可開交，如果芙萊特還在那保留實力，他們怕是會被其他隊伍超前。

「沒辦法了。雖然不想為你這種小角色使用，但現在不是保留實力的時候。」

「聰明的選擇，看來我們的援軍也到了。」

「什麼……？」

芙萊特正感到狐疑，接著便察覺有無數的魔力奔流逼近，她立刻朝著背後跳開。緊接著半空中就出現一大片發光的箭矢——中級魔法【光擊矢】如滂沱大雨般灌注而下。

「你說援軍？這怎麼可能——」芙萊特用手裡的細劍砍開那些箭矢之雨。可是周遭的幾名部下面對這個突如其來的襲擊，全都陷入慌亂，對此束手無策，先是一個人，接著又有一個，他們都被貫穿心臟當場倒下。

最後魔法總算放完了。芙萊特眼裡都是恨意，狠狠瞪著魔力的源頭。

在前方的小丘陵上，背對著古城，一支吸血鬼軍團正居高臨下看著這邊。站在最前方的是手握巨大魔杖，看起來很懦弱的女孩——這人便是佐久奈・梅墨瓦。

「——對、對不起！但這是七紅天爭霸戰，我必須進攻……所以我要、再放一次。」

第六部隊梅墨瓦小隊的成員開始詠唱。芙萊特嘴裡「嘖」了一聲。規則上並沒有禁止七紅天之間互相合作——但這實在太讓人不悅了。黛拉可瑪莉・崗德森布萊德和佐久奈・梅墨瓦，兩個弱者聯手藉此壯大自己，真是氣死人了。

「呵、呵呵呵……那好吧。就連整支第六部隊都一起葬送到黑暗的彼端吧。」

「彼此彼此。前些日子被妳殺了，我要報一箭之仇。」

卡歐斯戴勒・康特看似愉快地笑了。芙萊特慢慢拿起她的劍，瞄準敵人的心臟，準備一秒了結對手——打定主意的她著手凝聚黑暗魔力，說時遲那時快。

「「——————!?」」

她突然打了個寒顫，一股寒意籠罩全身。

不只是芙萊特而已。無論是身在眼前的卡歐斯戴勒，還是在周圍作戰的第三部隊吸血鬼，以及那些看起來像是喪心病狂的第七部隊狂戰士們，所有人全都睜大眼睛，渾身僵硬。

「這是……什麼……？」

有一股駭人的魔力氣息。會讓所有的生者恐懼不已，那極為強大的魔力奔流席捲而來。芙萊特知道自己全身都在顫抖，她轉頭看向魔力的出處——也就是那座古城屹立之處。

「閣下……閣下她，終於要拿出真本事了……！」

此時那個像枯樹的男人激動地喊出這句話。

緊接著第七部隊成員也陸陸續續高喊「閣下。」「閣下！」，一副盲目樣。會被他們稱作「閣下」的人，芙萊特只能聯想到一個。

不過——這有可能嗎？

就連手裡還拿著劍的事都忘了，芙萊特一個勁地杵在原地。

☆

德普涅這下連話都說不出來了。

她知道那個女僕在臨死之際丟出魔法石。那種魔法石是幾乎沒有在市面上流通的高級貨，能夠輕易抵銷德普涅的魔法，這也說得通。

讓她想不透的是黛拉可瑪莉・崗德森布萊德這號人物。

她被變回液體的血液飛沫當頭澆下，奇怪的是再度起身卻懷著龐大的魔力。而且面無表情。唯獨那對發出詭異紅光的雙眼直盯著德普涅，眼裡充滿譴責。

「妳……做了什麼？」

德普涅的聲音在顫抖。魔力含量相差太多了。她根本不是這傢伙的對手，對方是「強者」——以上是德普涅的心聲。

黛拉可瑪莉低頭看倒在她腳邊的女僕。女僕想必已經精疲力竭了，畢竟德普涅用血刀射中她的要害。

「——是妳幹的嗎？」

對方的聲音裡不帶半點情感。

原本要衝向她的吸血鬼們全都動彈不得。

受到那股不尋常的魔力震懾，他們的腳動不了了。

「這個，是不是妳——做的？」

黛拉可瑪莉再一次用低沉的聲音逼問。花了一小段時間，德普涅才發現這個問題是在問她。黛拉可瑪莉口中的「這個」，指的是女僕的傷勢吧。德普涅不疑有他地回嘴。

「是沒錯……那又怎樣。」

「我知道了。」

黛拉可瑪莉一把抱住女僕的身軀。

接著她飄浮到空中。那是乍看之下沒什麼大不了的飛行魔法。對周遭那些呆站在原地的吸血鬼視若無睹，渾身是血的少女逐漸提升高度，最後飄到天花板上裝設的彩繪玻璃附近。

然後她舉起右手。

現場出現一個魔法陣。但那不是普通的魔法陣。滯留在其中的魔力質量不像是這世上會有的，連大氣都為之震顫，牆壁和地板發生龜裂，過大的壓迫力道讓一些吸血鬼難以承受，全都口吐白沫昏厥。

那個不是上級魔法，更不可能是特級魔法。

這是煌級魔法，失傳於太古時期的最高級神祕奧義。

「等等——」

德普涅想要制止對方，但卻白費力氣。

那些魔力爆發開來。

從魔法陣射出紅色的閃光，古城自然不在話下，古戰場的街道乃至於砂礫皆無一倖免，所有的東西都被燃燒殆盡。

© riichu

☆

「——哈、哈、哈、哈！看到了嗎！那個就是煌級光擊魔法【灼燒地獄的曙光】！真沒想到有生之年還能親眼目睹！」

說這話的皇帝在那拍手大笑。

反觀阿爾曼·崗德森布萊德，他難受得要死。

又讓那孩子發動烈核解放了。

「看啊。連水晶都壞掉了。朕的遠視魔法也受到干擾，看來古戰場上處處留有強大的魔力殘渣！」

「該怎麼辦！這樣下去可瑪莉會……」

面對著急的阿爾曼，皇帝打包票說「用不著擔心」。

「她已經不會隨便亂殺人了，因為那女孩不再是家裡蹲。」

「敵人正遭到虐殺耶。」

「那本來就是該虐殺的人，沒問題——依朕看，烈核解放時的可瑪莉在行動上，將會依循平常那個可瑪莉的意願。那孩子對於傷害薇兒海絲的德普涅很惱怒才會殺了她。應該只是這樣罷了。」

「不過第二次發動造成的災害未免也太大了。」

「德普涅可能會留下心靈創傷，晚點再來安慰她。」

「……在這之後，可瑪莉不曉得會怎樣。」

這時皇帝神祕地笑了。

「誰知道呢。她殺了德普涅，目的已經達成了，後續的事情誰都說不準。如果你很在意，怎麼不過去看看。」

「如果我有辦法過去看，哪會這麼心累。」

「就算有辦法去看，你也會心累吧——喂，來人啊，拿新的水晶過來。」

皇帝對著女官下令，在她身旁的阿爾曼只能握緊拳頭祈禱。

☆

那會讓人誤以為是世界末日。

整座古戰場都在劇烈晃動，震動到讓人不免那麼想。

鄰近一帶全都被紅色的光芒包圍，連眼睛都睜不開，當下就只能縮著身體，等這場災難過去。像是要將天際劈成兩半，大地為之搖晃，有人被這陣衝擊的餘波正面擊中，發出慘叫聲飛向遠方，在場的人聽到那叫聲都在發抖。

後來又過了一陣子，這裡才回歸平靜。

芙萊特・瑪斯卡雷爾戰戰兢兢地睜開眼睛。

古城已經化為一堆瓦礫。整個外牆都被挖空，直接消失不見，內部完全裸露出來。不僅如此——古城周邊的市區街道和草原都被夷為平地。令人背脊發寒。究竟是誰用了何種魔法，才會弄到這種地步。

「芙、芙萊特大人！」

此時波斯萊爾臉色大變，放聲喊了這麼一句。他也平安無事。感到安心的時光只有一下子，聽完對方稟報的內容後，芙萊特面色發青。

「剛才已經確認過了，第四部隊德普涅小隊和第二部隊赫本小隊、第五部隊莫德里小隊似乎都被消滅了！就連第六部隊梅墨瓦小隊都……您請看。」

順著波斯萊爾示意的方向看去，那邊躺著無數具屍體，全都四分五裂。應該是被那場爆炸掃到才沒命的吧。雖然關鍵人物佐久奈・梅墨瓦不見蹤影——

不對，還有其他更重要的事情。

「崗德森布萊德小姐……黛拉可瑪莉・崗德森布萊德怎麼了!?」

「是。關於這點……根據探查到的消息指出，引發這場爆炸的正是黛拉可瑪莉・崗德森布萊德。但她人現在不知道跑去哪了。」

這是什麼情形？芙萊特被搞糊塗了。

於是她決定去問可能知道詳情的人。

「卡歐斯戴勒·康特！事情到底是怎麼發生的!?」

問是問了，那個像枯木的男人並沒有給出答案。因為他的胯下被瓦礫壓個稀巴爛，早已氣絕身亡。這個沒用的傢伙。

「芙萊特大人，現在該怎麼辦。」

「唔……」

鬧出這樣的騷動，已經沒空去管七紅天爭霸戰了。

現在到底該怎麼辦——

「……那是？」

就在這時，芙萊特目擊到某樣東西。古城早已被破壞殆盡，而黛拉可瑪莉·崗德森布萊德正呆站於正中央。

這讓芙萊特沉不住氣。

一回過神，她已經咬牙切齒地跑了出去。

剛才那場大爆炸一定不是她放出來的魔法吧。她肯定用了更卑鄙的手段。從這邊感受不到魔力，也有可能單純只是用了炸彈。

不管怎麼說，她都要去跟那個小妞好好打聲招呼才行。

☆

佐久奈・梅墨瓦還活著。

當紅色閃光侵襲第六部隊時，不知名的副隊長挺身而出保護了佐久奈。運氣好而掉到牆壁夾縫裡的佐久奈只留下擦傷，包含副隊長在內，第六部隊的吸血鬼都在瞬間化為灰燼。

佐久奈為此感到哀傷不已。

第六部隊的成員原本都不太能接受佐久奈。這也不能怪他們。面對一個靠運氣和關係當上七紅天的小姑娘，他們怎麼可能會有好感。也許這樣下去會導致他們以下犯上，害佐久奈被殺掉——基於這層顧慮，佐久奈當下便決定使用哀兵手段。

就是把所有的第六部隊成員都殺了，改寫他們的記憶。

上自看佐久奈不順眼的反叛者。

下至成了佐久奈狂熱信徒的聽話士兵。

結果就變成這樣了。

在非出於他們本意的情況下，他們出面保護佐久奈，進而喪命。

「……不過，這些人應該很幸福吧。」

如果她不那麼想，根本無法支撐下去。

他們原本就希望守護佐久奈。佐久奈將他們洗腦成那樣——因此她沒必要感到內疚。這樣才對。

相較之下，現在更該考慮的是黛拉可瑪莉・崗德森布萊德的事情。

剛才那些閃光是她的傑作吧。老實說佐久奈沒想到她這麼強大。面對那種怪物級的魔法師，根本就找不到殺她的方法。

「…………」

不，並非完全沒有。

她有從奧迪隆那邊得到的祕藥。只要吃下那個，就能發揮足以和神匹敵的力量吧。雖然代價是削減自己的性命。

佐久奈將顫抖的手放入口袋，從中拿出小瓶子。

顏色看上去很毒，裡面裝了貨真價實的劇毒。

要喝嗎？是不是真的要喝？

就在那個時候，她用眼角餘光看到芙萊特・瑪斯卡雷爾急匆匆地跑過去。她似乎要前往古城那邊。現在沒空猶豫了。

「不阻止她的話……黛拉可瑪莉小姐會有危險……」

——危險？我在想什麼啊。

察覺自己產生不該有的想法，佐久奈搖搖頭。

太愚蠢了。假如芙萊特跟黛拉可瑪莉能夠殺個兩敗俱傷，對她來說是求之不得的事情。她可以坐收漁翁之利，給予受傷的她們致命一擊。

明明該是那樣的。

自己怎麼光顧著擔心她的安危。

就連佐久奈也不懂自己的心情。她特別擅長使用操控精神的特殊能力，原本就對他人的情感很敏銳，然而對自身感情表現卻一竅不通。

要幫助黛拉可瑪莉，還是殺了她？

她也不曉得，可是佐久奈的腳卻朝著古城前進。

碰巧就在這一刻。

懷中的通訊用礦石出現反應。

「……是我。佐久奈。」

『時機正好。妳先過去殺了黛拉可瑪莉・崗德森布萊德。』

佐久奈屏住呼吸，這命令就跟她想像得一樣。

『妳可以放手去做。幸好遠視魔法疑似被人阻斷。剛才的爆炸讓古戰場這一帶充斥奇妙的魔力——去吧，讓那個小妞見識我們逆月的可怕！如果成功殺害她，妳的家人就能再活一陣子。』

通訊到這邊「噗滋」一聲切斷。

佐久奈不由得咬緊牙關。

——果然沒錯，佐久奈．梅墨瓦只不過是逆月捏在手中利用的道具罷了。

☆

當我注意到的時候，人已經杵在瓦礫堆中。

「……咦？」

有一段記憶不見了。我剛才都在做什麼？

好像是……被迫參加七紅天爭霸戰，突然被德普涅攻擊，跟薇兒一起逃跑，再來……不行，想不起來。

我不經意低頭看視自己的身軀，簡直跟剛洗了血浴沒兩樣，渾身通紅。不對，這些都是如假包換的血啊。事情怎麼會變成這樣。難道我被殺了？不，那不可能，因為我都不覺得痛——

此時令人熟悉的女僕裝透過眼角餘光映入眼簾。

瓦礫堆上面躺著一個女孩子，這件事情將我一口氣拉回現實。

「薇兒！」

我趕緊跑向她——到薇兒海絲的身邊。

對了，我想起來了，這傢伙犧牲自己保護我。如果我記得沒錯，她的側腹應該被德普涅放出的血刀砍中了。

在查看她的傷勢時，我渾身寒毛直豎。傷口很深，可是血已經止住了。呼吸——很微弱，看來她人沒死。我不禁鬆了一口氣。就算能夠透過魔核治癒，跟我親近的人死掉還是令人難受、令人悲傷。

接著我從口袋中拿出【轉移】用的魔法石。會帶這樣東西過來是為了在危急時刻逃脫用，如今事情演變成這樣，我不該拿來用在自己身上。

我灌注魔力讓魔法石發動，薇兒的身軀當場消失。她應該被傳送到帝都的醫院了，總比放在戰場中安全——

直到這個時候，我才對自身處境產生疑問。

不對吧，這裡還是戰場嗎？

感到狐疑的我轉頭看四周。

這一看嚇了一跳，那裡什麼都沒有。遠方景象看起來確實還是古戰場，然而以我為中心，半徑一百公尺以內全都變得清潔溜溜，只剩下空蕩蕩的平地。

「怎麼會這樣……這是夢？」

此時我聽到像是玻璃破裂的「啪嘰」聲。

我好像踩到某種東西的碎片。當下第一反應就是趕緊退開。只見腳邊有些東西散落，是紅色的玻璃碎片。緊鄰那些碎片，旁邊還有紅色的半球型物體。大概是被什麼東西撞到，才會一分為二，其中一半粉碎破裂，全都撒在地面上了。

……嗯？等等……這該不會是——

「這是不是……紅色寶珠？」

發現這件事的我，內心大感震驚，就在那瞬間——

我背後傳來腳步聲。

那讓我的心臟跟著揪緊。糟了，若是在這種情況下遇到敵人，我一定會沒命。希望是自己人——我彷彿海德沃斯上身，邊對著神祈禱邊轉頭。

「崗德森布萊德小姐，別來無恙。」

是那個頭髮跟木耳一樣光亮的女人，她正不悅地盯著我看。

糟糕。完蛋了。死定。

這突如其來現身的人就是英明神武的七紅天，外加自稱「黑色閃光」的芙萊特．瑪斯卡雷爾。她看上去就像找到仇人的復仇者，再度開口時，臉上帶著猙獰的笑容。

「這威力還真不是蓋的。妳到底做了什麼？那個不是魔法吧？難道是炸彈？真是有辱七紅天的名聲，竟用那種骯髒的手段作戰。」

這傢伙在說什麼啊。

「……芙萊特，其他人怎麼了？妳一個人嗎？」

「一個人……？是啊沒錯，只有我一個。因為妳不分敵我把所有人都虐殺殆盡——包括赫本大人，還有莫德里大人，梅墨瓦小姐……甚至是德普涅！」

「我、我什麼都不知道啊！跟我記得的不一樣！」

「我看妳是在裝傻吧!?我沒有要求妳不能使用魔法以外的攻擊手段，但也該有個限度！七紅天爭霸戰因為妳的緣故都已經——」

這個時候芙萊特的目光落到我腳邊。她似乎發現散落在地面上的紅色碎片了。那讓她的臉越脹越紅。

「這是……這不就是紅色寶珠的殘骸嗎！難道是妳毀掉的!?為了強行終止七紅天爭霸戰！」

「沒有，我確實覺得弄壞這個東西會更好，可是那不是我弄的啊!?」

「聽妳在亂講！」

一陣魔力爆出，闇黑色的閃光迸現。芙萊特身旁開始飄起黑暗的朦朧霧靄，任誰看了都知道她很火大。

「妳怎麼有辦法像這樣滿口胡言！虧我還特地準備屬於七紅天爭霸戰的舞臺……『希望自己能逃過一劫』，就為了這種無聊的原因，妳居然毀掉這個舞臺！

難道沒有身為帝國前七強的自覺嗎！」

「就說不是我了！當我發現的時候，這個就已經壞掉了！」

「廢話少說！」

「轟！」的一聲，大氣隨之顫動。對方拔出她的劍，刀尖還出現巨大的「暗影」，簡直像能吞噬一切的黑洞。無法抵抗那股強大重力的砂礫都被吸往芙萊特所在處。我拚命穩住腳步，但還是功虧一簣，連站都站不穩了。糟糕，我逐漸被那股黑暗力量拉過去。

「妳是帝國的毒瘤，不能繼續放任妳胡作非為。我要在這處分妳。拿來對付無法無天的騙子實在很可惜，但我要用黑暗魔法對付妳。」

「為什麼會變成這樣啊！我才不想被人殺掉！」

「那妳就該有武將風範，出手抵抗啊！特級黑暗魔法【暗黑之——」

「唔……！」

我閉起眼睛，當場擺出防禦姿態。

這下徹底無望了。接下來我的命運就只剩下等死而已。這太讓人絕望了，絕望到沒空去想遺言（第二彈）。我咬緊牙關縮在地上，只能在那發抖，抖到好像昨天做了很久沒做的健身運動。

啊啊，我的人生好短暫啊——就像這個樣子，我原本打算放棄，不過——

「……？」

過了很久，芙萊特的魔法都沒有打過來。

難道她在整我？不對那不可能吧——

感到狐疑的我抬起頭。

接著我看見出乎意料的景象。

有顆拳頭從芙萊特的肚子上刺出。拳頭刺出來的部分啪嗟啪嗟地滴著紅色血液，將腳邊的瓦礫染溼。黑暗的魔力氣息早已煙消雲散。

芙萊特看上去一副不曉得發生什麼事的樣子，低頭看著從肚子上刺出來的手——看著那染紅的詭異手腕。

「這是、什麼……？」

「噗滋」一聲，手腕被吸進去了。不對，比較正確的說法是拔出去。

芙萊特頓時軟倒下去，就好像斷線的人偶，當場癱倒。但她還沒死。看樣子還在做最後的掙扎，視線向上飄，要看看殺了自己的人長什麼樣子——就在那瞬間，巨大的岩石掉在芙萊特臉上。

「嗚呃！」

這是初級岩石魔法【落石】。

我聽見骨頭碎掉的聲音。她掙扎了一會，想要從岩石下掙脫，但動作變得越來越緩慢，最後還是死了，一動也不動。

「…………什麼——」

那景象實在太過震撼了，害我連話都說不好。

這個英明神武的七紅天居然被人輕易殺掉，而且手段很殘忍，如果是我根本想不到這招。然而令人吃驚的不只這些。

站在芙萊特屍體旁邊的那個人，我非常熟悉。

她有著白色的秀髮，白色的肌膚，外加看起來有點命苦的長相——這不是夢更不是幻覺。

「黛拉可瑪莉小姐！原來妳平安無事啊……」

那個人是佐久奈・梅墨瓦。

看看那右手，都被芙萊特身上的血液染紅了。跟這聳動的模樣相差十萬八千里，對方臉上掛著微笑，看起來天真無邪，還朝著我跑過來。

這下我才發現一件事情。

她的右眼就像被血液染紅一般，變得一片通紅。

跟發動烈核解放的薇兒很像。

「太好了……終於、見到妳了。」

她那是由衷感到慶幸的表情。

可是我卻沒來由感到恐懼，還後退了半步。

「嗯、嗯嗯，佐久奈沒事就好……對了，那個、原來佐久奈……妳這麼強啊……？」

她低頭看了一眼染滿鮮血的手，接著才說：

「我一點都不強，完全不強。是芙萊特小姐太大意了，所以連這樣的我都有辦法打倒她。只是巧合罷了。」

「可是，佐久奈不是會用魔法嗎？居然赤手空拳捅破別人的肚子……原來妳還能這樣啊？」

「這大家都會。一般的吸血鬼也能辦到。」

「是、是嗎？」

「是的。這樣一來，七紅天差不多都死光了。」

氣氛變得好詭異，她說話的語氣聽起來好像哪裡怪怪的。

佐久奈開始緩步走動。

她先是從我身旁通過，大大地做了個深呼吸。

然後才背對著我，小聲說道「妳還記得嗎？」

「之前一起看星星的那個晚上，我有問過黛拉可瑪莉小姐一件事。」

「對喔……妳好像有說恐怖分子跟人質怎樣又怎樣的……」

「對。那個時候黛拉可瑪莉小姐有說過吧——『把威脅人的恐怖分子打倒就好了』……當時我覺得妳好厲害喔。看到城堡變成現在這個樣子，我覺得妳更厲害了。因為我知道妳說那些話並不是虛張聲勢或是好面子，那些都是講真的，如假包換……」

「抱歉，佐久奈。妳在說什麼，我完全聽不懂……」

「可是我沒辦法做到那樣。光靠我這點力量，不是逆月的對手。不管再怎麼努力，多麼嘔心瀝血，多麼聽組織的話，即便是懇求他們，求他們別再下手，他們還是會變出各種把戲，殺掉我看重的人。我卻什麼都做不到。因為我沒有力量，沒有勇氣，很怕被殺，所以我只能選擇那麼做——」

佐久奈看起來好像被某種東西附身似的，接連說了一堆話。

她散發出來的氣息嚇到我了。不只是那身氣息而已——她身上還流出高濃度的魔力。究竟發生什麼事情了，我想都想不透。

「喂，佐久奈……」

「對，不管是過去還是未來，我能走的路都只有一條——要成為逆月的齒輪，替他們拚死拚活賣命，才不會被烙上瑕疵品的烙印，遭到處分，為了苟且偷生，我要竭盡所能努力。就是這樣。」

「佐久奈！妳怎麼從剛才開始就怪怪的啊！」

「黛拉可瑪莉小姐，對不起。其實恐怖分子就是我。」

這時她轉過身。

屬於夏日的風吹拂過來，那頭白色秀髮隨風飄蕩。

原本染紅的右眼已經變回應有的蒼色。

「佐久奈……妳在哭嗎……？是不是哪裡痛……」

「那不是身體的痛。」

佐久奈「啊哈哈」地笑了，同時還在流淚。

「……黛拉可瑪莉小姐真的很善良。事情都變成這樣了，還在擔心我……妳沒聽到嗎？我說我是逆月派來的恐怖分子。」

「別開那種玩笑啦！如果妳很想回家，想到都哭了，我們可以一起回去啊！我也想回家！」

「我想回也回不去了。只是想將真相全說給黛拉可瑪莉小姐聽。因為在一無所知的情況下彼此廝殺，那對雙方而言都是種不幸——」

她慢慢抬起沾染鮮血的右手。

纖細白皙的食指輕輕頂住我的額頭。

「精神魔法【心識回讀】。」

我的意識在當下瞬間中斷。

我還以為自己被拋到夜空中。

整個人輕飄飄的。四面八方有無數的星星圍繞，全都綻放耀眼的光芒。會讓人覺得伸出手或許就能觸碰到，但我突然發現星光那邊有些影像出現，這才停下手邊的動作。那是年幼的佐久奈。他們一家四口還圍繞在桌邊，看起來很幸福的樣子——這下我才恍然大悟，這應該是佐久奈的記憶。

【心識回讀】。小說之類的若是進入回想片段，常會帶入這種魔法。用了可以讓別人看見自身記憶的一部分——那我不就等同進入佐久奈的心靈世界了。

我再度為她在魔法方面的才華嘆為觀止，這時突然察覺有人靠近。

「這個夜空四處都有我的記憶存在。歡迎妳來，黛拉可瑪莉小姐。」

來人是佐久奈，而且跟平時的她不一樣。

是全裸的佐久奈。

「……妳怎麼沒穿衣服？」

「精神世界不容許我們把異物帶進來。」

「是喔……我的衣服也不見了!?」

陷入慌亂的我想找個地方藏身，可是這邊沒地方讓我躲藏。

好吧，反正這裡只有佐久奈在。於是我轉念一想接受了。變態女僕又不可能在這。若是覺得丟臉才會更丟臉，我應該要表現得大方一點。

「這裡的每個星星都是我的記憶，就像收藏記憶的天文館。」

「是、是喔，好漂亮。」

「不，一點都不漂亮——請看，那個是最初的記憶。」

佐久奈要我看其中一段記憶。在那段影像中，佐久奈和她的姊姊正在交談。雖然看不出她們在談什麼，可是兩人臉上都帶著燦爛的笑容，可見在那段記憶中，她們經歷了開心又祥和的時光。

「這是我的姊姊，可瑪莉・梅墨瓦。她真的是一個很好的人。總是很體貼笨手笨腳的我，還會分我吃原本要拿來當點心的閃電泡芙，唸各式各樣的書給我聽……不只這些，當我去學院被人排擠的時候，她還會安慰哭泣的我。」

記憶中的「可瑪莉」跟佐久奈一樣，都有著銀白色的頭髮。

和妹妹不同的是那雙眼睛，給人好勝又意志堅定的感覺。而且那雙眼睛真情流露，眼神間透露出對妹妹的擔憂，她是真的很擔心妹妹。想必這對姊妹感情很好——看著在周遭流動的記憶，我如此想著。

「那真的是一段祥和的日子……我們一家人感情真的很好，之前信件上也有寫到，放假的時候，大家會一起到帝都郊外的小山丘上觀星。我們會在那邊整晚不睡，搭帳篷看星星。我的父親是神聖教神父，很熟悉跟星星有關的神話故事，夏天可以聽見貓頭鷹和昆蟲的叫聲，他會用手指指著星座，跟我們說許多故事。所以我才會那麼喜歡星星。」

聽她的語氣，活像在述說故人的陳年舊事。我心中浮現不祥的預感，以至於無法插話。這時佐久奈臉上浮現悲傷的笑容，並發出嘆息。

「可是……那些日子如今回想起來，會讓人覺得或許只是黃粱一夢——黛拉可瑪莉小姐，妳知不知道這個世界上還有『能夠殺掉神的邪惡存在』？」

「那是什麼……」聽都沒聽過。

「神就是魔核。在現代社會中，魔核被人當成像神一樣的存在。有一群人想要抹殺掉魔核——他們就是『逆月』。」

這我知道。之前米莉桑德加入的恐怖組織就叫那個名字。

「他們會不擇手段破壞魔核。甚至會用神具殘忍殺害如此和樂的一家人，過程中沒有絲毫猶豫。」

佐久奈將其中一顆星星拉過來。

這個星星比其他的還要汙濁許多，暗示這段記憶是場悲劇。

「我的家人無預警遭到殺害。當我從學院放學回家，大家都死在飯廳那邊，身首異處。」

我懷著害怕的心情觀看那段記憶。

看了不由得屏住呼吸。

那景象直讓人想遮住雙眼。整個房間一片血紅。透過那段記憶，彷彿連屍臭味都能聞到。佐久奈的家人被分解成好幾塊，身體切得破破爛爛，而且還像是在丟垃圾那樣，棄置在房內的各個角落。我不禁將目光別開。好過分，實在太過分了。

「這、這是……可是只要有魔核在，他們還是能復活吧？」

「不會復活了。我的家人都被神具殺掉。那是能夠讓魔核失效的武器。」

記憶之中的那個佐久奈，她正呆愣地看著那些遺體。

我也只能呆呆地望著這一切。

「怎、怎麼會變成這樣。是誰……做了這麼過分的事情……」

「是逆月。他們的動機只有一個，想要讓我深深感到絕望，任由組織擺布。我對他們來說似乎有利用價值。」

「利用價值……？」

「對。我擁有烈核解放【星群之迴】。這種特殊能力能夠在殺掉某個人後，操控他的記憶。」

這番話讓我聽了瞠目結舌。

佐久奈則是淡淡道出那段令人震驚的事實。

「透過某種手段，逆月發現我擁有這股力量，然後就計畫將我拉進組織。最後我被他們算計了。當時我呆站在逝去的家人面前，有個人突然出現，對我這麼說——」

——真遺憾。但妳若是願意加入逆月，為我們賣命，我可以教妳「找回家人的方法」。

「年幼的我只能照辦。這個就是加入逆月的契約證明……雖然沒有任何魔法約束力，我卻一直被這個刻印牽制著。」

佐久奈用雙手強調她的腹部。

那裡有兩種刻印。其中一個我也有，是姆爾納特的國徽——代表當事人成為七紅天大將軍的契約魔法之印。另一個是有缺口的月亮。小說之類的作品寫到神祕組織時，常常會套用這種用來加強集體意識的契約魔法，這肯定是那個。

「有了這個，我被迫成了恐怖分子。交代給我的工作都很單純，就是殺掉敵人，然後操控他們的記憶奪取情報。就只有這些。」

幾顆星星飄過來，聚集在我周圍。每一個都很汙濁。

記憶裡頭的佐久奈專心和敵人作戰。有的時候會利用黑暗做掩護，從事暗殺行動。有時則是正面跟敵人硬碰硬。

這時我看見一段令人吃驚的影像。

就是佐久奈赤手空拳貫穿我爸爸的腹部。

原來她就是政府高官連續殺人事件的犯人——

「雖然工作內容單純，卻不簡單。我原本就不是很厲害的吸血鬼，就連一開始出任務都沒辦法徹底打倒敵人，有好幾次都被對方反過來殺掉。」

佐久奈即將被殺死的影像竄入我眼中，害我全身起雞皮疙瘩。

這樣的畫面，我實在不忍心看下去。

「一旦失敗，等待著我的就是體罰。就算是自己人，逆月對於失手的人也不會手下留情。我被他們毆打無數次……」

「已、已經夠了！不用跟我說這些沒關係啦！」

「不，我希望黛拉可瑪莉小姐能夠知道這些。所以才會跟妳說。」佐久奈看似難受地皺起眉頭，嘴裡繼續說著。「我試圖逃跑不只一次兩次了。實際上也成功逃走過。可是……那樣家人會被殺掉。」

一個黑暗的記憶靠到我這邊。我不想看，趕緊把眼睛閉上。

「當下在心中浮現的悲傷情感無法用言語來形容。後來我才明白……我沒辦法反抗逆月……我明明在心底發誓『不再反抗』，那些人應該也很清楚這點了，他們卻還是替我套上枷鎖。假如我在這次的任務中失敗，我的家人、我很重視的家人……就會被他們殺掉。他們已經跟我放話了。次數多到數也數不清……每次我快要撐不下去，他們就會威脅說要殺了家人。說了好幾次。」

佐久奈所說的話支離破碎，她的家人明明就已經死掉了。

我害怕地睜開眼睛，看見佐久奈抱著頭發抖。她以往經歷過的人生，遠遠超乎我的想像，在這種時候隨便拿些話來安慰她，感覺好像很不解風情，但我的韌性又沒有強到可以基於義憤去找逆月發飆。

於是我選擇問了一個老實說算是不痛不癢的問題。

「那『這次的任務』是什麼……？」

「要調查魔核。」

讓人意外的是，佐久奈答得很直接。

「只有政府單位的重要人員才知道魔核長什麼樣子。所以我必須殺了他們，才能『得知』。在這個世界上，就只有佐久奈・梅墨瓦這個人擁有能夠操作記憶的特殊能力。」

「怎、怎麼會……」

「抱歉對妳說謊，其實我就是恐怖分子。」

「可是佐久奈妳不也被恐怖分子殺掉了？」

「那是為了偽裝。為了以防萬一，以免遭到懷疑，逆月那邊要我自行貫穿腹部——雖然這樣沒什麼意義。」

這時佐久奈自嘲地笑了。

「總而言之，那導致我還得殺掉七紅天。先後順序分別是貝特蘿絲・凱拉馬利亞、芙萊特・瑪斯卡雷爾、黛拉可瑪莉・崗德森布萊德。剛才已經把其中一位芙萊特小姐殺掉了，我也看見了，那個人什麼都不曉得。」

「其實妳、用不著做這種事情……」

「黛拉可瑪莉小姐，我會殺了妳。」

她的眼神很認真，這讓我驚慌失措地大叫。

「我怎麼可能知道魔核在哪！就算殺了我也沒用啊！」

「我也不想跟黛拉可瑪莉小姐作戰。黛拉可瑪莉小姐……好強大、好可愛又好溫柔，跟我這樣的人恰恰相反，是很厲害的吸血鬼。所以我很喜歡黛拉可瑪莉小姐。因此、因此……我才不想對黛拉可瑪莉小姐有所隱瞞，才會像這樣鼓起勇氣，試著跟妳來場堂堂正正的對決。」

直到現在，佐久奈似乎還是對我有所誤解。為了避免我真正的實力敗露，這樣的誤解應該是很令人慶幸的，但在當前這種情況下意義不大，小到跟米粒差不多。

「來吧，跟我賭上性命戰鬥。」

佐久奈將手迅速一揮。

緊接著下一瞬間。

她身上噴發出龐大的魔力。那些星光頓時變得一片死寂，接著全都消失，原本包圍我全身的飄浮感也不見了，彷彿那都是假象。【心識回讀】已經解除了。

等到我回過神，我已經跟佐久奈面對面站在地面上。

腳邊有紅色寶珠的碎片，還有芙萊特被壓爛的屍體，以及夏天溫熱的風。

我已經從佐久奈的記憶中脫離，回歸現實。

她那雙眼睛依然淌著淚水，臉上還有笑容。

「我真的很不願意。像我這樣的人，哪裡比得上黛拉可瑪莉小姐……但我還是必須作戰，否則家人又會被殺掉……」

「等、等一下。妳說家人會被殺掉，我聽不懂。佐久奈妳應該已經沒有家人了吧……？」

「有啊，在這裡。」

佐久奈用手指指著我。

「黛拉可瑪莉小姐會成為我的姊姊。」

「姊姊……?」

「我都是這樣找回家人的。找到擁有美麗星座形狀的人，就把那個人的記憶替換掉。消除原本的記憶——放入爸爸、媽媽、姊姊擁有的記憶。那就是逆月他們教我的方法，用來『找回家人』。至今我已經重新找回家人無數次，但每次都被殺掉。」

我聽了不寒而慄。

原來她之前都這麼做——

恐懼感害我動彈不得，但我還是拚命爭取時間。明明知道爭取時間也只能讓壽命再延長一點點。

「……可是，外表完全不一樣吧?佐久奈原本的姊姊看起來那麼白皙。」

「重要的是精神樣貌，不會有問題的。例如我的爸爸——海德沃斯・赫本也只是打扮和親生爸爸有點相似，可是他擁有美麗的『天鷹座』星座，所以他就是我爸爸。」

「原、原來是這樣!所以佐久奈才會待在海德沃斯經營的孤兒院啊。」

「跟那個沒關係。以前有段時間，我無家可歸又身無分文，是爸爸他把我撿回去。爸爸他是跟逆月沒有任何關係的吸血鬼，只是剛好擁有美麗的精神樣貌，才讓他當我的爸爸。所以他單純只是我爸爸而已。」

「這、這樣啊……」

「啊啊！我說錯了。不完全是爸爸。因為爸爸他原本就非常強大，所以不完全是我的爸爸。也不知道為什麼，他一直對我的烈核解放有所抵抗，只有在我們兩人獨處的時候，他才願意當我的爸爸。黛拉可瑪莉小姐，我該怎麼辦呢……？」

「……」

「我想也是。妳也不知道該怎麼辦吧。可是我不會再失手了。我會徹底改寫黛拉可瑪莉小姐的記憶。只要能夠殺了妳，取得魔核相關情報，之後不管我做什麼，都不會有人反對吧。就連逆月也會允許我那麼做。所以說——包括妳出生的地方、家庭、親密友人、父母和兄弟姊妹，還有之前有過的經歷，其他諸多的一切，跟真正的可瑪莉姊姊毫不相襯的所有事物，全都讓我用烈核解放消除吧。讓我將妳塑造成真正的姊姊。從今往後只會為我著想。」

「…………」

我覺得她好扭曲。

可是那份扭曲並非與生俱來的。「殺了他人來打造家人」——這種愚蠢的點子並非源自於她，全都是逆月想出來的，再叫她去執行。

如果是一般的人質，殺完就結束了。可是換成佐久奈，她會自行打造出可以用來當人質使用的人。對那幫人來說，沒什麼比這個更方便的吧。

也因為這樣，他們才不可饒恕。

不能放過逼佐久奈這麼做的人。

「請妳不要亂動。我會努力不弄痛妳。」

那白皙的手指伸向我。

我感應到魔力了，她大概是想在轉眼間殺掉我吧。

憑我的實力沒辦法對抗她。

可是——

我還是伸手緊握。

「咦——」

我緊緊握住她的食指。

只因我覺得有那個必要。

「……我願意當。」

佐久奈頓時浮現困惑的神情。

我知道自己的聲音在顫抖，同時繼續說著。

「我願意當妳的姊姊。」

「這是——真的嗎?」

「但是!可別把我殺了!用不著改變記憶,做那種無聊的事情,我可以扮演妳的姊姊!妳將就一下吧!」

只見佐久奈臉上明顯有著失望。

「……我沒辦法將就。我心目中的家人,只有殺掉再打造的才算數。如果妳還是黛拉可瑪莉小姐,就沒辦法成為可瑪莉姊姊。」

「那還用說!我不可能成為妳真正的姊姊。已經死掉的人,不管用什麼樣的魔法都不可能起死回生。就連海德沃斯也一樣……還有其他被妳殺掉的人,他們都不是佐久奈真正的家人!」

「什麼……」佐久奈當下的神情像是遭人背叛。「不、不可能!他們跟我說只要使用【星群之迴】就能徹底重現人格……!」

「都跟妳說沒辦法了。」

「可以的!」

「不行!我可是最強的七紅天!不會被妳殺掉!」

「這、這……沒做怎麼知道!」

「拜託妳聽進去——基本上,妳一開始就搞錯了!聽好了,妳的姊姊在這個世界上就只有一個。只因為……她死掉了,妳就去找別人代替,這樣不是對真正的姊姊很失禮嗎！」

「唔……」

我說這話聽起來像在跟人說教。

可是不說不行。佐久奈做的事情是錯的——我打從心底如此認定。於是我也懶得瞻前顧後，而是滔滔不絕地說下去。

「根本不用發動烈核解放，我也會當妳的姊姊。仔細想想，有個年紀比自己大的妹妹是挺奇怪的……但那都是小問題。下次我們一起去動物園吧？我這邊還有多的門票。」

「…………」

佐久奈當場僵住。我輕輕放開她的手指，她一雙手無力地垂下，還低著頭。是不是在想什麼事情啊——佐久奈沉默了一陣子，最後開始輕聲啜泣。

「其實我都知道……知道自己很奇怪……」

「嗯，妳真的很奇怪。」

「可是……就算知道，心裡還是很煎熬。最後就變成這樣了……」

讓佐久奈感到煎熬的元凶，一定是他們。

就是逆月。都是他們害這個女孩子的人生走樣，開始朝奇怪的方向發展。絕對不能原諒他們——但我又能做些什麼？

總而言之，看到佐久奈在哭，我就先摸摸她的背。安慰哭泣的孩子，我不太有這方面的經驗，可能做得笨手笨腳的，然而佐久奈似乎覺得心安，原本身體還在顫抖，漸漸的，臉上開始出現些許笑意。

「……謝謝妳。真正的姊姊也會像這樣安慰我。」

「是嗎？看來她是很溫柔的姊姊呢。」

「黛拉可瑪莉小姐也很溫柔。」

「我才不溫柔，只是弱雞罷了。」

那讓佐久奈聽完換上詫異的表情。或許我也該跟她說說我的事情，跟她說我其實是最弱的吸血鬼。佐久奈似乎感到不解，但她突然間笑了，還說「妳果然很溫柔」，一雙眼定睛凝視著我。

「黛拉可瑪莉小姐。我可以叫妳姊姊嗎？」

「咦？好啊，就盡情撒嬌吧。」

「欸嘿嘿——姊姊。」

她突然用力抱緊我，一股柔和的暖意傳遞到我身上。

妹妹。妹妹啊。突如其來多了一個妹妹，天底下還有這種事情……

……不過說到妹妹，原來是對姊姊這麼友善的生物？如果要我家真正的妹妹來抱我——這樣的情景根本難以想像，要是她喊「可瑪姊～」還主動過來黏我，這一定是天地異變的前兆，不然就是她對我的錢包心懷不軌——

「——姊姊，我該怎麼辦才好。」

「怎麼辦是指……？」

「在這之前，我改變了很多人的記憶……」

「……這個嘛——」我想了一下才回答。「……就算來問我，我也答不出來。不過我覺得只能跟他們道歉。不然也想不到其他辦法了……」

「說得也是……只能跟他們道歉了……」

佐久奈用有些哀愁的語調小聲說道。

美其名「找家人」，實則扭曲他人的人生。做這種事情還要人原諒，可沒那麼簡單。所以她必須真心誠意反省，去找那些人謝罪吧。

但我覺得不用過度擔憂。如果是現在的佐久奈，一定有辦法克服。

她原本就不是多邪惡的人，擁有一顆正直的心。

就算最後無法克服，我也會幫忙想辦法……畢竟我都變成她姊姊了。

然而就在這時。

「——這是在做什麼？佐久奈・梅墨瓦。」

有人發出宏亮的聲音，整個空間都為之搖撼。

佐久奈就像小動物那樣，身體抖了一下，還把我放開。

在斷掉的柱子旁，有一名壯漢站著。身上穿著紫色的軍裝，加上代表準一級的「望月紋」。腰上掛著誇張的大劍——是七紅天大將軍奧迪隆・莫德里。

對喔，其他的七紅天也很有可能過來攻擊我——對方完全沒把如此戒慎恐懼的我放在眼裡。他踩出重重的腳步聲，朝我們走過來。

「剛才不是講好了嗎？要殺掉崗德森布萊德。」

嗯？殺了我？咦？

「我……我明白——」

「明白？妳說妳明白……？」奧迪隆居高臨下地盯著佐久奈看，那眼神很像猛獸會有的。「那崗德森布萊德為何毫髮無傷？妳怎麼跟那個小妞在一起，還和和樂樂的？為什麼沒有履行妳的職責，還在那邊呆站？照這樣子看來，八成連科尼沃斯的祕藥都沒喝吧？」

「不是的。這個是、那個……」

「廢話少說！知不知道自己有多丟臉，這個不中用的東西！」

奧迪隆說完便毫不留情地抬腿，去踢佐久奈的腹部。那具小小的身軀像樹葉般飛了出去，還在地上滾了好幾次。佐久奈咳出混雜唾液的鮮血，將地面染溼。

我只覺得一頭霧水。

為什麼奧迪隆會在這種時候登場。他怎麼會對佐久奈暴力相向，而且還那麼殘忍。因為這是七紅天爭霸戰？不，背後原因沒這麼簡單吧。

「妳在搞什麼！應該趁早把那傢伙殺了——該不會被她感化了吧!?被那個小妞！」

「對不起、對不起、對不起……」

「煩死人了！別光顧著道歉！」

奧迪隆抓住佐久奈的頭髮向上拉。在極近的距離下對她大聲怒吼，聲音如雷貫耳。

「只有烈核解放堪用的廢物，妳不去用唯一可取的烈核解放還能幹麼！這樣下去根本沒有活在世上的必要吧！」

「對不起……可是、我有殺了芙萊特小姐。那個人好像、不知道魔核在哪……」

「那就一點意義都沒有啦！」

連岩石都能粉碎的鐵拳一舉打在佐久奈的側臉上。

這樣還沒完。奧迪隆拿人們想像得到的惡毒字眼臭罵佐久奈，持續痛毆倒在地上的她。看到這個景象，我總算明白了——七紅天的奧迪隆・莫德里就是逆月派來的間諜，而且他肯定就是把佐久奈推入地獄深淵的元凶。

我心底有怒火湧現。

就是被這種人害的，佐久奈的人生才會變得一團亂。

「妳有在聽嗎？佐久奈・梅墨瓦！快點站起來！給我站起來，把那個小妞殺了！」

「快住手！」

我的嘴下意識動了。理性在呼喊——即便我那麼做，最後換來的也只是被人殺掉，可是我就是忍不住想說。看佐久奈被人打得面目全非，無法坐視不管。於是我拿出身上所有的勇氣，用力猛瞪那個大鬍子壯漢。

這時奧迪隆回過頭。他的眼神比我還犀利，害我差點嚇到縮起身體，但我拚命撐住，接著大喊出聲。

「不准再靠近佐久奈……！她已經不是逆月的成員了……！」

「呵！」的一聲，奧迪隆嗤之以鼻地笑了。「——呵哈哈哈哈！妳說的話還真是有趣呢，崗德森布萊德小姐。妳說這個佐久奈・梅墨瓦脫離逆月了？那怎麼可能！這個小姑娘到死都沒辦法逃離我們的手掌心！看好了，這傢伙肚子上可是有刻印在！」

那個大叔慢慢拔出大劍，接著劍就這樣砍了出去，速度快到肉眼無法捕捉。他將佐久奈的軍裝劈開，連底下的內衣都被切斷，印在白皙肌膚上的逆月刻印就此呈現在世人眼前。

奧迪隆單手抓住佐久奈的手腕向上提，要將那玩意展示給我看，而且他還在笑。

「這就是發誓效忠組織的證明！」

「那樣東西我剛才早就看過了！竟然脫掉女孩子的衣服，你這個人有夠差勁的！」

「少囉嗦，黛拉可瑪莉‧崗德森布萊德！」奧迪隆將佐久奈的身軀拋到地面上，放聲大吼。「實力明明不怎樣，那張嘴巴倒是挺厲害！剛才那陣爆炸也是用魔法石弄的吧，不然就是炸彈，我看妳是砸重金，用了些卑鄙的手段吧！貴族都不是好東西！像妳這種人，我就是看不順眼。真想快點用我這雙手殺了妳——但是不行。一定要讓佐久奈‧梅墨瓦來殺妳——佐久奈‧梅墨瓦！別趴在那了，給我用盡全力殺了這個小丫頭！」

「都叫你住手了——————！」

當奧迪隆再次抓住佐久奈的頭髮，我的忍耐也到達極限。根本沒空去管之後會有什麼下場。也沒擬定任何對策，我直接朝著奧迪隆猛衝過去。

不可原諒。就是有他這種只把他人當道具看的笨蛋在，這個世界才會變得越來越不幸。我不能坐視不管。

接著我舉起拳頭，想朝那傢伙的臉招呼過去——可是手碰不到那張臉，於是我改成痛毆那傢伙的肚子。

然而我的手三兩下就被人抓住，遭到對方制止。

奧迪隆臉上浮現邪惡的笑容，低頭望著我。

「真可悲。這天底下最讓人看不下去的，就是弱者在做無謂的抵抗。」

「住、手，放開我……給我放手……！」

對方抓手的力道逐漸變強。好痛、好痛好痛好痛好痛——我努力擺脫箝制，但這些掙扎都徒勞無功。就在下一刻，骨頭遭人粉碎的「喀嘰」聲回傳至腦海中。

我的手斷掉了，被人折斷了。

在那之後，痛徹心扉的劇烈疼痛傳遍我身。過大的衝擊讓我眼前變得一片赤紅。連發出哀號都辦不到，大把大把的眼淚不停滑落。

「咕、嗚……啊啊！」

「太脆弱了，黛拉可瑪莉・崗德森布萊德！」

對方突然將我的手放開，無能為力的我當場倒下。

好痛，太痛了。

不行了，什麼都沒辦法思考……！

「既然妳這麼脆弱，佐久奈・梅墨瓦也不須發動特殊能力了！很好，來拷問妳吧！直接逼妳說出魔核的所在位置！」

「嗚咕！」

那個人抓住我胸前的衣服，硬要我站起來。奧迪隆那有如惡鬼的凶惡樣貌呈現在眼前。

「把魔核相關情報交代清楚！那樣就不用吃苦頭，我會給妳個痛快！」

「我不、知道……不知道、你說的那個……」

「看來妳吃的苦頭還不夠！」

我眼冒金星。奧迪隆的左拳用力揮打在我臉頰上，那股悶痛感把我的腦袋攪得七葷八素。嘴巴裡面都咬破了，出現血腥味。

「快說！魔核在哪？形狀長怎樣⁉」

籠罩我全身的痛楚強烈不已，是先前從未品嘗過的——可是我的尊嚴不允許我對這傢伙屈服。這種人根本不配當吸血鬼……他是一天到晚折磨佐久奈的惡魔……我心想自己絕對不能輸給這種人。

於是我硬逼顫抖不已的雙唇動起來——

「——我怎麼可能知道那種事情！就算我知道好了，死也不會跟你這種又蠢又智障的吸血鬼說！你這個笨蛋！」

緊接著，我整個人突然間撞到地面上。

手已經毀了又被身體壓到，這下整個都壓爛了，害我倒抽一口氣。過分強烈的痛楚害我差點昏死過去。可是這樣不行。我要讓意識保持清醒。奧迪隆就在身旁。

「……就妳這種小ㄚ頭，剛才對我說什麼來著？是不是罵我又蠢又笨，說啊!?」

我用盡全力狠狠瞪著奧迪隆的臉看。

然後想到什麼難聽字眼全拿出來罵一輪。

「我還說你很智障！你這個自食其力就什麼都做不到的廢渣吸血鬼！不是一天到晚都在依靠佐久奈嗎！沒有佐久奈就什麼都辦不到！結果你還欺負佐久奈，在那痛扁她！太卑鄙了！像你這麼卑鄙的人……我看到頭來也不可能在逆月中出人頭地，一定永遠都沒辦法翻身！你這個低能兒！」

「妳說——誰是低能兒啊啊啊啊啊啊啊啊啊啊啊啊啊啊啊啊啊啊啊啊啊啊啊啊啊啊啊啊啊啊啊啊啊啊！」

這時我口中「噗呼」地噴出一口氣。

因為肚子被人踩到，而且對方還灌注了魔力。

這次真的不行了，就連痛覺都沒有了。意識越來越渙散，逐漸無法思考。

勉強才能透過朦朦朧朧的眼角餘光看見奧迪隆拿起劍。

「看妳那樣子，還真是一無所知——無所謂，像妳這種沒禮貌的傢伙，不配活下去。就用我的神具《大鵬劍》送妳上西天，讓妳痛苦到生不如死。」

那把劍慢慢向上舉。

我抬頭看著這一切，心中有種事不關己的感覺。

★

佐久奈・梅墨瓦當下浮現一個念頭——黛拉可瑪莉小姐真的很弱。

芙萊特是對的，黛拉可瑪莉小姐並沒有多大的力量。在之前的戰爭中有那些活躍表現，只不過是精心掩飾的結果。就連剛才放出的強大魔法也不例外，芙萊特和奧迪隆說得對，她只是透過大量的炸彈或是魔法石來引發爆炸。

如今看見她被奧迪隆單方面凌遲，佐久奈就更篤定了。她一直以來很崇拜的最強七紅天黛拉可瑪莉・崗德森布萊德其實都在假裝自己很有實力——

只不過。

佐久奈並不失望。

她反而覺得很震撼。

明明知道敵我雙方實力差距懸殊，黛拉可瑪莉小姐也沒有逃走。認為敵人是不可原諒的，她就抱著必死的決心面對，就算被修理得很慘，依舊沒有心灰意冷。

而自己完全沒勇氣去反抗，只敢對逆月言聽計從，她跟黛拉可瑪莉小姐實在差太多了。

——妳就是心靈太脆弱。

如今佐久奈總算明白米莉桑德當時說過的話代表什麼。

假如我也跟她一樣，擁有強韌的心靈，現在是不是就不會變成這樣——佐久奈開始感到懊悔。

「看妳那樣子，還真是一無所知——無所謂，像妳這種沒禮貌的傢伙，不配活下去。就用我的神具《大鵬劍》送妳上西天，讓妳痛苦到生不如死。」

「唔……」

奧迪隆拿起神具了。

為了佐久奈堅持到這個地步的少女即將被人無情殺害。

那讓佐久奈的心再度火熱起來。

——對，現在還來得及。

還有她能做的事，反正她最後終究不得好死。

自己的命運起碼要由自己來決定，她至少要反抗一下。

佐久奈搖搖晃晃地站起來。

動作很慢，連呼吸都不順暢，幾乎是要用爬的，有好幾次都差點重心不穩倒下——但她依然重新站穩腳步。

「……住手。」

敵人沒有注意到她，於是佐久奈死命地呼喊。

「──快住手！不准再對黛拉可瑪莉小姐動手！」

《大鵬劍》在那一刻頓住。

對方一臉盛怒地盯著佐久奈看。

「那把劍也收起來！不准對黛拉可瑪莉小姐做那麼過分的事情！」

「──妳在說什麼鬼話，佐久奈・梅墨瓦。」

奧迪隆緩緩靠近她。

佐久奈見狀發出悲鳴。可是她不能在這種時候退縮。她拿出藏在懷裡的小瓶子，滑動手指將瓶蓋打開。

「我……再也、不會照你說的做了……！逆月這種集團……我要離開！」

「在那胡言亂語什麼！妳根本無處可逃！乖乖當我的道具，一生庸庸碌碌賣命才適合妳！」

「胡言亂語的是你！我再也……不會任你擺布！」

「喂，妳該不會──」

佐久奈決定賭上性命拚了，這份意念驅使著她。

只要能夠拯救那個人，犧牲自己的性命也在所不惜。

因此佐久奈就只有猶豫了那麼一瞬間，之後就將裝了毒藥的小瓶子一口氣喝空。

黏稠的液體順著喉嚨滑落，緊接著一股灼熱的熱氣就從身體深處湧上。那全都是純粹的魔力。佐久奈全身綻放出銀白色的魔力，這是她燃燒生命照亮的。

強大的魔力波動轟然而至。

腳下的地板劈劈啪啪出現裂痕。無法承載那股龐大的魔力，大地都在悲鳴，跟著嘎吱作響，原本就搖搖欲墜的古城柱子殘骸伴隨喀隆聲應聲斷裂。

——有了這個，或許能贏。

「妳那是什麼眼神，想要違抗我嗎……！」

「對！這次要——跟以往的我訣別。」

佐久奈說完朝地面上一踩。

光是這個動作就讓那銀白色身軀加速，快到如風一般。她的身體機能自動強化了。

等到她注意到的時候，奧迪隆那驚愕不已的臉龐已近在她眼前。

「什麼……！」

佐久奈用力揮動她的魔杖。

奧迪隆立刻舉起大劍抵擋，雙方交鋒撞出一記聲響。光這樣就讓佐久奈的魔杖變得支離破碎。她很清楚一般的魔杖在硬度上根本比不上《大鵬劍》，但更不能忽略的是，這腕力已經提升到足以捏壞她自己的武器。

奧迪隆一身殺氣，他選擇用腿踢對方。佐久奈馬上展開【防護罩】抵擋。

敵人在這時咂舌並與她拉開距離，佐久奈沒有放過這個好機會，立刻凝聚魔力射出上級流冰魔法【流幻彗星】。帶著刺眼的魔力之光，這些冰霜形成的星星拖著狂亂的軌跡襲向敵人。

「盡耍小聰明——」

《大鵬劍》將其中一個星星擊落。

但第二個就沒打下來了。那顆星星刺在紫色的軍裝上，讓奧迪隆的身體晃了一下。

其他的流星趁機陸陸續續著陸，引發一場大爆炸。

這一帶全被沙塵籠罩。

奧迪隆發動攻勢，要把那片沙塵劈開。

「不過是個道具——還敢這麼猖狂！妳已經沒有利用價值了，我要把妳處分掉！」

輕輕鬆鬆就將大劍舉起的奧迪隆直接瞄準佐久奈，準備將大劍揮下，要將佐久奈一擊必殺。

佐久奈靠著強化過後的腳力跳到他背後，避開他的攻擊。

奧迪隆又踏出一步，強而有力地揮刀掃去。

佐久奈死命展開【防護罩】。

緊接著她感覺對方打中自己的側臉。

這陣衝擊沒辦法透過【防護罩】抵銷，遍及佐久奈全身，害她站也站不穩，口裡吐出鮮血。可是她沒有倒下。她絕對不能倒下，除非打倒眼前這個男人——

「——真是悲哀呀，佐久奈・梅墨瓦。如果妳乖乖遵照我的吩咐做事，還不至於被我處分掉。」

「嗚……」

那讓佐久奈腦袋一熱。都不知道是誰一天到晚將她推向死亡境地，又是誰硬逼她喝下飲用後可能會喪命的毒藥。

「現在想想，妳打從一開始就是瑕疵品。我付出那麼多勞力根本就是白搭，知道嗎？雖然你們是隨處可見的卑賤貧民家庭，但是把那一家子全殺了還要毀屍滅跡，也是費了不少功夫。妳產生的價值，跟我付出的辛勞完全不成正比。這不是瑕疵品是什麼！」

「你這種人……你這種人……」

「有什麼好哭的？都過那麼久了，現在還在為家人被殺掉的事情記恨？——

哼，妳恨錯人了。都怪妳的家人力量不夠，沒辦法與我抗衡。弱肉強食原本就是自然界不變的定律！」

「你別再說了————————！」

佐久奈再也忍不住了。

她讓魔力爆發，直接朝著對方放出去。

奧迪隆舉起劍作勢迎擊，她則是再度發射【流幻彗星】。

一個，兩個，三個——奧迪隆巧妙運用大劍將那些冰做的星星擊落。然而佐久奈的魔力透過祕藥增幅，多到無窮無盡。陸陸續續放出的魔法看似永無止境，最後其中一顆星星總算命中奧迪隆的頸部，血花跟著飛濺開來。

「臭娘們！」

《大鵬劍》畫出一道弧線劈出，佐久奈使盡全力發動【防護罩】。

一道尖銳的聲音響起，可是這次防護罩沒有被破壞。

從奧迪隆手中滑落的《大鵬劍》順著夏季的風飛離。

「怎麼會——」

這時佐久奈從懷中取出短刀。

她瞄準敵人的頭部。

還差一擊，要用這一擊送對方上西天——

只不過。

「——咦？」

身體突然間不聽使喚了，全身的魔力頓時流乾。

強烈的倦怠感來襲。緊接著是頭痛、想嘔吐的感覺——全身都疼痛不已。

她嘴裡嘔出鮮血。好像聽到一個聲音，那是身體裡某個關鍵器官壞掉的聲音。

佐久奈再也撐不下去了，她跪倒在地上。

看到這個景象，有人臉上浮現奸詐的笑容。

「看樣子開始產生副作用了，妳這個蠢貨——————！」

強烈的反手拳打在臉面上。光只是這樣就讓佐久奈的身體瞬間飛出，在地上留下血跡，滾了幾圈後用力撞上一大堆瓦礫。

她不覺得疼痛，身體的感覺變得好奇怪。

呼吸也很急促，眼前看上去全都是霧茫茫的。

因為祕藥的效果，這副身軀正逐漸死去。

「……我、還不會放棄……」

「妳就死心吧！妳的命運就是在這裡被我處分掉！」

雖然佐久奈想要再度站起來，全身的肌肉卻越來越無力，讓她重重倒在地面上。

佐久奈開始嗚咽。黛拉可瑪莉小姐為她帶來勇氣，她好不容易才下定決心，試圖改變自己——想要脫離先前的處境，不再當別人的道具，眼下卻變成這樣。

她在心裡詛咒上天。

明明可以讓她多活一下子。

「哼，使用期限已經到了。」

這句話是奧迪隆用很不屑的語氣說的。

使用期限。我果然只是個道具——

佐久奈眼裡流出淚水，在冰冷的地面上顫抖。

她的視線不經意轉向一旁。

令人崇拜的可瑪莉就仰躺在那邊。

「黛拉可瑪莉、小姐……」

她怎麼會落入如此令人鼻酸的境地。

只是因為跟佐久奈牽扯上，這個人才會那麼痛苦，她原本不用那樣的。對方還有呼吸——但過於劇烈的疼痛疑似害她昏厥，那個女孩都沒有醒來。

這個人真的很強，心靈很強韌。

自己還要依賴藥物才能勉強提起幹勁，那個人跟自己實在差太多了。黛拉可瑪莉她——知道自己很脆弱，但是永遠不會逃避。那從某個角度來說是有勇無謀，講得難聽一點，或許還是個大傻瓜，也因為這樣，人們才會追隨她吧。

可是一切都要結束了。

奧迪隆會無情殺害她和可瑪莉。

——如果陷入危機，就讓黛拉可瑪莉喝妳的血。

某人說過的話突然在腦海中閃過。

這究竟代表什麼意思，佐久奈不清楚。

她聽說傳聞，有人說可瑪莉討厭血——

但都無所謂了，要怎樣都好。

佐久奈決定抓住這根救命稻草。

她逼自己擠出最後一絲力氣，手朝著黛拉可瑪莉伸過去，並用空洞的雙眼望著她的側臉。接著佐久奈便用盡所有力氣，伸出去的手落在對方臉上，沾滿血液的手指觸碰到她的嘴。

對不起，黛拉可瑪莉小姐——正當佐久奈受到無盡的罪惡感折磨，黛拉可瑪莉卻如拱橋般撐起身子。

「————咦？」

為之震驚的佐久奈定睛凝視可瑪莉的臉龐。她的表情很空洞，就像失去意識一樣。對方身上究竟發生什麼事了——佐久奈心中浮現朦朦朧朧的疑問。

可瑪莉爬到佐久奈身邊。

輕如羽毛的身軀溫和地壓住佐久奈。

不知不覺間，可瑪莉已經整個人都跨坐到佐久奈身上了。

「黛拉、可瑪莉小姐……………？」

她的臉慢慢靠過來。

眼裡毫無生氣，卻又有點迷惑人心。佐久奈盯著她那染上血液的雙唇看。明明都死到臨頭了，佐久奈還為此感到慌亂。

這難道是，這該不會是——

「還不夠。血——」

對方口中說了些佐久奈聽也聽不懂的話。

就在那瞬間，佐久奈身上出現些微的刺痛感。

跟奧迪隆加諸在她身上的痛苦相比，這點疼痛根本不算什麼，然而這份痛楚有著重大意義，會將佐久奈的價值觀徹底顛覆。

可瑪莉咬住佐久奈的脖子。

好像有血液從自已身上流出來，流出的血還被人吸走。

「咦，不、不行……」

吸血鬼吸別人的血是最親密的行為。每當脖子上的傷口被人舔拭，一股沒來由的快感就竄遍全身。讓佐久奈都忘了疼痛，任人為所欲為。原來被喜歡的人吸血，會覺得這麼幸福。她之前都不知道——

遊走於全身的高昂感突然間中斷。

佐久奈原本還眺望著藍天白雲忍耐，如今這段行為結束了。

可瑪莉從佐久奈身上抽離，佐久奈的血液自她嘴角流下。當這一幕映入眼簾，奇妙的是佐久奈覺得自己彷彿獲得救贖。她這種人的血液——骯髒汙穢的殺人魔之血，在這世上居然還有人願意吸取。

光是知曉這點，佐久奈就覺得內心好滿足。

她已經沒有任何遺憾了——

感慨萬千的同時，佐久奈的意識也逐漸散去。

「…………啊。」

這時她才想起來。

自己還留有一些手段可用。

不能原諒逆月。她一定要對那個奧迪隆報一箭之仇。

可瑪莉都那麼努力了，不惜粉身碎骨。

如果自己在這種時候放棄，實在對不起她。

「烈核解放【星群之迴】。」

佐久奈的右眼隨即發出紅光。

她要燃燒生命，發動最後一次的特殊能力。

★

就在這個時候，城塞都市費爾的轉播畫面上放映出古戰場戰況。剛才發生那場大爆炸，遠視魔法受到爆炸的餘波干擾，如今已經恢復了。難得舉辦七紅天爭霸戰，怎麼能容許這種事情發生！帝國宣傳部門為此著急之餘，還派出好幾個人重新發動魔法，這才得以修復。

緊接著民眾就看到令人驚訝的畫面。

古城已經變成一座瓦礫山。這就算了，大概是受到黛拉可瑪莉・崗德森布萊德放出的魔法影響。

值得注意的是，在這儼然已成了廢墟的古城中，聚集了四名七紅天。

芙萊特・瑪斯卡雷爾。頭部被壓爛，死得很悽慘。

佐久奈・梅墨瓦。衣服都被劈開了，渾身是血倒臥在地面上。

奧迪隆・莫德里。他手裡提著大劍，毫髮無傷地佇立——

再來是黛拉可瑪莉・崗德森布萊德。

她癱坐在瓦礫上，頭一直低著。渾身是傷，看起來怵目驚心。一看就知道她已變得滿目瘡痍。那個大受民眾愛戴的「最年少七紅天」，被老練的七紅天逼到在鬼門關前徘徊。

廣場上那幫群眾發出失望的嘆息，把賭注都押在可瑪莉身上的人全都抱頭哀號。

「真意外，原來奧迪隆才是贏家。」「看來黛拉可瑪莉也不怎樣。」「不，她能夠用出那樣的魔法，算厲害了吧。」「可是她還是輸了啊。」「聽說剛才那個只是靠魔法石弄出來的？」「總之期待她今後的表現。」「在搞什麼啊，那傢伙害我損失慘重耶！」

這個地方除了吸血鬼，還有一大堆外族人。因此跟姆爾納特國內相比，那些人對黛拉可瑪莉的評價顯得更為辛辣。

只不過——就在大家覺得掃興，要開始收拾行囊打道回府的那一刻——

「嗯？喂，你們看。」

某人先出聲。受到他的影響，周遭其他人跟著觀看轉播畫面。

只見黛拉可瑪莉慢慢站了起來。

她面無表情，紅色的眼睛發出妖異光芒。

模樣酷似神話裡頭才會出現的怪物，散發駭人的氣息。

觀眾看了都為之屏息。

她的頭髮全變白了。

「跟蒼玉種好像。」──有人小聲說了這麼一句。

下一瞬間，郊外的古戰場上有一股魔力爆發開來。所有人都發出悲鳴，轉頭看向那邊。原先的藍天全被染成雪白色。

「是、是黛拉可瑪莉！」

她那雙紅色的眼睛在發光，不帶感情地看著奧迪隆。

那小小的脣瓣微微地動了一下。

『除非你道歉，否則不原諒你。』

接著轉播畫面就變白了。

她身上散發龐大的魔力，干擾到遠視魔法，導致螢幕上轉播出來的影像不夠鮮明。帝國宣傳部門的人開始嚷嚷「你們還在幹麼，趕快多灌一點魔力！」，忙著強化遠視機能。

民眾全都專心觀看這不尋常的景象，群情激動——

「「「唔喔喔喔喔喔喔喔喔喔喔喔喔喔喔喔喔——————!?」」」

他們激動到無以復加。

黛拉可瑪莉·崗德森布萊德終於使出全力了。而且沒有動過任何手腳，展現不經修飾的力量，完全不辱七紅天之名，那身魔力極具壓倒性。

觀眾全陷入狂熱狀態，在那呼喊黛拉可瑪莉的名字。

是什麼種族都無所謂了。所有人都被黛拉可瑪莉挺立的英姿吸引，在那喊著「可瑪莉！可瑪莉！可瑪莉！」——在姆爾納特這邊已成慣例的口號自人們口中爆出。

可是當事人完全沒把這些狂熱的民眾放在眼中。

這是因為她眼裡看的，只有那個該死的醜陋敵人。

奧迪隆·莫德里。就只有他一個。

★

「——果然沒錯。【孤紅之恤】捲土重來啦。」

「那、那是什麼……！可瑪莉變得、好白……」

新送來的水晶映照出戰場上的景象。

影像裡的可瑪莉已發動烈核解放。

可是——跟上一次卻有著決定性的不同。

那就是顏色換成白色。壓倒性的白。可瑪莉原本有著一頭閃亮的金髮，如今卻轉變成冰冷的銀白色，彷彿新雪一般。而且她身上散發出來的魔力不是紅色的，跟之前遇到米莉桑德時不同，換成看了令人為之屏息的美麗純白。

光是看到那樣的姿態都會覺得寒冷。

「都沒人跟我提過。原來可瑪莉的烈核解放具備那樣的力量。」

「原本朕也不是很確定——但這都在預料之中。因為她的母親就是那樣。」

「兩者應該無關吧。」

「烈核解放並不會由父母遺傳給孩子。可是『精神性質』若是相仿，烈核解放的特性就會自然而然出現相似之處吧。」

「精神性質……」

尤琳・崗德森布萊德。

從前她夢想為世界帶來和平，為此作戰卻不幸身亡，是最強的七紅天。

「那麼【孤紅之恤】——」

「可能像尤琳那樣。若是吸了不同種族的血液，特殊能力的性質也會隨之轉變──也就是說，那孩子的烈核解放認真說起來，足以平定六國。」

這讓阿爾曼陷入苦思。

這個女人嘴巴上說疼愛可瑪莉，實際上卻在動些歪腦筋。想讓可瑪莉去完成尤琳沒能完成的霸業──讓她步上尤琳的後塵。假如事情真的如他所想，這個皇帝就是無可救藥的邪惡分子。

「──暫且先不管這些，我們總算知道誰是幕後黑手了。」

「唔，對！莫德里將軍為什麼要那樣──！」

「那傢伙從一開始就是逆月的成員吧，這個忘恩負義的東西。以前我們同樣還是七紅天的年代，我請他吃過好幾次飯……不過話又說回來，會有這樣的結果，我也不是很意外。」

「這是什麼意思？難道您早就察覺莫德里將軍的真實身分了？」

「該說朕有那個預感，只是這樣罷了。那傢伙的行動，先前就已經有可疑之處。為了確認這點，才會辦七紅天爭霸戰──不對，基本上提議辦這場活動的人就是奧迪隆，那個時候朕就覺得幕後黑手八九不離十是他。」

「我不明白您的意思。」

「那幫人想要讓佐久奈殺掉七紅天。所以朕才會準備舞臺讓他們發揮。假如奧迪隆真的是幕後黑手，遇到這麼好的機會，不可能不採取行動。還有──他一旦露出馬腳，最終必定會被可瑪莉收拾掉。」

「………」

阿爾曼聽完陷入沉默。

此時皇帝半是陶醉地呢喃，靜靜地說著。

「來吧，再度讓我見識見識，可瑪莉。如果是妳，一定能顛覆這個世界。」

★

奧迪隆・莫德里很困惑。

那個撿回一命的黛拉可瑪莉・崗德森布萊德站起來了。而且身上散發出來的魔力足以讓敵人渾身凍僵，心生絕望。簡直像換了一個人。

他拿起神具《大鵬劍》。

那現象肯定是烈核解放沒錯。臭丫頭的眼睛正發出紅色光芒，他不可能看錯。

真沒想到黛拉可瑪莉・崗德森布萊德還保有這樣的力量——但那不成問題。反正她原本就很弱，擁有的烈核解放也不怎樣吧。

「妳這傢伙……看樣子還藏了不得了的殺手鐧。」

黛拉可瑪莉沒有回應，她正低頭看著倒在一旁的佐久奈・梅墨瓦。

一頭雪白的髮絲隨風飄盪，那個吸血姬的手照理說早就折斷了，現在卻輕輕伸向佐久奈。她背後出現魔法陣。那是奧迪隆沒有看過的魔法。

緊接著下一刻，疑似某種東西破裂的「啪唧！」聲響起。

那讓奧迪隆大感震驚。佐久奈肚子上的刻印——讓她無法違抗逆月的枷鎖——如今徹底消失，連一點痕跡都不剩。

「竟然把契約破壞掉!?這怎麼可能。」

那個契約魔法本身並沒有什麼大不了的。但那是逆月高層「朔月」的人加上去的，無法透過一般魔法破壞。然而——那個小丫頭卻不需詠唱，輕輕鬆鬆就將刻印破壞掉，還一副小事一樁的樣子，只是「嫌刻印礙眼」。

怎麼會有這種事。不料更誇張的還在後頭。

佐久奈‧梅墨瓦身上的傷逐漸癒合。

奧迪隆見狀瞪大雙眼。治好那些毆傷，這還說得過去，但連她的臉色都跟著好轉就——真要說起來，透過神具製作出來的科尼沃斯祕藥曾引發副作用，如今就連那些副作用都消失了，這是什麼原理？

「難道……那些魔力不是來自魔核……？」

他不懂，也不覺得世上有那種東西。

替佐久奈治療完，黛拉可瑪莉便像個遊魂般轉頭看向奧迪隆。

對方說了一句話，乍聽之下不是很清楚。

「跟佐久奈道歉。」

「……什麼？」

「去道歉。跟佐久奈。」

才剛聽懂這句話，奧迪隆心頭就湧現筆墨難以形容的怒意。他拿劍指著面無表情的黛拉可瑪莉，咄咄逼人地宣示。

「我為何要對一個道具謝罪！妳在削鉛筆的時候，難道會特地跟鉛筆道歉嗎!?不會嘛！那個小妞是對逆月宣誓效忠的忠心使僕！被持有者任意剝削，這有什麼不對——」

此時黛拉可瑪莉向前踏出一步。

光只是這個動作，雙方的距離就在瞬間縮短許多。看起來孱弱不已的拳頭逼至眼前——然而奧迪隆憑藉本能察覺危機將至，用《大鵬劍》的刀刃擋下了。

在用刀刃抵擋的瞬間，奧迪隆的身軀承受不住那陣衝擊，如紙片般噴飛。

「呃、咕喔喔喔喔喔喔喔喔喔喔喔喔喔!?」

他接連撞壞後方的兩根柱子，整個人撞進牆壁裡，好不容易才保住一條命。但才剛放心沒多久，奧迪隆就發現黛拉可瑪莉從視線範圍內消失了，這讓他背後冷汗直流。

「唔，跑哪去了！黛拉可瑪莉・崗德森布萊德！」

「在這裡。」

對方的聲音近在咫尺，奧迪隆心頭一驚。她握住奧迪隆和樹幹一樣粗的臂膀。握住——講是這樣講，她的手還是太小了，連抓都抓不動，頂多只是「將手指頭放在上面」，不過——

奧迪隆卻覺得疼痛不堪，彷彿遭到極大的力量碾壓。

他下意識發出淒厲的慘叫聲。這時突然有一股強烈的寒氣來襲，那股連靈魂都能凍結的寒氣襲向奧迪隆，遍布四肢百骸。沿著經她纖纖細指碰觸的部分爬升，逐漸將奧迪隆的手凍結。

奧迪隆使盡吃奶力氣甩開，卻徒勞無功。因為都被凍住了，根本動不了。

在「喀嘰」一聲後，他的手被人折斷。不僅僅是折斷而已，結冰的部分也一起被破壞掉，還有那些噴出來的血液，全都在瞬間化成血紅色的冰柱。

「咕、啊啊啊啊啊啊啊啊啊啊啊啊！妳這個——臭娘們————！」

奧迪隆情緒變得很激動，改用左手舉起《大鵬劍》。對方似乎沒有任何動靜。認定自己會贏的奧迪隆直接將那把大劍對準黛拉可瑪莉的腦門，準備劈下去——

當下只聽見一聲「鏗！」，反彈回來的衝擊力道讓人以為自己敲中金屬。

「這怎麼、可能⋯⋯」

© riichu

《大鵬劍》確實打中黛拉可瑪莉的頭了。

但也只有這樣，連砍斷她的頭髮都做不到。

因為太硬了，就像鋼鐵一樣——

她的手指放到《大鵬劍》上頭，似乎還加重力道。

光只是這麼一點動作，奧迪隆長年來愛用的神具就被凍成白色，最後變得跟餅乾一樣，成了七零八落的碎片。

這下奧迪隆總算發現自己處於劣勢。

呼出來的氣息都變白了，周遭的溫度降至零度以下。

——不可能。不可能不可能不可能——我在逆月裡可是繼任「朔月」的最強候選人，怎麼會被這種乳臭未乾的小姑娘打到連還手的餘地都沒有……！

此時他嗅到一股魔力氣息，當下只想死命逃離現場。

緊接著，黛拉可瑪莉周圍便射出許多高速冰彈。

這是下級冰魔法【冰柱】。但是看看那質量、速度和破壞力，用「下級」來形容未免太小看它，看了簡直令人絕望，魔法將古城的地面撞壞，還把奧迪隆的側腹刺傷，像是要將一切都破壞殆盡，來得又凶又猛。

奧迪隆拚命閃躲那宛如地獄般的魔法暴雨，這時他發現黛拉可瑪莉在收縮魔力。那女孩背後出現巨大的魔法陣，明顯是要給予最後一擊。

「混帳————————！」

奧迪隆也不甘示弱，用火焰魔法應戰，可是火焰在打中她之前就像燭火般遭人吹熄。因為周遭過於寒冷，用那種魔法起不了作用。

「——凍結吧。」

黛拉可瑪莉的魔法陣在這時完成。

帶著強烈寒氣的光束瞄準奧迪隆發射出去。

奧迪隆拚命試圖閃躲——卻沒能如願。

因為他的右腳被凍住，全黏在地面上。

哪裡還有機會閃躲。

「唔，到、到此為止了嗎……！」

奧迪隆這才察覺自己即將戰敗——不，他沒有戰敗。只要人沒死，他就還有轉圜的餘地——奧迪隆轉念一想，從軍裝的口袋中取出魔法石，這裡頭封了【轉移魔法】，是他備來以防萬一的。

「總有一天我會殺了妳，黛拉可瑪莉・崗德森布萊德！今天就先暫時撤退！」

奧迪隆二話不說發動魔法石。

那個大鬍子吸血鬼就這樣從古城中消失了。

在那之後，黛拉可瑪莉打出去的魔法頓失標的，直接撞破古城的牆壁，衝向銀白色的天際。

★

這裡位處世界地圖南方，是坐落於蓋拉・阿爾卡共和國某地的密林地帶。

撿回一命逃離戰場的奧迪隆・莫德里進入搭在森林深處的隱密圓形建築物中。

這是逆月的祕密基地之一，蓋拉・阿爾卡分部。

他按住被人扭斷的手部傷口，在幽暗的走廊上走著，發現分部部長回來了，部下們一臉慌亂地聚集過來。

「莫、莫德里大人！您的手怎麼了！」「快點治療吧！」

「不，只要回到姆爾納特，就能靠魔核迅速恢復……」

「——蠢貨！竟然想要依靠魔核的力量，你們還算是逆月的成員嗎！」

奧迪隆用力痛扁那個滿嘴渾話的部下，在附近隨便找一張椅子坐下，嘴裡還發出怒吼。

「喂，把礦石拿過來！現在就給我拿來！」

「遵、遵命！」幾名部下惶恐地跑開。之後他們又跑回來，速度快到跟光速一樣，每個人都拿了一顆通訊用的魔礦石給奧迪隆。

「請您收下！」

「一個就夠了，一群蠢貨！」

那些人全都被奧迪隆用左手痛扁。被毆打的部下們發出呻吟聲，在地面上四處爬行。所有人全都對自己的上司投以恐懼的眼神，渾身顫抖。

奧迪隆不爽到想咂舌。

除了佐久奈·梅墨瓦，這個祕密基地中還有五十三名部下。所有人都是他的資產，也就是所謂的道具，但裡頭沒幾個堪用的。為什麼自己身旁盡是一些沒用的傢伙。為什麼、為什麼——

感到火大的他撿起掉落在地面上的通訊用礦石，將殘存的魔力全都灌注到裡頭，建立起通訊回路。可是對方遲遲沒有回應。

「奧迪隆大人，那您要如何處置黛拉可瑪莉·崗德森布萊德？」

其中一名部下戰戰兢兢地詢問他。那個人是副分部長。在奧迪隆擁有的道具中，他算是比較像樣的，可是事到如今還敢來問「要如何處置」，這傢伙等同是瑕疵品。奧迪隆隨即開口大吼。

「還在問如何處置！當然是殺了她！」

當他用腿踢那個沒用的道具，對方就發出悶哼聲，當場腿軟癱倒。

奧迪隆則是邊抖腳邊等待通訊用礦石起反應。

「可惡……黛拉可瑪莉．崗德森布萊德那個臭娘們……！」

那個小丫頭害他之前的心血全都白費了。如果能夠查出姆爾納特帝國的魔核長怎樣，找出那樣東西並破壞掉，奧迪隆．莫德里一定能升遷，成為「朔月」的一員。不可原諒。絕對不能放過她。總有一天要讓那個小丫頭嘗嘗超乎想像的絕望滋味——

這時他突然覺得身體有點發寒。

是不是自己多心了——？這個念頭才剛閃過，礦石的通訊回路彼端已有人接聽。

奧迪隆立刻迫不及待大吼。

「天津！計畫失敗啦！被黛拉可瑪莉．崗德森布萊德破壞了……！」

『我知道。那些影像是用即時轉播的方式對全世界放映。』

「那就好說了！我們這就來擬定除掉那傢伙的作戰計畫……」

『虧你做得出那種事，奧迪隆．莫德里。』

跟他通話的人——和奧迪隆是同個時期加入逆月的，而且晉升速度比奧迪隆更快，早已是「朔月」的一分子，這個和魂種「天津覺明」在說那句話時，語氣聽來失望至極。

『竟然在那種地方亮出逆月的名號，你是怎麼了？那不就等同對世人昭告我們的存在？』

「那、那種事情不重要吧！我們得盡快擬定下一次的作戰計畫——」

『免了，沒那個必要，你已經失手了。佐久奈・梅墨瓦擁有的烈核解放，對逆月來說有很大的益處，可是你卻無法抓住那女孩的心——只是束縛住她的肉體，卻無法用懷柔的方式讓她精神面也向著我們。你應該對那個女孩溫柔一點。』

這話讓奧迪隆一時間詞窮。天津繼續毫不留情地責備。

『最重要的是，都已經用上【星群之迴】，你還是無法找到姆爾納特的魔核。這是一大痛點——呵呵呵，公主大人很生氣喔？』

「什麼……可、可是！下次我一定會破壞魔核！所以那不成問題！」

奧迪隆感覺到了，隔著這顆礦石，對方無聲地笑著。

『哼，你以為還有「下次」啊，神經粗到令人都想脫帽致敬。就算下次還有機會，你又能如何？可不能再使用相同的手段。因為全世界的人都已經知道你是什麼身分了。』

「我會想出來的。會想到的……」

奧迪隆咬緊牙關，不發一語地思索起來。

知道魔核究竟是什麼樣子的人，肯定是皇帝。可是要殺掉皇帝沒那麼簡單。那不然就像佐久奈・梅墨瓦那樣，抓人質來用？那個雷帝對黛拉可瑪莉・崗德森布萊德疼愛得要命。只要把黛拉可瑪莉・崗德森布萊德拐來就行了……不，他有這個能耐嗎？那個小丫頭可是擁有超乎常理的烈核解放——

「奧迪隆大人。」

有人在叫他的名字。

可是他現在沒空搭理，奧迪隆再度沉浸於思緒之海中。

對了，要發動那個烈核解放，一定得滿足某種條件。只要能釐清是哪些條件，或許就不會激發烈核解放，可以抓她來當人質——

「奧迪隆大人。」

又有人叫他的名字。

這次他無法繼續漠視。

「喂，你們搞什麼鬼！快回去工作——」

他才剛轉過頭，腹部那邊就湧現一股熱辣感。

奧迪隆臉色難看地向下望。

一把短刀就插在他的側腹上。

那讓他「啊——？」了一聲。

握住短刀刀柄的，正是剛才被奧迪隆毆打的副分部長。

這是什麼情形？霎時間，一陣劇烈的痛楚竄遍全身，像是在刨挖他的肉。奧迪隆大聲咆叫，同時用不屑的眼神瞪視他的道具。

「你、你這傢伙——做什麼！」

「我……不是你的道具。」

那個男人臉上沒有任何表情變化。

他只是一直看著奧迪隆，沒有任何的情感波動，轉動手裡那把短刀攪爛內臟。

對此難以忍受的奧迪隆揮動手臂，那幾乎是反射動作。強勁的反手拳打在副分部長臉上，對方一下子就被打飛出去，還用力撞在牆面上。

「你這傢伙、在搞什麼——！」

奧迪隆將短刀拔出，嘴裡發出呻吟。滴滴答答流下的血液將地面弄髒。

——副分部長背叛了？不過是個道具而已？竟然有這種事情——

『怎麼了，奧迪隆。吵吵鬧鬧的。』

「沒、沒什麼！」

奧迪隆將通訊用的礦石收到軍裝口袋中，從椅子上站了起來。

要怎麼處置這個男人？之前明明已經給他不少排頭吃了——對主人應該要心懷感恩，卻幹出這種事情。連給他辯解的機會都不用了，瑕疵品就是要處分掉。

『呵呵呵，你要小心，可不是只有那一個。』

奧迪隆能感受到殺氣。

不知是從什麼時候開始的，部下全都聚集起來了。

每個人都面無表情，用空洞的雙眼盯著奧迪隆。

即便他是七紅天大將軍，還是覺得背後毛毛的。

「你們幾個！有什麼話想說就明講！」

「我……不是你的道具。」

其中一人單手持短刀跑過來，之後那一大群部下接二連三朝奧迪隆衝去，甚至還有人詠唱魔法攻擊他。

平常奧迪隆用一隻手就能捏爛他們，但現在就連這點小事都無法如願。

發現情況對自己不利的奧迪隆立刻轉身跑出房間。

可是走廊深處湧現更多的部下，全都擠向這邊。

「我不是你的道具。」「我不是你的道具。」「我不是你的道具。」——

「你們這些愚蠢的東西，是想背叛我嗎！」

奧迪隆在緊要關頭避開迎面飛來的火焰魔法。另外有個男人單手拿著刺擊用的細劍跳過來，被奧迪隆出拳反擊。

可是有人從背後拿短刀偷襲他，害他沒能擋下，劇烈的痛處在背部蔓延開來，奧迪隆當下一陣腿軟。

「這到底、是怎麼一回事——可惡……！」

「我不是你的道具。」

「煩死人了！道具也敢這麼囂張！」

他凝聚魔力發動上級火焰魔法【爆真炎】。

從奧迪隆身上放出強大的熱風，席捲了整座祕密基地，原本在他四周聚集的部下儼然成了真的道具，全都被吹開了。

那些人甚至連叫都沒叫半聲。

都已經變成火球了，卻沒有在地上痛得打滾，而是直接趴在走廊上。

這情況怎麼看都不尋常。

「呼、呼……可惡，魔力都已經……」

「我……不是、道具——」

「給我閉嘴，雜碎！」

看部下還陰魂不散地重複那些話，奧迪隆用力踩爛他的頭。

眼下情況讓他不明所以。這些傢伙都背叛了嗎？不，那不可能。如果真的背叛了，那就該有背叛的樣子，照理說會有一些情緒上的反應。可是這幫人面無表情到可怕的地步。像是被什麼人操縱——

接著奧迪隆不經意發現某樣東西。

那屍體手裡握著像是紙片的玩意。

傷口帶來的痛楚讓奧迪隆臉色變得很難看，同時他蹲下去將拳頭打開，拿走那樣東西。

果然是紙片。上面寫了一段歪七扭八的文字。

——活該。

當下奧迪隆腦袋一片空白。

能做出這種事情的人，只有一個。是那傢伙。是那傢伙幹的……！

碰巧就在這時，有人發出震耳欲聾的狂笑聲。

奧迪隆嚇了一跳，轉頭朝著聲音出處看去。那裡有個女人。是奧迪隆的部下。她發出像是動物會有的奇怪聲響，用手指滴出的血液在牆上留下幾排文字。仔細看會發現那是一堆字體潦草的血書。

奧迪隆氣到渾身發抖，轉頭環顧四周。

這肯定是那名少女留下的訊息。

「殺害我家人的凶手就是你。」

「絕對不會原諒你。」

「根本沒有人信賴你。」

「我也不會聽從你的命令。」

「逆月就該消失。」

「世上就是有你們這種人才會變得不幸。」

「折磨大家的人應該要被消滅！」

「佐久奈．梅墨瓦──────！」

疑似被奧迪隆的吼叫聲吸引過來，一群部下隨即朝這邊聚集。

在這個祕密基地裡，有五十三名背叛者。

他要格擋來自四面八方的機械式攻擊，時而閃避，有的時候會被打中，有時則是反過來攻擊對方，那份難以忍受的屈辱感彷彿在灼燒奧迪隆的身軀。

那個臭丫頭──那個臭丫頭。

假裝很乖順，背地裡卻偷偷磨利她的爪牙……！

『真可笑，奧迪隆。』

「天津！你都知道嗎！」

邊毆打部下的臉，奧迪隆邊發出嚎叫。

『當然曉得。我怎麼可能沒注意到──佐久奈．梅墨瓦會定期回到蓋拉．阿爾卡分部，逐一洗腦那些人。除了翦劉種，其他人若是在那邊被她殺掉都不會復活，她還特地讓那些人昏厥，帶到核領域再收拾掉。』

「既然你都知道——為什麼不告訴我！」

『連部下在反抗都沒發現，這樣怎麼配當朔月。』

奧迪隆聽完恨恨地咬牙。

有個渾身是血的男人從旁邊跑過來打他，他把那個男人踢飛。

此時天津用調侃的語調繼續說。

『你似乎把佐久奈．梅墨瓦看成弱不禁風的小姑娘，但這大錯特錯。就是因為她有辦法做到那種事情，才會擁有烈核解放。』

「莫名其妙……！這種小家子氣的反抗行為有什麼意義！要不是我受傷，不過是被五十個人圍堵，連屁都不如……！」

『那女孩其實原本已經呈現半放棄狀態了。不過——明明知道沒什麼用，她還是一點一滴累積，才會有今天這般局面。就好比現在，你應該快死了吧？』

「唔……！這都是黛拉可瑪莉．崗德森布萊德害的……」

『找藉口未免太難看了——佐久奈．梅墨瓦從一開始就對逆月很反感。你連一名少女的思想都沒辦法矯正，才會變成這樣。』

奧迪隆再也不想聽天津講任何一句話。

他下狠手掃蕩那些原本該是部下的人。

渾身是傷的七紅天大將軍打起來實在有欠精采，有的時候還會被敵人打中，身上濺出血花，但奧迪隆還是靠著心中那股憎恨埋頭作戰。

心中的憎恨無限增長。真想現在就將那個小丫頭大卸八塊——

後來過了一下子，在那還站著的人只剩下奧迪隆一個。

周遭早已屍橫遍野，這下子反抗他的五十三個人應該都死光了。

「可惡……可惡、可惡、可惡可惡可惡可惡……！」

氣喘吁吁的奧迪隆放聲詛咒。

之前累積起來的成果，如今都應聲崩塌了。

出現這麼大的失誤，這樣的吸血鬼很難東山再起。

組織那邊會派來刺客，他會像個螻蟻般遭人殺害——

——奧迪隆！你從今天開始就屬於我！你要幫忙把神殺了，幫助我平定六國！

從前「邪惡的弒神者」曾經對奧迪隆招手。

他出生於帝都的下級地區，因為愚蠢的貴族一時心血來潮就失去家人，在核領域的荒野上經歷生死難關。對於這樣的他，有個少女伸出援手。

因此無論如何，他都要替她實現夢想。

可是，奧迪隆已經沒這個機會了。

那位公主大人如太陽般慈愛，同時冷酷如月。

奧迪隆在顫抖之餘不忘動動他的腦袋。

讓事情演變成這樣的原因出在哪？

想都不用想。

都是佐久奈．梅墨瓦和黛拉可瑪莉．崗德森布萊德害的。

是她們害的。

若是沒有她們——

嘶——

好像有人在戳他的背。

奧迪隆下意識回頭。

才剛回頭看，他就差點慘叫出聲。

站在那裡的是一名白髮少女，身上散發銀色的魔力。

她就是黛拉可瑪莉．崗德森布萊德。

剎那間，連奧迪隆放出來的熱風都為之凍結的寒氣席捲整座祕密基地。

過於震驚的他連一點聲音都發不出來。那小妞怎麼會在這，她到底是怎麼——都還來不及發問，她那纖纖玉手就用力捏住奧迪隆的脖子。

「咕呃!?妳、妳這傢伙……想做什麼——」

「道歉。」

黛拉可瑪莉捏住奧迪隆那粗壯頸項的力量，連骨頭都能折斷。

奧迪隆放眼環顧四周，部下的屍體都因這陣強大的寒氣凍結。

「跟佐久奈、道歉。」

「呃——！」

道什麼歉。聽妳在放屁。碰到這麼囂張的小丫頭，他應該第一時間殺了她。把她痛扁一頓吧——不行，手使不上力。那就用魔法——這也行不通，剛才的戰鬥已經讓他耗盡魔力。這太扯了。狗屁。都是狗屁——

「妳這個……」

奧迪隆火大不已。

那讓他忘我地咆哮。

「——誰要……道歉！那種愚鈍的小丫頭活該被人壓榨，她該死咕嘔！」

黛拉可瑪莉放在手指上的力道加重，對方的呼吸也為之中斷。

看奧迪隆臉上的表情，眼珠子凸到都快噴出來了，他的意識慢慢抽離。就這樣，那個男人的野心隨之逝去，什麼都沒留下。

★

支撐那具巨大身軀的力度沒了，整具軀體直接朝地面上倒去。從手部流出的血液在地面上蓄積成一灘血紅色的水窪。這灘紅色血水馬上被強力寒氣覆蓋，迅速凍結。奧迪隆的血液自然而然停止流動。

「……」

輕而易舉收拾掉敵人的黛拉可瑪莉望著壯漢的殘骸，依然沒什麼情感波動。這時掉落在地面上的通訊用魔礦石突然發出聲音。因為奧迪隆灌注的魔力還殘留在上面。

『妳好啊，崗德森布萊德女士。妳應該在那吧？』

可瑪莉沒有回應。男人接著說他想說的，對此一點都不在意。

『前些日子我們家的米莉桑德受妳關照了。託妳的福，我失去一個細心培養起來的士兵。』

「…………」

『對了，妳的烈核解放是怎麼運作的？乍看之下好像失去理智，實際上又好像不是那樣。我們這邊的公主大人對此好奇得不得了。』

「啪嘰！」——通訊用的魔礦石被踩壞了。

這一帶又恢復寂靜。

可是很快的，另一陣嘈雜聲已朝這直逼而來。一群逆月派過來的男性成員自遠處趕來，他們全都神情激動。

雖然這對可瑪莉而言只是些小事，可是其他分部聽說蓋拉・阿爾卡分部那裡出現騷動，馬上就將一些逆月成員【轉移】過來。

「在這裡！」「殺了她！」「讓我見識妳的烈核解放吧！」

捕捉到敵人的身影後，可瑪莉的身體飄上半空中。

一股濃密的魔力開始回流，可瑪莉背後出現巨大的魔法陣。

那些男人知道自己死定了，全都恐懼地戰慄，當場停下腳步。

然而可瑪莉並沒有因此手下留情。

「受死吧。」

緊接著，一道足以讓世界毀滅的閃光隨之炸開。

逆月的祕密基地因此被毀掉。

0 終章

※

第八回七紅天爭霸戰　成果發表

※由於紅色寶珠遭到破壞，將透過積分來決定排名。

優勝者　黛拉可瑪莉・崗德森布萊德……獲得點數511
第二名　佐久奈・梅墨瓦……獲得點數68
第三名　海德沃斯・赫本……獲得點數32
第四名　芙萊特・瑪斯卡雷爾……獲得點數12
第五名　德普涅……獲得點數0

喪失資格　奧迪隆・莫德里

六國新聞　七月二日　早報

『七紅天爭霸戰 戰況混亂

【帝都——梅露可・堤亞】由姆爾納特帝國七紅天主辦的一大娛樂活動「七紅天爭霸戰」於一號當天在核領域梅特利昂州舉行。成果如下（請看表一）。爭霸戰才開始沒多久，黛拉可瑪莉・崗德森布萊德大將軍就使用爆裂魔法將古城爆破，讓觀眾興奮不已……（中間省略）……爭霸戰到最後，奧迪隆・莫德里大將軍自行宣布他是「逆月的成員」。為了逮捕他，崗德森布萊德大將軍努力奮鬥，粉身碎骨在所不惜……（中間省略）……知道自己很有可能戰敗的莫德里大將軍因此逃跑，崗德森布萊德大將軍立刻光速追擊，鎖定了位在蓋拉・阿爾卡共和國戴利斯托爾州的逆月祕密基地。很快便用煌級冰魔法【永凍冰河】將半徑一公里內都變成凍土。對此，蓋拉・阿爾卡共和國的馬特哈德首相表示「即便是為了殲滅恐怖分子，將我國領土的一部分變成凍土仍不容忽視。必須要求姆爾納特帝國負起相應的責任。」對此表示遺憾。近年來姆爾納特和蓋拉・阿爾卡之間的關係越來越緊張，因此有些不安的聲浪出現，懷疑這次事件可能會使兩國之間的關係出現裂痕，帶來毀滅性的影響。』

※

「我出門了，可瑪莉姊姊——說錯了。是黛拉可瑪莉小姐。」

七月三日。

佐久奈・梅墨瓦對著排放在自家房間的等身大可瑪莉人偶打完招呼後，她就背著背包離開家門。其實她並沒有要遠行，接下來是要去探視躺在醫院裡的可瑪莉。

外頭天氣晴朗。在夏季陽光的照射下，小河裡的流水閃閃發光。

然而佐久奈的心情卻開朗不起來。

就在那天——當日遇上那場壯烈的大戰，她照理說應該會沒命。可是醒來之後全身的傷都不藥而癒，令人感到納悶，就連祕藥的副作用都消失了，甚至跟逆月立下的契約魔法也被破壞掉。

是奇蹟發生了——這念頭只出現了一下子，她覺得應該不是那樣。

她有聽說一些事情，據說這可能是黛拉可瑪莉・崗德森布萊德的傑作。她擁有史無前例的強大烈核解放（不過本人似乎毫無自覺），還用那股力量粉碎束縛住佐久奈的咒縛。

佐久奈好像有些朦朧的印象。

那一身白色的魔力。溫和的氣息。就好像姊姊在她身邊——那應該是黛拉可瑪莉小姐吧。

不管怎麼說，那個人又救了她……

走在帝都的街道上，佐久奈大大地嘆了一口氣。

接下來她要花上一生的時間贖罪。其一自然是為了曾經加入逆月做了那些壞事，再來是自己任意妄為，把毫不相干的人抓來當家人，關於這點，她也有好好反省過了，覺得自己必須賠償他們。

他們會原諒自己嗎？不可能原諒她吧，佐久奈個人是這樣想的。

皇帝陛下曾說「這事情還有法外開恩的空間」，似乎不打算對佐久奈深入究責。可是那樣一來，佐久奈反而很過意不去。她一直在給許許多多的人添麻煩。尤其是第六部隊的成員，她再怎麼道歉都道不完。昨天佐久奈花了一整天，再一次殺了他們（她很討厭做這種事情），重新操作記憶，讓他們的記憶恢復原樣。意外的是那些人說「妳別放在心上。我們已經知道妳很強，這樣就夠了。」但是她怎麼可能不在意。今後不曉得該如何面對他們，還有她不想再當七紅天了……

在步行的過程中，佐久奈的心情一直很陰鬱，突然間令人熟悉的黑色服飾映入眼簾，讓她腳步跟著停下。

是海德沃斯・赫本。他手裡抱著裝了水果的紙袋，正朝著佐久奈走來。

佐久奈這才想起一件事，就是她還沒有幫他修復記憶。

「哎呀，這不是佐久奈嗎？妳要出門啊？」

海德沃斯臉上有著和藹的笑容，那也是佐久奈讓他戴上的假面具。

這讓佐久奈覺得非常尷尬，沒辦法在第一時間回應，而是選擇低下頭。

「天氣這麼好，不出來太可惜了。」

「……嗯，對啊。爸爸在做什麼呢？」

要叫他「爸爸」需要相當的精神力。

海德沃斯臉上的笑意加深，他開口道：

「來買東西。今天是禮拜天——如何？要不要一起到街上走走。」

這次就找個機會讓他恢復記憶吧。

盡量把他帶到比較少人的地方，然後——像之前那樣貫穿他的心臟即可。再來要跟他說好多次對不起。也許他不會原諒自己，但不那麼做，她就沒辦法踏出新的一步。

「嗯，爸爸，我們到那個店的後面去看看吧。」

佐久奈拉住他的手，正準備邁開步伐。但令人意外的是，海德沃斯不願從該處離去。

「——沒那個必要！」

這讓佐久奈嚇了一跳，她轉過頭。穿著黑色衣服的神父早已摘下父親的假面具。變成該當是七紅天的瘋狂神父，一雙眼望著佐久奈。

「殺了我也沒用，梅墨瓦小姐！我從一開始就是海德沃斯・赫本。雖然是神父，卻不是妳真正的父親。」

「怎麼會……」

佐久奈好驚訝，顫抖的雙脣好不容易才動起來。

「從什麼時候、開始的……？」

「從一開始就是了。」

「烈核解放……沒有起作用嗎……？」

「哈、哈、哈。幾年前在教會的置物間被妳殺死，那個時候還以為自己真的要死了，但我好歹是七紅天大將軍。精準度太低的烈核解放沒辦法完全將我洗腦。」

這太讓人驚訝了。那麼……代表這個人、一直在扮演爸爸嗎……？

佐久奈心中浮現疑問，這時海德沃斯歉疚地笑了。

「知道妳為什麼要殺我的時候，我不禁心想，為了這個孩子，要我當父親還是其他的都無所謂。可是我沒那個資格。因為我害妳遭遇痛苦……像我這種怠忽職守的神職人員，根本不夠格當人家的父親。」

「為什麼……」

「有件事情，我原本是想隱瞞的。妳的父親跟我原本就是好友。」

佐久奈聽了為之震驚，她不由得抬頭仰望海德沃斯的臉龐。

「他真是一位奇特的人。我跟他一起在神聖教的學院裡讀書。像我這樣的怪人，原本就會被其他人排擠，那在這個世上是很稀鬆平常的事情，但就只有那個男人，就算遇上我這種笨蛋，他也一視同仁。神聖教那主張萬物平等的精神，我是從他身上學到的。」

的確是。爸爸總是對人溫和以待。

「妳似乎是透過『精神性質』來選出適合當家人的人，我之所以會被選中，想必是我和妳父親曾一同結伴，走上替神傳遞福音的這條路。」

海德沃斯跟爸爸很相似。就像記憶裡的夜空一樣，是那麼溫和——

「……因此，當我得知梅墨瓦一家被不明人士殘忍殺害，我就決定無論如何都要替他們報仇。」

「先等等……！」

佐久奈實在忍不下去了，她靠近那個神父。

這個人來接近她，究竟有什麼打算。

「我不懂、真的不懂……你原本就知道我是逆月成員嗎？我明明一直在殺人，為什麼還要收留我……？」

「我早就知道妳被奧迪隆・莫德里擺布，才會從事不法行為。也知道妳日子過得很痛苦，那痛苦不是一般人能夠想像的。」

「那麼……為什麼還放我逍遙法外。你難道都不懲罰我嗎……」

「也許我不該丟下妳不管。我應該要馬上殺了奧迪隆・莫德里，對妳伸出援手——可是我不能那麼做。因為妳似乎打從一開始就想靠自己的力量對逆月復仇。」

佐久奈的心臟跳了一下，說她從來沒想過——倒也不盡然。

她一直很恨逆月，想著總有一天一定要找他們報仇。

「所謂的神，其實源自於想要克服逆境的心。既然妳希望憑藉自身意志克服苦難，那我出面殺了奧迪隆・莫德里就沒有任何意義。這場復仇是屬於妳的。所以我才想，至少要扮演父親的角色，成為妳的心靈支柱……但我果然太自不量力了。」

佐久奈聽完不由得握緊拳頭。

換個角度想，那就等同對方一直在騙她。可是——奇怪的是，心頭卻暖洋洋的。同時她也快被罪惡感壓垮。

——原來我害這個人費了那麼多心思。

「為什麼……」

「嗯？」

「為什麼你還笑得出來。我明明是殺你的人……還是很過分的恐怖分子……這樣太奇怪了。」

「也許吧。可能是我從小到大常被人說『你好奇怪』，才會變成那樣。」

「你打我吧，否則我會過意不去的。」

佐久奈眼裡的淚水不斷滑落，開口懇求海德沃斯。

然而海德沃斯卻帶著溫和的微笑，嘴裡說著「那怎麼行」。

「這個世界上到處都有悲劇上演。有很多人屈服於那些悲劇之下——可是佐久奈，妳不一樣。一直都保有克服難關的意志力。我怎麼忍心責備這麼勇敢的女孩。如果有人在妳背後指指點點，我海德沃斯·赫本可不會放過他。要是有人想害妳的前途變黯淡，我不會放任他們為所欲為。」

「嗚……」

「再說應該要被打的人是我。我明明知道妳遭遇了什麼事情，所作所為卻形同對妳見死不救，這也是事實。雖說那都是要讓妳自行跨越難關，我這麼做還是不配當人。應該被毆打的是我才對。來吧，請妳打我吧！快！打我吧！」

周遭的行人都在對他們行注目禮，納悶發生什麼事了。聽到他們說「這兩個人怪怪的。」「是在玩什麼遊戲呀？」「還真敢做……」，佐久奈不禁面紅耳赤。

「還、還是算了！不用打了！」

「這樣啊？真是可惜。」聽海德沃斯說話的語氣，他似乎真的覺得很可惜。

「──那接下來，妳不該繼續把精神花在我身上。還有地方等著妳去吧？」

「咦？」

「妳要復仇的意志很堅定。但不管那份熊熊燃燒的意念有多麼滾燙，若一直沉浸在痛苦之中，心靈也會隨之委靡。我這個冒牌貨父親沒辦法治癒妳的傷痛──能夠有今天，都多虧那個深紅的吸血姬。」

「那是……什麼意思……？」

「要偽裝成是妳碰巧炸死七紅天，費了我不少功夫。」

這下佐久奈才恍然大悟。

如今回想起來，強力推薦她繼任七紅天的就是這個人。幸虧如此，佐久奈才能碰到那位吸血姬，然後──

不知道是不是自己想太多了，海德沃斯接下來說話的時候，臉上神情顯得有點落寞。

「妳能夠交到好朋友，真是太好了。今後妳要靠自己努力下去。但妳並不孤單。除了那個吸血姬，還有很多人都是站在妳這邊的。假如之後還是遇到難受的事情，請跟我說。我可以再度扮演妳的爸爸。」

「不，不用了，謝謝你……海德沃斯先生。」

佐久奈深深地一鞠躬。

她能夠感覺到，那個神父正用柔和的眼神目送她離去，接著佐久奈便快步朝醫院走去。

胸口那邊有一股暖意，感覺好奇妙。原以為這世上只剩愛凌虐他人的惡魔——沒想到在她身旁就有這麼為她著想的人。

那讓佐久奈非常開心。

☆

「可瑪莉大人，請妳張嘴——」

「不、不用了。我自己吃。」

「不行。可瑪莉大小姐受了重傷，身為女僕的我有義務照顧您。」

「照這樣講，妳也受傷了啊！怎麼能夠讓受傷的人照顧我！」

「那請您餵我吃東西，也可以用嘴巴餵。」

「自己吃啦！我也自己吃！」

我從變態女僕手中搶走插了蘋果的叉子，除了一口吃下，還大口咀嚼。

七紅天爭霸戰結束後，過了兩天。我人在醫院的病房裡。

被奧迪隆打到滿身是傷的我，在痊癒之前都會待在醫院裡（世人也稱這邊為停屍間）。一般來說就算死掉了，只要花一兩天的時間就能恢復，但不曉得為什麼，我全身的魔力都乾枯了，被這種謎樣的怪病纏身，需要長期住院。根據魔法專家指出，身體如果要完全康復，還要花將近一個禮拜左右。話雖如此，我渾身各處卻顯得不痛不癢。

換句話說，我現在可以當個合法家裡蹲。還有什麼比這個更開心的？照理說應該沒有才對——可是變態女僕卻跑來我的病房賴著不走，一直黏著我，黏到很誇張的地步，害我時間都被占掉了。沒辦法發揮稀世賢者的本色，努力看書，想些崇高的事。

「對了，可瑪莉大小姐，您的身體狀況如何？」

「已經沒事了，就算回家當家裡蹲也沒問題。」

「那可不行。您發動過烈核解放，必須暫時靜養一陣子，看看情況再說。」

「又在說那個……」

薇兒說了一些很扯的事，說在七紅天爭霸戰裡，我好像又發動那個叫做【孤紅之恤】的烈核解放了。奧迪隆會從古戰場上撤退也是我的功勞，還有位在蓋拉．阿爾卡共和國境內的逆月祕密基地整個不翼而飛，那一帶都變成不毛之地，這也是我幹的。

這怎麼可能啊。我有在新聞上看過，那片寸草不生的荒地不可能是我弄出來的。不管怎麼看，這都是隕石砸的。隕石太厲害了。

我將蘋果吞下肚，這時薇兒開口了，還一臉歉疚的樣子。

「都是我害可瑪莉大小姐勉強自己，我應該負責。居然輸給那種變態假面，那是我今生最大的失誤。」

「不用太在意啦。如果沒有薇兒，我早就被那個變態假面幹掉了。」

「可以的話，就連那個奧迪隆・莫德里，我也想一併收拾掉。」

奧迪隆・莫德里。

原來那個恐怖的大叔是逆月成員。詳細情況我不是很清楚，但掉在蓋拉・阿爾卡共和國的隕石間接導致他失蹤，下落不明。這樣的結果實在太莫名其妙了。但那樣一來，束縛住佐久奈的元凶就沒了，說真的該感到開心才對。

對喔，還有佐久奈。事情發生後，我跟她連一次面都沒見過，不曉得她怎樣了。

「對了薇兒，佐久奈呢？」

「您是說佐久奈・梅墨瓦嗎？」

薇兒當下神情顯得有些苦澀。

「我不清楚。可是她曾經當過恐怖分子，做些非法的事情，而且還利用烈核解放做壞事，改寫他人的記憶。我想應該不可能無罪釋放。」

「是喔……這麼說也對。」

「只不過，梅墨瓦大人的經歷頗令人同情，總不至於直接判死刑吧。事實上也有不少人是支持她的。聽說皇帝陛下也有意從寬量刑。」

「那她現在在哪？」

「不曉得。她沒有被關起來，應該在家裡吧？」

話說到這邊，薇兒開心地笑了一下。

「話說回來，可瑪莉大人。提到皇帝陛下才想起來，可瑪莉大人在七紅天爭霸戰中漂亮獲勝，陛下似乎有意賞賜您。」

聽薇兒那麼說，我這才想起來。不知道為什麼，這次的七紅天爭霸戰是我贏了。一些人被古城大爆炸炸死，取得的點數好像都加在我的功績裡了。那個手環在計分判定上也太隨便了吧。

「獎賞是什麼啊。一年份的點心嗎？」

「是兩個禮拜的休假。」

「……啊？」

我聽完嚇一跳。那傢伙是不是吃錯藥了……？

「抓到恐怖分子獲得一個禮拜的休假，在七紅天爭霸戰中獲勝又多了一個禮拜。這下可以暫時休息一陣子了。」

「妳——妳說什麼————————!?」

我聽完坐也不是站也不是，忍不住站到床鋪上。

兩個禮拜的休假……妳說有兩個禮拜的休假!?得到這個不得了的寶貝，我真的可以拿嗎!?老實說那比得到一億元還要高興百倍呀！

換句話說，這是相當於一百億的獎賞！

「恭喜您，這樣就可以放暑假了。」

「太好啦！可以盡情當家裡蹲！」

「機會難得，我們找個地方出遊吧。要不要去海邊？其實我已經替可瑪莉大人買好十五套泳裝了。在您睡覺的時候有給您試穿過，尺寸剛剛好。」

「到時有那個心情，去一下也沒關係，可是兩個禮拜內起碼會有十三天要當家裡蹲！這點不能妥協！」

我開心過頭，甚至在床鋪上跳來跳去。

這是什麼？我是不是在作夢？啊啊，好幸福喔……

我還沉浸在那些思緒中，病房的門卻突然間「喀嚓」一聲打開。

一名銀白色少女現身。

她跟我對上眼了，那表情就像看了什麼不該看的東西一樣。

「對、對不起。因為我敲門都沒回應……是不是打擾到妳了？」

「沒有打擾到啊！完全沒有！」

紅著臉的我當場變成跪坐姿態。剛才真是有夠失態。之前都在她面前裝作是酷酷的前輩，這下子我的形象要崩壞了。不對，現在還來得及。我就從現在開始裝鎮定吧。

此時那名少女——佐久奈‧梅墨瓦用小到快要消失不見的聲音說了一句「失禮了」，之後就像在過地雷區一樣，邊走邊靠近我。

她臉上的表情沒什麼自信。之前在七紅天爭霸戰上出現那麼大的情緒起伏，現在看來彷彿都是假象。

「佐久奈，妳的身體還好嗎？」

「是的，託黛拉可瑪莉小姐的福。」

佐久奈說完在背包裡摸索一陣，接著拿出某樣東西。是做成我模樣的玩偶。奇怪的是，她把那樣東西交給我——

「這是慰問品。不嫌棄的話，請妳收下……」

「喔、喔喔。」

這女孩果然有點異於常人。薇兒一直望著我們，看那表情似乎非常羨慕。也許這傢伙也不正常……不對，她們人數比較多，我在這反而才是怪人吧？話說這樣東西確實將一億年難得一見的美少女仿製得唯妙唯肖，是不可多得的佳作。

我一時間不知該做何反應，佐久奈則是緊張地說著「黛拉可瑪莉小姐」，開口呼喊我的名字。

「我給妳添麻煩了……對不起。我不會再說要讓黛拉可瑪莉小姐當姊姊的那種話了，也不會再另外製造家人，不會再殺任何人。我再也……不會做壞事了……真的、很抱歉。」

「是嗎？不過我一點都不在意喔。」

此時佐久奈再也無法強裝鎮定。之前拚命壓下的激情化作淚水，從她眼中滑落。

「大家……都這麼對我說，他們真的都是大好人……可是這會讓我過意不去。黛拉可瑪莉小姐，妳可不可以……懲罰我。」

原來是這麼一回事啊——我的心裡想著。

做完壞事，心中明明懷著龐大的罪惡感，別人卻對她說「沒關係啦」「別放在心上」「每個人都會犯錯」，無條件原諒她，她才會無法釋懷。我想皇帝應該會給予她相應的責罰——但好吧，既然她本人都那麼說了，就讓我來罰她好了。

「我知道了。那妳跟我交往。」

啊，說錯了。我本來要說的是「妳來當我的跟班」。

現場氣氛頓時緊張起來。神奇的是佐久奈還臉紅了，嘴巴在那一張一闔。

薇兒在這時開口說了些話，那張臉變得像土偶一樣。

「您這是什麼意思，可瑪莉大小姐。莫非您真的要跟梅墨瓦大人——」

「抱歉抱歉。我說錯了，是要她陪陪我——佐久奈，我接下來可以放兩個禮拜的長假。當然我預計要當家裡蹲，有的時候可能會想找人一起玩。所以說，如果我叫妳來，妳就要來。就算蹺班也得來。」

提這樣的要求是不是有點傲慢啊——雖然我那麼想，佐久奈仍又哭又笑地點頭，對我說「我明白了」。

「不過做那種事情算不上懲罰。其實妳不用特地吩咐，只要黛拉可瑪莉小姐找我，我就會在第一時間趕過來。」

「是、是喔？啊，對了！那假如我要寫小說，妳就來當我的諮詢對象吧！我還有很多想寫的主題……當事人說這種話可能有點不上道，但我可是很難搞喔！妳要做好心理準備！」

「好的。我明白了，黛拉可瑪莉小姐。」

就在這時，我心中出現一絲絲的顧慮。

她叫我「黛拉可瑪莉小姐」，感覺太見外了。

「妳別那樣叫我。我跟妳……已經算是、那個了，我們是——朋友。」

「咦，那我該怎麼叫妳才對……」

「叫我可瑪莉吧。跟我親近的人都是這樣叫我的。」

我鼓起勇氣將右手伸出去。彼此將心中的真實想法說出來，接著就要握手言和。故事裡面都是這樣演的。

佐久奈一開始還有點猶豫，之後才慢慢把手伸過來，小心翼翼地握住我的手。她臉上浮現燦爛的笑容，用有點沙啞的聲音說著。

「──請多多指教，可瑪莉小姐。」

就這樣，我交到新的朋友。

想必我們之後還會遇到很多麻煩事。可是與其一個人苦惱，還不如找個人一起攜手面對，那樣一定好上百倍。總而言之，我先來想想要跟佐久奈一起玩什麼好了。雖然我不是很喜歡外出，但接受薇兒的提議去海邊或許不錯。感覺有點期待喔──為今後發展感到雀躍的我，好一陣子都在凝視佐久奈的笑臉。

姆爾納特即將正式進入夏季。

（完）

「【孤紅之恤】並非一般的烈核解放。看過這次的七紅天爭霸戰，事實都擺在眼前了。」蘿妮．科尼沃斯邊喝紅茶邊斷言。

她穿著皺巴巴的白衣，屬於翦劉種。同時也是逆月幹部「朔月」的三名成員之一，還是為組織供給各類武器道具的技術部門負責人。

眼下她正坐在蓋拉．阿爾卡共和國首相官邸的柔軟沙發上。平常她不會出來走動。都關在自己的房間裡，埋頭做些奇奇怪怪的研究。思考模式跟某個家裡蹲吸血姬如出一轍。不過今天是特例。因為同為「朔月」外加在組織裡排行第二的天津覺明硬是把她帶出來。他還說：「如果妳不願意跟我來，我就把妳寫的色情小說公諸於世，順便加上作者的名字。」

這個人是惡鬼，她只能照辦了。

科尼沃斯朝旁邊偷看一眼。天津還是老樣子，臉上沒有任何表情，嘴裡不發一語。她之前就在納悶，不知道這個男人的目的到底是什麼。如果是她，只要能夠自由做研究就行了，做任何事情的基礎動機都是這個。可是這傢伙在世上到處散播不幸，就像在惡作劇，看不出他是基於怎樣的中心思想。

「──妳剛才說不尋常，這是什麼意思，科尼沃斯小姐。」

聽到有人叫自己的名字，她的目光拉回正前方。

坐在那裡的人是蓋拉．阿爾卡共和國首相──馬特哈德。樣貌上沒什麼特徵，是個壯年男子，但私底下野心大到非他國君主可比擬。

這個男人是世上最關心「戰爭」和「霸權」的人。

「就是字面上的意思……也就是說，她會吸血吧，然後就會發動，但好像會出現很多種不同的型態。這點就不尋常了。」

「我是在問有何特殊之處？」

「……具、具體來說，黛拉可瑪莉一旦吸了吸血鬼的血，就會像遇到米莉桑德那樣，不然就是變成這次這樣……」

「講清楚一點。」馬特哈德話說到這，發出失望的嘆息。

科尼沃斯好想哭。為什麼她得跟這樣的男人對話。好想回去，回去繼續做研究，最近就快搞定能用兩倍速栽培香菇的技術——她邊想邊低著頭，沒想到身旁有個救星出手幫她。

「簡單講就是崗德森布萊德在攝取血液後，會隨不同種族的血液起變化，產生不同的特殊能力。」

「嗯，那具體來說是——？」

「如果吸了吸血種的血液，魔力和身體機能就會突然暴漲。吸食蒼玉種的血液，能夠學會強大的回復魔法和冰凍魔法，再來是肉體會變得如鋼鐵般堅硬。她能夠承襲不同種族的特徵——但這些頂多都是推測。還有佐久奈・梅墨瓦是吸血種和蒼玉種的混血兒，這次崗德森布萊德的烈核解放就混雜兩大種族特徵，講白了大概是這樣吧。」

「就、就是這個！我想說的就是這個！天津果然厲害……！」

「妳應該學著提升自己的表達能力。」

遭到天津斥責，科尼沃斯頓時像洩了氣的皮球。

「——原來如此，我明白了。如果小看她，最終只會自討沒趣，是這個意思吧。事實上逆月中屈指可數的戰士奧迪隆・莫德里確實三兩下就被她殺了。」

「不，其實——那傢伙還活著。」

天津說這話時顯得有些不耐。

「……還活著？我聽說逆月不會放過失敗者不是嗎？」

「是我不會放過。但那個人當初是公主大人相中的。那女孩比較天真，決定原諒他——不過他形同被拔掉牙齒的老虎。」

「嗯……這我很能體會，空有名分的君主就是難搞。」

這話讓和服男的眉毛微微地動了一下。馬特哈德並沒有察覺，他試圖改變話題，說了句「話說——」。

「現在已經知道黛拉可瑪莉・崗德森布萊德有什麼樣的力量。吸取不同的血液，烈核解放也會跟著千變萬化，這下我懂了，的確棘手——那麼，不曉得吸食我們翦劉種的血液會出現什麼後果？」

「不清楚，會怎麼樣？」

「咦，我也不知道……」

「她好像不清楚。我們家的科尼沃斯太沒用了，很抱歉。」

科尼沃斯的心靈好受傷，天津每次說話都語中帶刺。

她擦擦眼角，轉頭看馬特哈德。

「總、總而言之，事情就是這樣。如果你真的要跟姆爾納特作對，最好多加小心。那女孩都把貝特蘿絲・凱拉馬利亞比下去了，她才是最危險的。」

「也對——但那不成問題。因為我這邊有你們撐腰。」

不，我們並沒有要替你撐腰的意思——科尼沃斯原本是這麼想的，不料……

「包在我們身上，我們會提供一百個神具給貴國。」

不料天津居然出面打包票。

「一百個神具……？我們這邊有那麼多嗎？」

「接下來會做。」

「誰要做？」

「妳。」

「啊？」

馬特哈德聽了頓時笑容滿面。

「太棒了！如果是出自蘿妮・科尼沃斯，保證會有不錯的性能！這下子我軍要粉碎那些吸血鬼根本易如反掌！」

「先等等。我還有別的研究要做……就是香菇……」

「呵呵呵，逆月會全力提供協助。雖然不是全程。」

「這我明白。只到我們蓋拉・阿爾卡找到其他國家的魔核，全都破壞掉為止，在那之前就讓我們維持良好關係吧。至於之後——會變成怎樣就難說了。」

「你們別光顧著私聊……聽我說……」

「順便請教一下，姆爾納特的魔核已經有眉目了嗎？」

「怎麼可能有眉目？所以我們才要發動戰爭。接下來要上演的不再是餘興節目，那將是純粹的鬥爭塑造，輸家只能任贏家擺布。」

「要準備一百個神具根本不可能……」

「是嗎？我們會替你們撿骨的，你們就盡全力屠盡天下蒼生吧。」

「好。就讓蓋拉・阿爾卡改寫六國歷史，本國全體國民都希望如此。」

「香菇……」

科尼沃斯發自內心的呼喊被當成耳邊風。

這個世界即將颳起腥風血雨。

後記

承蒙各位關照，我是小林湖底。

在編寫《家裡蹲吸血姬的鬱悶》時，要如何描寫主角才會顯得更鮮明，這是我下了最多苦心的地方。這次的敵人也不好對付，雖然不是出於本意，但可瑪莉還是跟他們硬碰硬對決了，她還是只憑滿腔熱血與敵人決戰，被迫「自食其力開創未來的路」，我想這樣特別能夠突顯她的強大和善良。不過將逆境塑造得太嚴苛，又會顯得可憐，這之間的拿捏實在不容易，我還只是連新人都稱不上的蛋殼小雞，這方面的手感還不是很純熟，每天都深深覺得「寫輕小說好難」。我會努力的。頭頭是道說了一堆，這次的作品《家裡蹲吸血姬的鬱悶2》也跟往常一樣，營造滿滿的「悠閒治癒＋殺伐」氛圍，如果有人先看後記還沒看故事，一定要去確認一下。麻煩你們了……！

再來要跟相關人士致謝。

獻給將可瑪莉和夥伴活躍表現畫得漂漂亮亮的りいちゅ老師。這次新登場的

角色很多，但是大家都非常可愛又帥氣，拿到插圖的時候，我變成只會說「好棒」「好可愛」「好帥氣」的機器人了。真的很感激。

給負責裝訂的柊椋大人。在第一集後記那邊沒機會跟你道謝，很抱歉。標題做得很繽紛，我好喜歡。第二集的書腰也很可愛，散發濃濃的家裡蹲可瑪莉感，我超愛的。謝謝你。

給責任編輯杉浦よてん大人。跟第一集相比，第二集修改的部分變得超多的，你很有耐心，跟我一起奮戰到最後一刻，我們才能完成這麼棒的作品。今後也請你多多指教。

給各位讀者。感謝你們一直陪我到現在。第二集能夠問世，主要都是託各位讀者的福。你們在 Twitter 等地留下的感想，對我來說真的很有激勵作用。我會努力的。

《家裡蹲吸血姬》是光靠作者一個人絕對無法成就的故事。容我在此再度向本作相關工作人員致上深厚的謝意。

謝謝你們！！！

我們第三集再見。

小林湖底

國家圖書館出版品預行編目資料

家裡蹲吸血姬的鬱悶 / 小林湖底作 ; 楊佳慧翻譯 .
-- 1 版 . -- 臺北市 : 城邦文化事業股份有限公司
尖端出版 : 英屬蓋曼群島商家庭傳媒股份有限
公司城邦分公司發行 , 2022.04-
冊 ; 公分
譯自 : ひきこまり吸血姫の悶々
ISBN 978-626-316-698-1 (第 2 冊 : 平裝)

861.57　　110020494

浮文字

家裡蹲吸血姬的鬱悶2

（原名：ひきこまり吸血姫の悶々2）

著　者／小林湖底　繪　者／りいちゅ　譯　者／楊佳慧
執行長／陳君平　美術總監／沙雲佩　國際版權／黃令歡、高子甯、賴瑜鈴
榮譽發行人／黃鎮隆　美術編輯／陳聖義　文字校對／施亞蒨
協　理／洪琇菁　執行編輯／石書豪　內文排版／謝青秀

出　版／城邦文化事業股份有限公司 尖端出版
台北市中山區民生東路二段一四一號十樓
電話：（〇二）二五〇〇－七六〇〇
傳真：（〇二）二五〇〇－二六八三
E-mail: 7novels@mail2.spp.com.tw

發　行／英屬蓋曼群島商家庭傳媒股份有限公司城邦分公司 尖端出版
台北市中山區民生東路二段一四一號十樓
電話：（〇二）二五〇〇－七六〇〇（代表號）
傳真：（〇二）二五〇〇－一九七九

中彰投以北經銷／楨彥有限公司（含宜花東）
電話：（〇二）八九一九－三三六九
傳真：（〇二）八九一四－五五二四

雲嘉經銷／智豐圖書有限公司 嘉義公司
（嘉義公司）電話：（〇五）二三三－三八五二
傳真：（〇五）二三三－三八六三
（高雄公司）電話：（〇七）三七三－〇〇七九
傳真：（〇七）三七三－〇〇八七

南部經銷／智豐圖書有限公司 高雄公司
電話：（〇七）三七三－〇〇七九
傳真：（〇七）三七三－〇〇八七

香港經銷／一代匯集
香港九龍旺角塘尾道六十四號龍駒企業大廈十樓 B&D室
電話：（八五二）二七八三－八一〇二
傳真：（八五二）二七八二－一五二九

新馬經銷／城邦（馬新）出版集團 Cite（M）Sdn. Bhd.
E-mail: cite@cite.com.my

法律顧問／王子文律師　元禾法律事務所
台北市羅斯福路三段三十七號十五樓

二〇二二年四月一版一刷
二〇二四年一月一版三刷

■中文版■

郵購注意事項：
1.填妥劃撥單資料：帳號：50003021戶名：英屬蓋曼群島商家庭傳媒(股)公司城邦分公司。2.通信欄內註明訂購書名與冊數。3.劃撥金額低於500元，請加附掛號郵資50元。如劃撥日起 10～14日，仍未收到書時，請洽劃撥組。劃撥專線TEL：(03)312-4212 ・ FAX：(03)322-4621。E-mail：marketing@spp.com.tw